蒋勋说

唐诗

蒋勋 著

吴宏凯 贾益 整理

中信出版集团 | 北京

目 录

第一讲 大唐盛世

- 002 诗像一粒珍珠
- 003 唐代是诗的盛世
- 005 新绣罗裙两面红，一面狮子一面龙
- 008 菩提萨埵与水到渠成
- 010 文学的内容与形式
- 012 前不见古人，后不见来者
- 013 诗人的孤独感
- 015 游牧民族的华丽
- 017 唐诗里的残酷
- 019 侠的精神
- 020 唐朝是一场精彩的戏

第二讲 春江花月夜

- 024 唐朝是汉文化一个短暂的度假期
- 027 生命的独立性
- 028 与道德无关的生命状态
- 030 何处春江无月明
- 031 空里流霜不觉飞
- 033 江畔何人初见月？江月何年初照人？
- 036 宇宙意识

- 038　牵连和挂念予生命以意义
- 039　愿逐月华流照君
- 042　归宿
- 043　交响曲的结尾
- 046　交响诗乐章

第三讲　王维

- 052　诗中有画，画中有诗
- 054　"无人"
- 056　山水中生命的状态
- 061　《洛阳女儿行》：贵游文学的传统
- 066　回看射雕处，千里暮云平
- 067　大漠孤烟直，长河落日圆
- 069　相逢意气为君饮
- 073　行到水穷处，坐看云起时

第四讲　李白

- 082　诗歌的传统与创新
- 084　角色转换
- 086　青梅竹马
- 090　定格
- 093　浪漫诗的极致
- 101　盛放与孤独
- 104　长风破浪会有时，直挂云帆济沧海
- 105　吴宫花草埋幽径，晋代衣冠成古丘
- 107　最贵重的是生命的自我反省
- 110　诗存在于生活中

111	"诗仙"和"诗圣"
116	柔情与阳刚
118	浮云游子意，落日故人情
119	醉月频中圣，迷花不事君
121	忧伤与豁达
122	我本楚狂人
123	美到极致的感伤
125	思君若汶水，浩荡寄南征

第五讲　杜甫

128	千秋万岁名，寂寞身后事
131	社会意识的觉醒
133	记录时代的悲剧
146	人世间不可解的忧愁
148	离乱与还乡
154	晚年自伤

第六讲　白居易

158	惟歌生民病，愿得天子知
169	文学中有对生命的丰富关怀
173	《长恨歌》——本事
183	《长恨歌》——梦寻
187	《琵琶行》——音乐
194	《琵琶行》——深情

第七讲　李商隐

198	唯美的回忆

- 199　幻灭与眷恋的纠缠
- 203　繁华的沉淀
- 204　抽象与象征
- 206　深知身在情长在
- 212　更持红烛赏残花
- 214　人间重晚晴
- 217　此情可待成追忆
- 222　世界微尘里，吾宁爱与憎
- 224　生命的荒凉本质
- 228　寻找知己的孤独
- 230　典型情诗
- 234　身无彩凤双飞翼，心有灵犀一点通
- 236　泪与啼
- 241　晚唐的生命情调
- 247　最深的情感

第一讲　大唐盛世

诗像一粒珍珠

我在讲到唐代美术史的时候，会有一种很不同的心情。如果大家回忆一下，就会发现，完全没有办法解释为什么一到唐代，在色彩和线条上都出现了如此华丽的美学风格。我常常用"花季"来形容这个历史时期。张萱、周昉、阎立本，这些初唐到盛唐的美术创作者让我们感觉到整个生命的精神完全像花一样绽放开来。当然，历史本身是延续的，在此之前自然会有一个慢慢积累的阶段，有很多准备工作一直在默默地进行，这个准备阶段可能长达三百年之久，才会水到渠成。

我们之前提到过陶渊明的时代。在南北朝分裂时期，有很多文学实验，也有许多其他实验，这些实验都是在为一个大时代的到来做准备。在美术方面，要准备色彩，准备线条，准备造型能力；在文学方面，要准备文字，准备声音，准备诗的韵律与结构，我称其为"漫长的准备期"。

这个准备，特别是文学上的准备，不是很容易发现，因为文学上使用的语言和文字其实经过了长时间的琢磨。比如我们现在给朋友写信时，不大可能专门去思考怎样把字和字放在一起会产生比较好的音乐感、节奏感，或者形成一种对仗；但我看学生的报告，会注意他们怎么用"的"、"了"、"呢"、"吗"这些字，这些字用得好不好，和我们讲的文学会有很大关系。我们看"五四运动"前后最早的那批白话文，看当时一些大家的文字，会觉得那个时候"的"用得很多。我想，如果把那些"的"都删掉，文字会更简练一点。可是在当时，他们这么用，是在强调一种文字的解放和语言的解放，他们希望在文学当中能够看到平常讲话的白话形态。我们平常讲话的时候，"吗"或者"呢"这些字不见得会读那么重，可当它们变成文字的时候，会特别触目。"触目"的意思是说，在讲话的时候，"你吃饭了吗？"当中那个"吗"，可能只是带出来的一个音，但一变成文字就跟"吃饭"这两个字同等重要了。在听觉上，这个"吗"只是一带而过；而在视觉上，它却有了很高的独立性。可能就是这个反差，使得文字和语言之间一直在互相琢磨。

诗很像一粒珍珠，它是要经过琢磨的。我们的口腔、舌头、牙齿、嘴唇在互动，像蚌壳一样慢慢、慢慢磨，磨出一粒很圆的珍珠。有一天，语言和文字能够成为一首华美的诗，是因为经过了这长期的琢磨。

魏晋南北朝的三百多年，就是琢磨唐诗这颗"珍珠"的过程。我们甚至在陶渊明这些诗人身上还可以看到琢磨的痕迹。陶渊明这么好的诗人，我们也给予他很高的文学评价，可是以文学的形式美来讲，我其实没有办法完全欣赏他的诗。我不知道这样讲大家同意不同意，大家回想一下，《桃花源记》是陶渊明一首诗的序，他其实是要写那首诗的，结果没想到流传在这个世界上的是诗的序，而不是诗本身。这种现象很有趣，说明这首诗在形式上的完美度还没有被琢磨好。在魏晋南北朝的时候，像唐诗那样的文字、语言还处在"练习"的初期。

唐代是诗的盛世

如果这样讲的话，唐代是一个水到渠成的阶段。我想大家有一个共识——整个中国文学史上，诗的高峰绝对在唐代。当你读唐诗时，意思懂还是不懂，都不是那么重要，你忽然觉得那个声音是那样好听。唐代是诗的盛世，唐诗的形式已经完美到了极致。唐代不仅在美术史上是一个花季，在文学史上也是一个花季。我们常常说最好的诗人在唐代，这其中多少有些无奈，仿佛是一种历史的宿命，那么多诗人就像是彼此有约定一样先后诞生。换一个角度来看，那个时代在语言和文字方面给诗人们提供的条件实在是太好了。如果反身看我们自己，就会发现白话文运动之后的汉语文学绝对不是处在黄金时代，而是比较像魏晋南北朝初期。

我们有时候会认为汉语文学只存在于中国境内，其实不然。前几年，我去马来西亚的八个城市讲汉语文学，没有想到当地的汉语文学如此兴盛。汉语文学在今天的世界文学版图中已经是相当大的一部分，在这个世界上，每四个人中就有一个人和我们讲同样的语言，如果这个力量和电脑、网络统合起来，必然会产生非常惊人的力量。我曾经到过马来西亚南部邻近新加坡的一个城市——新山，很多新加坡的华人来听演讲，我当时感觉我们使用的语言与文字已经超越了国界，将来很可能成为世界文学的一个新起点，因为它的市场太大了。我们常常看到有人在网络上发出一条信息，回应的人在美国或者加拿大。这些人或许是从中国大陆去的，或许是从中国台湾去的，汉语文学在他们身上的影响力并没有随着地理位置的改变而发生断裂。也许手里拿的护照是美国或加拿大的，人却一直浸染在汉语文学中。这是中国文化长期累积的一个成果，而这个成果很可能只是某个大成果的一小部分。

我觉得"五四运动"前后有些人之所以要进行文字和语言的改革，是因为当时的文字和语言形式已经僵化到无法满足人们的情感表达需要了。那个时候的鲁迅、徐志摩等人，心中有很多新的感受要去表达，可是旧的语言形式不够用了。在徐志摩的时代，人们恋爱时，觉得用"愿逐月华流照君"去表现自己内心的感受实在有点奇怪，可是这七个字在唐代绝对是与时代相符合的。这句诗能够从唐代一直流传到徐志摩的时代，当时如果有人要送别人照片，会在照片背面写"愿逐月华流照君"——这当然说明唐诗的成就实在太高，高到变成一个概念，变成一种形式，但也变成了我们挥之不去的阴影。

文学比美术对我们的影响要深。我们从来不会想到自己脱口而出的那个词、那句话是唐朝的语言。陈达的《劝世歌》很像唐诗七言句的"二、二、

004　蒋勋说唐诗

三"结构,而且押韵,四个句子一韵;《春江花月夜》里面的"春江潮水连海平"就是二、二、三的句式。

每个时代都对中国文学做出了自己的贡献。"四"怎么变成"五"?"五"怎么变成"七"?几百年间,不过在解决这些小问题而已。文化的工作非常艰苦,可是这些小问题一旦解决,就会一直影响我们。我一直不希望文学脱离我们的生活,所以我常常建议朋友最好随身带一个小录音机,在跟大家聊天的时候录下音。即便当时只是不经意的闲谈,但当你回头去听时,会发现里面有很多四个字、五个字、七个字的表达,这就是文学史对我们真正产生的影响力。"脱口而出"说明我们已经将它们完全吸收消化了,"脱口而出"这四个字本身就是成语。当诗变成了成语、格言的时候,会对人产生更直接的影响。就像刚才说的,因为唐诗的形式太完美了,所以大家一直在用。虽然宋代之后,文学有小小的变迁,但唐诗在民间已经变成一个根深蒂固的美学形式。清代以后,几乎每个人手上都有一本《唐诗三百首》。甚至教育程度不高的人,也可以在看戏时接触到诗的形式。那些旧戏,无论是川剧、河南梆子,还是歌仔戏,人物一出场,就要念"定场诗"。所以我的意思是,唐诗不仅影响了读书人,也通过戏剧在文盲的世界里发生了影响。

新绣罗裙两面红,一面狮子一面龙

每当我去马来西亚或其他地方,看到庙宇里的对联,听到那些老先生们吟出的诗句,就感觉到中华文化的根深蒂固。之所以讲根深蒂固,是因为这个文化系统不是通过正规的学校教育系统、阅读系统去传承,而是演变为传唱的系统。这个部分传久以后就会形成一个模式,比如一个人谈恋爱的时候或失恋的时候会想到什么样的句子,都有固定的范本。有次我和云门舞集的人一起去台湾美浓,当地那些从来没有读过书的老太太,站起来唱的是"新绣罗裙两面红,一面狮子一面龙",不但整齐,而且押韵。

她绝对不知道这和唐诗有什么关系,可是我一听就感觉到里面有一种与唐诗一脉相承的东西,而且充满了色彩感,充满了一种华丽的美学追求。我一直认为当文学变成了一门专业课程,也就是走入了坟墓。文学当然需要被研究、被分析,可是当文学变成研究对象的时候,也说明它到了博物馆时期,不再是活在民间的一个力量。所以,我们应当进行专业研究,但更应该投入心力去关心那些活在民间、走在路边的人,关注他们口中的语言模式和文学传统之间存在什么样的关系。

我非常希望大家能感受到我们自身的语言中所存在的内在冲突。尤其是当下的台湾,受到很多元素影响,比如我们这一代的语言一定有英文的影响,很多发音,很多使用声音的模式和节奏都是从英文中来的。再早一辈人,受日本文化影响很大,所以他们讲话的方式和节奏,与日本文学里的美感有相通之处。我在这里所讲的受日本文学影响,不是说他们一定读过川端康成或者三岛由纪夫,而是指那代人所接受的教育,以及他们在成长时期所接触到的声音模式。

小时候,我们家附近的那些"欧吉桑"邻居,讲话时发出轰隆隆的声音,很像日本电影里面的声音。他讲的是闽南语,但他的发音方式、节奏其实很多是出自日本。这个现象真是相当复杂。前段时间我看学生的报告,才明白"哈日"与日本偶像剧的关系有多么紧密。几乎每一篇报告他们都会引用日本漫画和偶像剧里面的内容。对这些年轻人来说,日本文化的影响不会比老一辈的"欧吉桑"小。我在看待这些文化问题时,没有任何偏见,只是觉得开心。岛屿是一个很有趣的生态现象,可以很封闭,也可以很开放。当我们说岛屿可以很封闭时,是指如果要在政治上把它封闭起来很容易,只要把海防一做就可以了。在我成长的年代,台湾是很封闭的,就像一个打不开的贝壳,只要走到海边拍照就有人出来检查你拍了些什么。如果说那时候的台湾是一个闭紧的贝壳,那现在的台湾就是一个打开的贝壳,什么东西都可以进来。岛屿的文化生态模式如此复杂,语言模式也绝对不可能单纯。我希望自己可以做到没有偏见,保持宽容的心态,可是当我看学生的报告时，还是有些震惊。

有个学生在回答"我最爱的电影是什么"时，他用了犯罪的"罪"代替"最"。我第一次看的时候，觉得很像一个白字。可是当我接着往下看，看到他回答"我最喜欢的是什么"时，还是这么写；接着又写"我最讨厌什么"时也还是如此。看到这么高的重复率，我不敢说这是白字了，就问这个学生。他说，用电脑打字时，感觉在一些同音字中，这个"罪"字最重、最强烈，所以就选择了这个字。

由此我想到我们的文学语言，可能也处于一种几乎失控的状况。过去如果写白字，就等于是写错了，老师要罚写一百遍的。我觉得用白字是错的，这个学生却有自己的理由：在键盘上打出拼音以后，同音字会出来，所有的同音字当中他对这个字的感觉最强烈，就选了这个字。我不知道大家的价值系统有没有被他打垮。也许你会感叹文学没落了，可是这会不会成为一个新的创作起点？也许一个用错的字，会成为新文学的开始。使用错字也许是他改换文学形式的一种调皮——用这种方式来打破旧有模式。也许未来我会比他更厉害，有一天真的用"罪"字代替"最"字。"罪"，犯罪，这个字有忏悔感，有很强烈的被惩罚的意义。我用这个"罪"去代替原有的副词时会产生什么感觉？这个学生走了以后，我一直在想这个问题。

我有时觉得我们仿佛正处于魏晋南北朝前期，因为我们在实验新文学。最好的文学，或者说形式与内容完美配合的文学，为什么不会在**魏晋南北朝前期**出现？因为当时的语言太复杂了。我们不要忘记那是"五胡乱华"的年代，有人讲匈奴的语言，有人讲鲜卑的语言，有人讲羯族的语言，有人讲羌族的语言，在那样一个语言大混乱的时期，大家其实还在磨那颗珍珠，根本没有时间去讨论什么叫作完美形式的文学。这也可以解释为什么完美的诗会在唐代出现，因为经过了三百多年的融合，所有的语言终于到了一个不尴尬的状态。

菩提萨埵与水到渠成

菩提萨埵的梵文发音是"Bodhi-sattva",大家不知道那是什么,那么翻译的人就要努力把它翻译出来,告诉大家这个声音的意思。那是一个生命的状态,是那个生命在觉悟生命的一个道理,是一个有情的生命在觉悟自己生命的价值。在做了这么多解释之后,Bodhi-sattva 被翻译成"菩提萨埵"。这当然是一个很怪异的名称,这时要把这个词变成文学很难,就像我今天要用"可口可乐"去写诗不是那么容易一样,因为"可口可乐"是一个新进来的词汇。那时的"菩提萨埵"也是一个新进来的词汇。可是今天"菩萨"这两个字绝对可以用来写诗了。"菩萨"不但是两个美丽的文字,还会带给大家很大的感动,因为大家都知道"菩萨"是什么。

今天的"internet"可能还是新的语言,要将它变成文学,还需要一段时间。现在我们把它翻译成"网络",也还是处于一个适应的阶段。在我看来,那些累积了很长时间,和我们的身体、呼吸已经有了共识与默契的语言和文字才叫作文学。文字和语言刚开始只是为了传达意思而存在,表达意思的过程可能很粗糙、很累赘,也很可能词不达意,但是慢慢地,大家就有了一个固定的共识。比如说成语越多的民族,说明它在文学上模式性的东西越多、越固定。"水到渠成"、"根深蒂固",这些都是成语,我一说,你就知道我在讲什么,因为里面累积了习惯性的文化模式。但要把它们翻译成另外一种语言,并不太容易。

当我谈到初唐的诗歌创作,会特别用"水到渠成"来形容。当然也可以说,我对活在那个年代的诗人充满了羡慕和忌妒。他们似乎天生就是要做诗人的,因为当时的语言和文字已经完全成熟了。你今天再怎么努力,也不可能是李白,因为你的时代不是李白的时代。你没有一个完美的语言背景,也就是说你的"水"还没有到,所以你的"渠"也不可能成。

文学史的继承关系,和大自然一样有春夏秋冬。唐代是花季,花季之前一定是漫长的冬天。在冬天，被冰雪覆盖的深埋到土壤里的根在慢慢地做着准备。

在讲到魏晋南北朝的时候，很多诗人我都没有提到，像谢灵运和鲍照。魏晋南北朝三百多年，应该有很多诗人，为什么今天留下名字的这么少？为什么到了唐代，在短短的开元、天宝年间，大概文学史上最好的诗人都出来了，李白和杜甫只相差十一岁，这就是花季。花季未到的时候，要期待花开，是非常难的。

陶渊明也不是花季当中的花，他只是努力地准备花季要出现的一个讯号而已，他的诗歌形式并不完美。他写"人生无根蒂，飘如陌上尘"，这中间给我们的感动，全部是内容上的感动。他在文字和语言方面并没有太大的创造性，五言诗的形式汉朝就有，他并没有开创新形式。陶渊明甚至有时候用四个字，比如《停云》，是《诗经》的模式。陶渊明在内容上有很多哲学性的创造，可是他的诗在形式上是不够完美的。我读"人生无根蒂，飘如陌上尘"的时候，在形式上没有任何感动，因为这个形式我已经太熟悉了。

当时出来一种叫作"骈体文"的文体，它有另外一个名称——"四六"。什么叫作"四"？什么叫作"六"？就是说用四个字与六个字的排列方式重新去组合语言的节奏。写骈体文的鲍照、江淹等人，除了中文系的人做论文研究他们，普通大众是不太读他们的东西的，可是他们也在琢磨那颗珍珠，也在实验语言和文字有没有新的可能。像庾信的《哀江南赋》，就在形式上就做了很多实验。这些诗人有点像"五四运动"以后的诗人。台湾有一些诗人，没有太多的读者。可是我相信他们在实验很多新的语言规则，有的年轻人想试试看在当下如此巨大的文化冲击下，汉文字还有什么可能，甚至把文字颠倒过来排。像刚才提到的有意把犯罪的"罪"变成最好的"最"的学生，如果他一直试，可能会试出一个新的语言模式。魏晋南北朝的一些人虽然在今天不是特别被看重，但这些默默无闻的寂寞的少数人，是在做文学实验的人。

第一讲　大唐盛世

文学的内容与形式

文学有两个部分，一个是内容，一个是形式。比如，内容是说我渴望爱，因为没有爱而空虚；可是光有爱的渴望和爱的失落，不一定能产生诗。《诗经》里面有"昔我往矣，杨柳依依；今我来思，雨雪霏霏"，把爱的渴望与爱的失落变成了十六个这么精简的文字，所以形式当然是重要的。如果我们说，因为徐志摩感情非常充沛，所以他是诗人，这里面的逻辑就有问题。我们感情都很丰沛，可是我们未必可以变成一个诗人。诗人是在某种情感当中，可以把自己的语言变成偶然的一个句子，也就是说在某一个时期写出一句诗，而且这句诗让读到的人有共鸣，觉得它表达了一个时代里对爱的渴望和失落。每个时代都有自己的流行歌，每个时代最好的诗都是流行歌的形式，在大众当中可以引起很大的共鸣。如果一个人写的诗只是在小部分人当中流传，还不能够把个人情感与大众进行对话呼应，那我称之为还在琢磨形式的诗人。

我会从这样的角度来思考：以后的人再谈这个时代的诗人时会提到谁？有没有可能是蔡振南？我不知道。会不会他的歌声、他和人进行的对话比我们今天认定的文学有更大的影响？这是非常微妙的部分。在正规的文学会议上，不大会有人这样谈，任何一个文学奖都不会颁给蔡振南。但我们讲的《诗经》和汉乐府里面那些好诗，其实不是我们今天所说的拥有诗人身份的人写出来的，那些诗其实是民歌。扎根在民间，与大众对话，然后去表达大众的孤独、哀伤与追求，这是诗非常重要的一个传统。

在魏晋南北朝时期，我们可以看到两个不同的方向。有的人在关心内容的部分，不要修饰，不要有任何形式上的思考。可是所谓不要修饰是最难的。朱自清的《背影》可以说是我看过的最好的文学。这么多年，这么多散文，很少看到哪篇散文敢这样写，简单到好像没有形式。我们认为的不修饰，其实是文学上最难的形式。朱自清放弃了所有形式上的造作、词汇上的难度、音韵上的对仗，这些东西都不考虑，直接面对眼前所看到的画面去白描。"白描"其实是一种技巧。有一次我看了一个学生写的东西，对他说："你回去把你文章里所有主观的形容，就是关于你喜欢或不喜欢的描述拿掉。"我还问他："听懂了没有？"他说："不太懂。"我说："就是再形容一次。"他说听懂了，然后就回去改。下次拿来的时候，里面还是有很多主观。其实他不知道什么叫主观，不知道怎样形容一个东西多长，是什么样的颜色，以及什么样的质感。他常常要写"我觉得像什么"之类的，这个时候他就开始修饰了。我的意思是说，"白描"是一个非常难的技巧。

有没有一种文学的内容与形式是完全分开的？其实非常值得怀疑。所有文学形式与内容之间的关系，都没有办法割裂来谈。如果我们做一下调查，文学到底是内容重要还是形式重要，我相信百分之九十九的人都会举手说内容重要。因为如果你认为形式重要，人们会觉得你好逊啊。就现在的文学而言，我们会觉得道德部分不够吗？我们会觉得生命的内容不够丰富吗？其实不见得。我们的情感和经验也都够了，可是形式上到底怎样去表达？它们能不能变成一个小说？能不能变成一篇散文？能不能变成一首诗？形式出来以后，与内容不相违背，还能把内容扩大，与其他内容产生互动，这个时候我们就会发现，形式恐怕是值得思考的。

十九世纪中后期，一些大胆的艺术家提出"为艺术而艺术"，他们的意思是说形式是非常重要的，一个画家、一个诗人，不能用内容代替所有形式上的完美。形式不完美，文学是不能成立的。你说"我恋爱了，我恋爱了"，讲一千次，也不见得是一个传达，当然如果技巧很好，是另外一回事，也许你可以创造出一种新的恋爱诗的形式，可是你必须要有一个方法传达出恋爱的喜悦。失恋了，哀伤又怎么传达？再比如，孤独怎么传达？一定要找到一个方法。

可唐代的诗人很奇怪，他们可以同时表达孤独和自负，通常我们会觉得这两种情绪是矛盾的，对不对？一个人如此骄傲，觉得这个世界上没有谁比他更精彩；但同时他又感觉到好大的哀伤，因为自负之后觉得好孤独。

我们身上常常有这两种情绪——自负又孤独。有时你很想把这个感觉说出来，可是说不清楚。然而，在唐代刚开始的时候，有个人说"前不见古人，后不见来者"（陈子昂《登幽州台歌》），自负感和孤独感全部出来了。

前不见古人，后不见来者

为什么长久以来，没有人发现"前不见古人，后不见来者"？为什么是陈子昂说出这两句诗？唐代在历史上就是一个"前不见古人，后不见来者"的时代，其实这里面又有好大的哀伤与孤独。立于历史的高峰之上，陈子昂立刻就把时代的声音传达出来，我甚至觉得这已经不仅仅是专业领域里的文学。我曾经好几次在戏台上看到一个老生出场，袖子一摆，口中念道："前不见古人，后不见来者。"陈子昂是在讲苍凉，讲历史上的苍凉时刻，里面充满了自负、骄傲，同时又充满孤独感。

李白也是如此。李白骄傲到极点，可是同时又有好大的自怜与孤单。"对影成三人"说的是和自己影子相对的孤单感觉。唐朝很多诗人都有这种特征，就是巨大的自负与巨大的孤独，这当然也是时代的特征。陶渊明写过"斗酒聚比邻"，有一斗酒就把邻居都叫来一起喝，可是盛唐的时候你看不到这种情景。当时的诗人自负到不是在人间喝酒的感觉，他们不断地往大山的高峰上走，把自己放在最孤独的巅峰上。那个时候诗人感到荒凉与孤单，因为这是他们和宇宙之间的对话。宗白华的《美学散步》里面有一篇文章，谈到了唐初的宇宙意识，闻一多也谈过唐诗的宇宙意识，分析了初唐的诗人有一种把自己放在宇宙里面去讨论的格局。

这种格局在魏晋南北朝时期还没有形成。魏晋南北朝后期，"宫体诗"盛行。这是一种在宫廷中形成的文体，非常华丽，讲究辞藻的堆砌。可到了唐朝，格局变大了。诗人总是在和月亮、太阳、山川对话，整个生命意识都被放大到巨大的空间之中，就会感觉到骄傲、悲壮，就会有宇宙意识，同时又感觉到如此辽阔的生命并不多，所以就出现了巨大的苍凉感。

"前不见古人,后不见来者"就是把自己置放在时间的洪流当中,看不到前面的人,也看不到后面的人。他讲的不仅是人,更是自己视觉、知觉上的辽阔。只有在辽阔当中,才会感觉到自己的生命状态与平常不同。如果在城市当中,在人群拥挤的环境里,你会碰到很多是非,会纠缠在是非当中。如果你把自己放到一个荒漠当中,又会怎么样?我们平常很少有这种经验。我曾经去过戈壁——从乌兰巴托往南走到戈壁,前后大概有四天时间,在荒漠当中完全看不到人为的建筑,所有的风景几乎是一种停滞的状态,那个时候就会感觉到唐诗里的苍茫与辽阔。

唐代产生了大量的"边塞诗",也就是"边疆塞外诗"。因为唐代在开国的时候很大一部分是在北方用兵,而唐代又是从山西这个地方发展起来的,按照黄仁宇的"大历史观",这里刚好是农业区与游牧区的分界线。大唐帝国会不断让知识分子跟着开疆扩土的军队到塞外,所以有很多诗都是描写塞上、出塞。文人和军队一起出去,是因为要负责很多书记的工作,比如王维的《使至塞上》写的就是他作为一个使节到了塞外。盛唐时,诗人的视觉与生命经验来自辽阔的土地。南朝的时候,中国文人的梦想是回到田园,比如陶渊明的《归去来兮辞》。回到田园也就是回到农业社区,农业社区有温暖、有人情,可同时这种人情温暖让诗人缺乏了面对宇宙时的孤独感。唐代文学不是与南朝文学一脉相承,而是来自北方。当时的诗人把真正的生命经验带到了荒漠当中,荒漠当中的生命是用另外一种宇宙观去看待生命的状态的。我们今天很难写出"大漠孤烟直,长河落日圆",因为我们没有这样的视觉体验。"大漠孤烟"描述的是看到辽阔的地平线上一缕烟升起来,唐诗给我们最大的感觉就是空间和时间的扩大。

诗人的孤独感

空间和时间的扩大,使原本定位在稳定的农业田园文化的汉文学忽然被放置到与游牧民族关系较为密切的流浪文化当中。我们从李白身上看到很大的流浪感，不止是李白，唐代诗人最大的特征几乎就是流浪。在流浪的过程中，生命的状态与家、农业家族的牵连被切断了，孤独感有一部分就来源于不再和亲属直接联系在一起的状态。杜甫则又重新回到了田园。

在安史之乱以前，李白与王维都有很大的孤独感，都在面对绝对的自我。在整个汉语文学史上，面对自我的机会非常少，因为我们从小到大的环境，要面对父亲、母亲、哥哥、姐姐、太太、孩子，其实是生活在一个充满人的情感联系的状态里。我们不要忘记人情越丰富，自我就越少。我们读唐诗时，能感受到那种快乐，是因为这一次自我真正跑了出来。李白是彻头彻尾地面对自我，在他的诗里面读不到孩子、太太，甚至连朋友都很少。他描述自己和宇宙的对话："五岳寻仙不辞远，一生好入名山游。"李白的诗里一直讲他在找"仙"，"仙"是什么？其实非常抽象，我觉得这个"仙"是他心目中完美的自我。只有走到山里去，他才比较接近那个完美的自我。到最后他也没有找到，依旧茫然，可是他不要再回到人间。因为回到人间，他觉得离他想要寻找的完美自我更遥远。他宁可是孤独的，因为在孤独里他还有自负；如果他回来，他没有了孤独，他的自负也就会消失。李白一直在天上和人间之间游离。他是从人间出走的一个角色，先是感受到巨大的孤独感，然后去寻找一种属于"仙人"的完美性，可是他并没有说他找到了，大部分时候他有一种茫然。

初唐时期就是在为李白这种诗人的出现做着准备。其中很重要的一点，就是边塞诗的发展。

边塞诗非常重要。中国文人很少有机会到塞外去，很少有机会把生命放到旷野上去冒险，去试探自己生命的极限。宋朝以后，文人写诗都是在书房里。我觉得唐诗当中有一个精神是出走和流浪，是以个人去面对自己的孤独感。当时的诗人到塞外是非常特殊的经验，因为有很多危险，可是在危险当中，诗人们同时也激发出自己生命的巨大潜能。今天也是一样。

一个在温室般的环境中长大，一直受到很好保护的孩子，与一个不断被带到高山上去行走的孩子，写出来的诗绝对不一样。初唐诗的内在本质，很大一部分是诗人与边塞之间的精神关系。唐朝开国的李家有鲜卑血统，他们通过婚姻促使汉族与游牧民族不断融合，产生了与农业社会不同的生命情调。

农业社会是将种子放到土里，等着它发芽。只要是农业的个性，一定是稳定的个性，稳定同时可能是保守，也可能是封闭，会使人有很多东西无法割除。在农村，人们的道德观念一般是很保守的，因为必须稳定，所以对新事物的接受非常难。只有开始冒险，才能打破农业的固定性与封闭性。唐代很有趣的一点是开国的皇族有意识地去接纳外族，尤其是游牧民族，皇族的母系当中就有少数民族血统。大家回顾一下唐代美术作品中的女性造型，肉体那么饱满，可以暴露出来，放到其他朝代都令人侧目。在汉族的文化伦理占主导地位的时候，大概从来没有那样大胆的服装。武则天、杨贵妃，她们身体的饱满性根本就是"胡风"。

游牧民族的华丽

唐代的开阔性与生命的活泼自由，刚好违反了我们所熟悉的汉族农业伦理。汉朝是"努力加餐饭"（《古诗十九首 行行重行行》），是"长跪读素书"（《饮马长城窟行》），非常有农业社会的特色；可唐朝有一种游牧民族的华丽，游牧民族的歌舞都非常强烈，他们追求的是感官上的愉悦。汉族那种来源于土地的稳定性相比而言有一点迂腐、保守。西安出土的鲜于庭海古墓里有一个骆驼，骆驼上铺了一块毯子，上面有个小舞台，有五个人在上面，其中一个男的在唱歌跳舞。这表现的就是当时的乐团。唐代的出土文物里面时常看到大胡子的阿拉伯人形象，很少有汉族。我常常说，七世纪时，地球上最大的城市是长安，大约是现在西安城墙内面积的十倍。这样一个城绝对比今天的纽约还要惊人，当时世界各国的人都集中在那里，形成一个国际化都市。在这个混杂的文化当中，有一种非常特殊的非汉族美学。汉族美学的代表是乐府诗和陶渊明描绘的回归田园、回归土地。李白要是活在农业伦理当中，必"死"无疑，他的叛逆与个性都是农业文化所不能忍受的。武则天活在那样的社会中也必"死"无疑。儒家喜欢讲的一句话叫"十目所视，十手所指"，就是很多眼睛在看你，很多手在指你，人活在严密的监督之中。

我们今天的社会中也还有这种来源于农业社会的世俗伦理，对个人有很多束缚。游牧社会就相对个人化，别人怎么看没那么重要。初唐的边塞诗中，个人的孤独感与胡风相混杂，构成了一种很特殊的个人主义，所以我们常常称唐诗为浪漫主义文学。浪漫当然是因为诗人得到了巨大的解放，不再是活在伦理当中的人，而是活在自然当中的人。他们面对的是自然，在大自然中诗人实现了自我完成。

从边塞诗又发展出了"贵游文学"，"贵游文学"非常敢于描述生活上的挥霍与奢侈，非常华丽。之前的汉乐府诗则非常朴素，就像生命简单到没有任何装饰。在农业伦理中，多擦一点粉，多带一个耳环都会被"十目所视"。我的童年就是这样，比如大家会在社区里讲某某人今天穿了一双丝袜之类的话题，连我们小孩子都会觉得奇怪，就跑去看。因为在农业伦理当中，大家很怕特殊性，喜欢共同性，朴素、勤俭成为一种美德。一个人违反道德系统后，就会被议论，注意不是指责，是议论。议论可能比指责还可怕。"贵游文学"却是在夸耀生命的华美，头上的装饰，身上的丝绸，生命中的一掷千金——"五花马，千金裘，呼儿将出换美酒"（李白《将进酒》）。这样的句子在农业伦理中很难出现，这就是"贵游文学"。

唐代的文化有非常贵族化的部分，很强调个人的"物竞天择"，生命可以在面对自然的时候把自己的极限活出来。那是一个在"物竞天择"的自然规律中应该被赞美的生命，就像花要开一样；如果花不开，而是萎缩，是不道德的。这其中的逻辑与农业伦理绝对不一样。在汉朝的农业伦理当中，你的生命之花要开你都不敢开。我记得小时候社区里面有一个女孩子长得很漂亮，就开始被议论，动辄得咎。如果她功课不好，那她比那个功课不好、长得又丑的人还有更大的罪恶，背后的意思是"她怎么还可以这么好看？"。农业伦理真是非常神奇，里面有一种道德性，认为美是一种骚动，美是一种不安分，所以它非常害怕美。唐朝却是一个觉得美可以被大声赞美的时代。

唐诗里的残酷

我刚刚提到游牧民族的挥霍与奢侈是因为他们靠打猎为生，游牧民族猎到一头野兽，都是当天宰割，然后吃掉。我去戈壁沙漠的时候就遇到过这样的场景。因为那个地方很少有外人去过，所以当地人很高兴，立刻开始抓羊，然后现场杀羊。我们平常看到宰割动物的时候会不忍，会难过，那时却完全没有这种感觉，因为在朔风当中，在寒凉的旷野，只会感觉到一种悲壮。当地人技术娴熟，先是切割羊咽喉部位的皮，然后整个剥开来，一点血都没有流。然后他们把羊切成大块，丢到大铁桶里。你会感觉到里面有一种唐诗的精神状态。这个精神状态，可以叫豪迈，也可以叫残酷。"物竞天择"是自然规律，在大自然中和野兽搏斗的过程，绝对不是农业道德的范畴，农业道德和游牧道德非常不同。在蒙古，我们看那达慕赛马，六七岁的小孩，没有马鞍，抓着马鬃，一下就从马肚子底下过去了，对于我们来说简直是神奇的特技，可当地的孩子都是这样长大的。这是我在成长过程里完全没有经历过的东西。

那个时候我开始重新思考，唐代开国的精神当中，有一部分是我一直不了解的，我总觉得唐朝灿烂华丽，有很大的美令人震动，可其实我根本不了解它的背景。有了这些体验之后，我就明白这种"物竞天择"是既豪迈又残酷的。唐朝最了不起的帝王是唐太宗，他与哥哥建成太子争夺皇位时，发动"玄武门之变"，把哥哥、弟弟都杀死了，然后去向父亲李渊"请罪"。李渊当然也不是等闲之辈，立刻就退位做太上皇。

"贞观之治"开创了一个伟大的朝代，可是完全不遵循农业伦理，农业伦理不会接纳唐太宗这种取得政权的方式。这当中有一种"物竞天择"的生命状态，生命就是要把极限发展出来，是非常个人化的东西。唐太宗之后的武则天，也是用残酷的方法取得了皇位。我常常跟好多朋友说，在今天我们的文化都很难理解武则天这个人——如果是男性也就罢了，我们没有办法接受一个女性如此行事。可见我们身上的农业伦理有多深，根本没有把女性与男性放在一个同等的位置，可是武则天不服气。

　　这些残酷本身也是唐朝的灿烂与华丽里面非常惊人的一部分。我们在为唐朝文化的美而震动的同时，也不要忘记其中非常残酷的部分。我其实不太喜欢用"残酷"这个词。如果晚上把我们丢到大山中，我们要活下来，大概就知道什么叫"物竞天择"了。那种在自然当中与所有的生命搏斗的精神，绝对不是农业伦理。农业伦理一定是人定居以后和土地之间的依赖关系。不存在土地依赖关系的时候，生命处于荒凉的流浪当中，这个生命必须不断活出极限，不断爆发出火焰。

　　当我们面对唐诗时，几乎每一个人都感觉到唐诗好迷人，里面的世界好动人。再追问一下，也许是因为刚好唐诗描写的世界是我们最缺乏的经验，在最不敢出走的时候去读出走的诗，在最没有孤独的可能的时候读孤独的诗，在最没有自负的条件时读自负的诗。回想起来，我在青少年时代喜欢"贵游文学"，是因为每天都要被剪头发，只要裤腿宽一点就要被叫出去训很久，说这个人多么不道德。在我们的成长过程中，完全没有唐诗的背景，可能因此唐诗才变成了那个时候最大的安慰。那时的我们觉得自己心里有一个唐诗的世界，是可以出走的，可以孤独的，可以流浪的，然后有一天会和这些是是非非一刀两断。我也相信唐诗在我的生命里产生了非常大的影响，也许到今天都还是最重要的美学形式，它不断让我从人群当中离开。我希望我们从这个角度去看唐诗的背景。我在翻阅唐朝历史的时候，觉得每个生命都是在最大的孤独里面实现了自我完成。

侠的精神

李世民身上有一种很奇怪的孤独感。他开疆扩土，建立了伟大的功业，被尊奉为"天可汗"。他一生最喜欢的居然是王羲之的《兰亭集序》，向往那种"天朗气清，惠风和畅"的世界，希望回到南朝文人那种最放松、最无所追求的生命情调，这是很荒谬的组合。曹操身上就已经有这种两极性。唐太宗写过《温泉铭》，书法很漂亮，他一生追求的就是王羲之的世界。这种复杂性构成了初唐时期很特殊的一种生命经验。我们忽然看到每一个个人都有机会通过水到渠成的文字形式把内心的生命经验完整地抒发出来，比如陈子昂的"前不见古人，后不见来者，念天地之悠悠，独怆然而涕下"。我们今天活着，不见得会觉得天地悠悠与我何干，可唐代诗人所体会到的宇宙意识是每个人都觉得天地悠悠与自己的生命有关。这是空间与时间的放大状态。

从注重视觉经验和身体经验的"边塞诗"，到书写奢侈与华美的"贵游文学"，再到"侠"，是初唐文学的发展脉络。初唐时候，最重要的生命风范就体现在"风尘三侠"身上。在唐传奇里，虬髯客将资财赠与李靖和红拂女，请他们帮助真命天子建功立业，随后潇洒离去，这里面有一种侠的精神。肝胆相照，到现在还是武侠电影中让人觉得很美的东西。该走的时候他就走了，没有任何人世间的依恋。

侠的精神来自春秋战国的墨家，在中央政权非常稳定的时代是最受忌讳的。凡是侠大概都有动摇天下的可能性，所以中央政权很害怕侠。可是即位之前的唐太宗，身边全是侠，他取得帝位以后这些人就离开了。他们觉得自己不是治国的人才，宁愿去浪迹天涯，这中间就有了美学意义。现在舞台上有很多故事来自于《隋唐演义》，有一出戏叫《锁五龙》，就是讲帮助秦王李世民变成唐太宗的这些侠之间的某种生命关系，非常豪迈。侠的精神后来在李白身上也非常明显，李白一生当中只希望变成两种生命形态：一个是仙，一个是侠。一方面，他每天在山上跑来跑去求仙，与炼丹的道士交往；一方面，他自己练剑，去结交侠士。从讲究勤劳、节俭的农业伦理去看李白，他全部不合格；可是流浪性的侠的生命经验慢慢累积起来，变成初唐共同的宇宙意识。

唐代是文学史上少有的一个时期，个人有机会把自己解放出来，而不再是被当作群体的角色看待，个人就是纯粹的个人。

唐朝是一场精彩的戏

初唐时的人有很特殊的生命经验，比如刚才讲的唐太宗，如果唐太宗不是一个帝王，我们如何看待这个生命？他身上具备很复杂的传奇性，他取得皇位是通过非常可怕的手段。他的生命经验把我们带到一个完全不同的状态，把农业伦理中的父子、君臣关系完全打碎。他不相信"你是我的臣子，所以你要服从我"，而是相信"你要服从我，是因为我的潜能得到了完全开发"。

如果是一个"物竞天择"的世界，这不过是一个争夺的结果。在农业伦理当中会有一个节制，虽然也是斗争，可是会伪装。而唐代有一种血淋淋的直接，不伪装，这和之前提到的"胡风"有关。受游牧民族文化的影响，唐代的政权形态与之前的朝代有很大不同。

大多数朝代的文学形式会要求一种稳定，因为在农业伦理里面，通常人一生下来，位置就已经定好了，如果是老二，就不要想去做皇帝，这是已经安排好的事情，所以你不必去争夺。可唐朝不是，初唐时对皇位的争夺非常激烈，武则天也是一个很明显的例子。她的精彩在于她是女性，中国文化从来没有承认过女性可以坐那个位子，再强也只能垂帘听政，武则天连帘子都不要，这才是革命。只要垂着帘子，就不是革命，因为这表示必须假借男人来掌权。武则天直接走出来，在历史上独一无二。我不相信武则天是一个超人，我相信是那个时代给了她这个可能性。那个时代的男子都不是等闲之辈，他们最后非常服她，原因是她治理国家的能力、使用人才的能力令人信服。唐朝真是一场精彩的戏，所有的演员都精彩。无论你喜欢不喜欢，都不得不承认它真是够精彩。一千三百年以后，连电视剧都一直在拍武则天的故事，因为少有人比她的故事更精彩。她完成自己生命的方式太复杂了，灿烂华丽的背后当然有非常残酷的部分，但生活本来就如此，生命本来就如此！

第二讲　春江花月夜

唐朝是汉文化一个短暂的度假期

我们看到一朵花开放，非常灿烂，非常华美，可我们大概没有办法了解一朵花开放的辛酸。它那么渴望生命完成的过程，但它怎样去完成？它经历了哪些冰雪、霜雹、风雨？我们要看花的华丽，却不要看花得以完成的残酷，其实是不可能的。残酷是被我们自己过滤掉了。我们抱着一个小宠物的时候，当然感觉不到残酷性，可是当我看到一个温柔的人，抱着一个小宠物，常常会有一种难过，因为这个生命其实已经被豢养为另外一种形式。这也是一种残酷。我们没有给它任何自由意志，也没有给它求生的可能。农业文化到最后是相濡以沫的状况，当灾难来临，你会感觉到巨大的无助、无奈，生命个体的强度也无济于事。

所以，我们处在一个巨大的矛盾之中，就是生命的个体强度和群体的相互依赖感之间常常找不到平衡。为什么会出现一个那样的唐朝？很可能是因为群体的依赖感到了一定程度，个人的潜能已经无法得到释放，所以它出现了。

唐朝调整了一下历史的角度，给个人以空间，唐太宗、武则天、李白这些人得以出来。不用担心个性的释放会给社会造成大紊乱，接下来的宋朝又会回到农业伦理。宋朝以后，武则天和李白被骂得很惨，被认为是目无纲纪、无法无天的。

唐朝为什么会带给我们感动？因为唐诗里有一种灿烂与华美，同时我们也知道这只是在美学上做了一个平衡和提醒，不必担心在现实当中会产

生某些副作用。唐朝是"负",而不是"正",我们文化的正统仍是农业伦理。唐朝就像汉文化一个短暂的度假期,是一次露营,人不会永远露营,最后还是要回来安分地去遵循农业伦理。为什么我们特别喜欢唐朝?因为回想起来,这一年最美的那几天是去露营和度假的日子,唐朝就是一次短暂的出走。我常常跟朋友们说,在农业伦理里受不了的时候就出走一下,去唐朝过两天再回来。我一直觉得《春江花月夜》是初唐气派最辽阔的一首诗,希望跟大家交流这首诗所表现的真正的宇宙意识。

春江潮水连海平,海上明月共潮生。
滟滟随波千万里,何处春江无月明!
江流宛转绕芳甸,月照花林皆似霰。
空里流霜不觉飞,汀上白沙看不见。
江天一色无纤尘,皎皎空中孤月轮。
江畔何人初见月?江月何年初照人?
人生代代无穷已,江月年年望相似。
不知江月待何人,但见长江送流水。
白云一片去悠悠,青枫浦上不胜愁。
谁家今夜扁舟子?何处相思明月楼?
可怜楼上月徘徊,应照离人妆镜台。
玉户帘中卷不去,捣衣砧上拂还来。
此时相望不相闻,愿逐月华流照君。
鸿雁长飞光不度,鱼龙潜跃水成文。
昨夜闲潭梦落花,可怜春半不还家。
江水流春去欲尽,江潭落月复西斜。
斜月沉沉藏海雾,碣石潇湘无限路。
不知乘月几人归,落月摇情满江树。

第一句的"平",第二句的"生",以及第四句的"明",都是用的同一个韵。全诗共三十六句,每四句是一个韵,一共有九次转韵,构成了非常完整的结构形式。经过魏晋南北朝三百多年的琢磨,形式与内容之间的完美关系终于实现了。

《春江花月夜》的作者是张若虚,他的诗作留存下来的非常少,可是后人提到这首诗,称它是"以孤篇压倒全唐之作"。做诗人做到这样真是很过瘾。我基本上不把《春江花月夜》看作张若虚个人化的才气表现,而是强调初唐时期人的精神有一种前所未有的辽阔,在空间和时间上都开始伸展。

我第一个想跟大家交换的意见是关于题目的。可能你们在很多地方听到过"春江花月夜"这个名字,有一首民乐的曲子就叫作《春江花月夜》,其实它早先的名字叫《夕阳箫鼓》;很多中国的画家也爱画这个主题。张若虚写了这首诗以后,"春江花月夜"这个名称就延续下来,变成了美好时光、黄金岁月的代名词。

"春江花月夜"到底是什么意思?我们在五言诗当中,习惯于"二"和"三"的关系,很多人会认为断句的时候应该断在"春江"两个字后面,下面是"花月夜","春"是在形容"江",翻译成白话文就是春天的江水。我们的语言比较复杂,一个词可以是形容词,也可以是动词,还可以是名词。用汉语写诗的时候,常常由词性本身带来一种暧昧风格。如果将"春江"理解为春天的江水,那"花月夜"的中心词就应该是"夜"——有花有月亮的夜晚,听起来其实挺俗气的。

可是汉语文学的有趣之处在于汉语是一个字一个音,所涵盖的内容几乎形成了一个画面,而不只是一个词汇。将"春江"理解为春天的江水可能是一个错误,最有趣的是,这五个字全部是名词:春天、江水、花朵、月亮、夜晚。我将这五个名词看作一首交响曲的五个乐章,整首曲子有五个主题,分别是春天、江水、花朵、月亮和夜晚。五个主题在交错,它们之间发生了三棱镜般的折射关系。这首诗之所以迷离错综、意象丰富,是因为它的五个主题都是独立的。

生命的独立性

在唐诗当中，生命的独立性是受到歌颂的。在历史上，如果我喜欢武则天这个角色，和她是否取得了政权没有必然联系，而是因为我看到她对自己独立个性的完成。《春江花月夜》之所以美，是因为它在充分的自我独立性当中，去欣赏另外一个完全独立的、与它不同的生命状态。

这里面的美学意识非常现代。二十世纪初，巴黎有一个永远都是楚楚可怜的女画家，名叫罗兰桑，有人喜欢她，有人不喜欢她，但大家都尊重她。还有一个俄罗斯来的移民叫苏蒂纳，穷得要死，每天去做苦力，在码头上搬东西，然后回家画画，他喜欢画被宰杀后的牛。罗兰桑与苏蒂纳如此不同，可他们同时在巴黎，而且可以做朋友，认为彼此代表的是"巴黎画派"两种不同的美学。

唐代也有这样的特质。武则天在取得政权的过程当中，最大的障碍是一个姓武的人要去抢夺李姓政权，自然会招致反扑。徐敬业等人要讨伐武则天，必须先将武则天的种种不是昭告天下，为自己争取舆论支持，就像现在报纸上的社论一样，表示自己出兵是名正言顺的。骆宾王的《讨武曌檄》就是这样一篇"社论"。武则天作为一个有雄才大略的执政者——这个"雄"已经有问题了，应该是"雌才大略"——读到这篇文章，不仅镇定自若，而且颇为欣赏骆宾王的才华。

这篇文章写得很真实，环环相扣。武则天出身卑贱，"曾以更衣入侍"，但她根本就不在乎这些，这里面就有了现代伦理的因素。武则天觉得文章讲得很对，可"我就是这样，关你什么事？"。皇帝去世不久，武则天取得政权，"一抔之土未干"——皇帝坟墓上的土都还没干，"六尺之孤何托？"——一个本该继承皇位的李家后代，竟然被废掉了。其中的语言和思想遵循的全部是农业伦理。

第二讲　春江花月夜　027

武则天的个性中有孤独意识,有流浪、冒险精神,这与农业伦理遵循的是两种不同的逻辑。所以武则天读着读着,就开始赞美这篇文章,还问是什么人写的,答说是骆宾王。"一抔之土未干,六尺之孤何托?"诉诸农业伦理中的忠孝,当读到这两句的时候,武则天遗憾地说:"骆宾王这样的人才,宰相竟然没有招他入阁,这是宰相之罪啊!"

　　我每次读到这段,都会有一种惊讶:虽然这篇文章在骂武则天,但她从执政者的角度认为这是一篇好文章。在那样一个时代里,骆宾王有骆宾王自我完成的方式,武则天有武则天自我完成的方式。武则天在自己的孤独当中,会欣赏骆宾王的孤独,而不是处于对立的状态。在现实当中,事关政治的争夺;可是在美学的层次上,每一个生命都可以欣赏另外一个生命,这才是"花季"出现的原因。所谓的花季,就是所有生命没有高低之分,春天、江水、花朵、月亮、夜晚,这些存在于自然中的主题,偶然间因缘际会发生了互动关系,可它们又各自离去。它们是知己,它们也是陌路。"下马饮君酒,问君何所之。君言不得意,归卧南山陲。"(王维《送别》)他们总是在路上碰到人,就喝一杯酒,变成好朋友,然后擦肩而过,又回到各自的孤独,这里面没有一点小家子气的生命意象。

与道德无关的生命状态

　　孤独感其实并不容易了解。我们常常讲到孤独,但我们又害怕与自己的生命对话的状态。唐诗中的生命可以彼此欣赏,是因为每个生命都实现了自我完成。我为什么把《春江花月夜》的题目断为春、江、花、月、夜五个词?因为我觉得这是五个不相干的主题。我不喜欢用春天形容江水,也不喜欢用花朵、月亮形容夜晚,因为它们各自独立。这些彼此独立的主题所发生的互动,是五个主题之间的对照。有时候你会觉得春天与江水发生了关系,有时候你会觉得江水与月亮发生了关系,它们相聚又散开,令我们看到宇宙间因与果的互动。

028　蒋勋说唐诗

在唐代，佛教也打破了农业伦理。比如"出家"这件事，在农业伦理中，人是没有机会离开"家"的，可是佛教构成一个出离"家"的可能。这里讲的"家"不是家庭，而是农业伦理的结构。在出离农业伦理的过程中，人会完成自我。唐代是一个佛教兴盛的时代，当然与世俗也有很复杂的关系。和尚、尼姑在剃度以后，会得到一个证明，叫作"度牒"。出家人有了度牒后，就可以不当兵、不纳税，因为你出家了，个人要修行了。

唐代的伦理关系与一般的伦理关系非常不一样。宋朝人谈论唐朝时，常常用到"秽乱春宫"、"淫乱"这种字眼，都是从农业伦理出发得到的结论。唐朝给了个人很大的空间，所以当时的人们不会这么看待这类事情。武则天可以在宫里养"面首"，官员们虽然不以为然，但还是认为这是她私人的事情。这个观点本身就很惊人，在其他朝代是不可能的。你当然可以说武则天是一个大胆的女人，但最重要的是时代本身提供了条件。

武则天所生活的时代背景，个人生命的绽放方式，在读《春江花月夜》的时候，都会令人有所领会。春天、江水、花朵、月亮、夜晚，全部是在大自然中独立出来的生命状态，与道德无关。这时候，你会觉得它是一个大释放：春天就是春天，春天与道德无关；一条江水有江水的规则；月亮有自己圆缺的规则；夜晚有夜晚的规则，全是自然现象。整首诗都在讲自然现象，把人的是非带到了大的宇宙空间中。

张若虚是一个文人，当时他走到北马南船的交界，看到了春天，面前是长江流水，又刚好是月圆之夜，花也在开放。

他在黄昏的时候，站在江边，看到潮水上涨，忽然有很多感慨。"春江潮水连海平"一句中，"春江潮水"是描写春天的江水特别汹涌澎湃的感觉，因为上游的冰雪在融化，所以河流特别澎湃，潮水也比平常更大；"连海平"是说潮水和汪洋大海连在一起。可是张若虚所处的地方根本看不见大海，在我看来，这是因为他的精神状态扩大了。"春江潮水连海平"

中的"海"是他生命经验的扩大，因为他并没有在海边。诗人用这种蓬勃的空间感，扩大了自身的生命领域，诗中的"海"并不是他所看见的。"海上明月共潮生"，在第二句，他又做了立体的展开，海上的月亮跟着潮水一起在往上升。

第一句是平面的展开，第二句是立体空间的展开，所以第一句接近绘画，第二句则接近雕塑，是更大的空间追求。从"连海平"到"共潮生"，两个空间都扩大了。张若虚只是一个小小的生命，他的身体与我们的身体一样，在宇宙中只占据非常小的空间，但是这个空间可以借文学、借生命的经验得以扩大。

何处春江无月明

接下来，我们看到句子开始转化。"滟滟随波千万里"是在形容水的波浪。"滟"是什么？是日光或者月光在水波上的反光，这个字本来是水字边，又加上一个形容花的艳丽的字。阳光照在水波上发出的亮光不是颜色，而是一种光线，这个光线非常强烈，以至于要用形容颜色的"艳"来形容。"滟滟随波千万里"是说水波一直在发亮，千里万里都有月光照亮的水波。"滟滟随波千万里"，生命经验又扩大了，我们可以看到千万里以外的东西吗？看不见。张若虚在这里讲的不是视觉，而是一种心理状态。

唐诗的一个特征就像之前讲的"前不见古人，后不见来者"，用心理去突破视觉上的极限。《春江花月夜》从一开始就对我们生命经验的放大进行着催化。第一句已经点出了春的主题，"滟滟随波千万里"是月亮主题与江水主题在对话。这段的最后一句"何处春江无月明"是一个问句，这句话很有趣。张若虚已经不在自身的肉体定位上，而是到了宇宙的高度。在这个地球上，哪一条河不是在春天被月光照亮？如果以电影的角度来看，这是一个俯视镜头。黄河、长江、浊水溪，这个时候都被月亮照亮，

蒋勋说唐诗

所以是"何处春江无月明"。其实也就是"千江有水千江月",它不是我们所看见的,而是意识扩大到宇宙的高度后,发现每一条河流此时都被月亮照到。唐诗继承了老庄思想里的"天地无私",月亮的光不会说要照哪条河流,不照哪条河流。

在农业伦理中,人们会说"我喜欢什么,我不喜欢什么",宇宙意识中则没有个人爱恨。老庄思想讲"天无不覆,地无不载",所有的东西都被天空覆盖,所有的东西都被大地承载。老庄思想与农业伦理的不同在哪里?在老庄看来,天地无私,最罪恶的生命与最无辜的生命都在天地之间。在老庄思想中,天地之间有我们所不知道的更大的结构、更大的因果。在唐代,真正居于思想主位的不是儒家,而是老庄与佛教。老庄与佛教都相信在人的伦理之外,有一个更大的天道。老庄讲"天道无亲",就是说天道不亲近任何一个人。"何处春江无月明"是一个自然的宇宙状态,不是从人的角度去阐发,张若虚从人的角度抽离,从宇宙的角度去观照。而宇宙角度是初唐诗真正的角度。理解了这一点,也就能理解武则天。对她来讲,没有她爱的或她不爱的。我们常常觉得她很残酷,儿子、父亲、哥哥,她好像毫不在意。只要我们身上有农业伦理,信奉儒家规范,就很难接受这个部分。我们讲老庄都是讲他们潇洒的部分,很少讲到老庄的本质,"天道无私"与"天道无亲"等于否定了正常的伦理。佛教也是,出家就是出离农业伦理结构,是很"无情"的。儒家相信,生命的完成是在人世间完成,是与父亲母亲、妻子儿女一起完成的。佛家不是,它要出离生死。如果生死都没有,哪里还有亲人?佛家是"个人出离";老庄是"独与天地精神往来",根本不跟人来往,不遵从农业伦理。在唐代,尤其是初唐,佛家思想、老庄思想远远比儒家影响要大。

空里流霜不觉飞

《春江花月夜》为什么影响力这么大?因为这是初唐诗中最具有典范

性的将个人意识提高到宇宙意识的一个例子。生命经验被放大为宇宙意识，张若虚又通过文学技巧将漫无边际、天马行空的思想拉回来——"江流宛转绕芳甸"。他的面前有一条河流，"宛转"地流过"芳甸"。"甸"是被人整理出来的一畦一畦的圃，就是田。为什么叫"芳甸"？因为不种稻子，不种麦，而是种花。河流弯弯曲曲地流过种满了花的、散发着香味的土地，"江流宛转绕芳甸"将主题变成了"江"与"花"的对话。

下面一句是月亮与花的主题："月照花林皆似霰。"这首诗很好玩，一开始的时候是春天，江水在流，然后月亮慢慢升起，潮水上涨。初春时节，空气很凉，夜晚的时候，水汽会结成一种薄薄的透明的东西在空中飘，也就是"霰"。花有很多颜色，红的、紫的、黄的，当明亮的月光照在花林上，会把所有的颜色都过滤成银白色。我们看到张若虚在慢慢过滤掉颜色，因为颜色是非常感官的，可是张若虚希望把我们带进宇宙意识的本体，带进空灵的宇宙状态。"江流宛转绕芳甸"中的"芳"是针对嗅觉，"月照花林皆似霰"是针对视觉。江水把气味冲散，月光把花的颜色过滤。

"空里流霜不觉飞"，非常像佛经里的句子。这里的"空"可以是佛教讲的"空"，可以是空间上的空，也可能是心理上的空。春天的夜晚会下霜，可是因为天空中布满了白色的月光，所以霜的白色感觉不到了。这是张若虚诗中出现的第一个有哲学意味的句子，就是存在的东西可以让你感觉不到它的存在——听起来很抽象。生命里其实有很多东西存在，但我们常常感受不到，比如死亡一直存在，可是我们从来感觉不到死亡。

"汀上白沙看不见"，因为沙洲上的沙是白的，月光是白的，所以汀上有白色的沙也看不出来。这句诗也是在说原本存在的东西我们根本不觉得存在。开始的时候讲春天、江水、花朵、月亮、夜晚，非常绚烂。可是这两句诗一下将意境推到了一个"空白"的状态。

江畔何人初见月？江月何年初照人？

　　一首完美的诗，首先需要结构上的精练。如果我们相信天才论，张若虚真是一个大天才。不然就是时代真是到了水到渠成的阶段，这首经得起如此分析与探讨的诗才可能产生。从"月照花林皆似霰"，到"空里流霜不觉飞"，再到"汀上白沙看不见"，所有的存在都变成了"不存在"。"江天一色无纤尘"——江水、天空全部被月光统一变成一种白色，没有任何一点杂质。"空"就这样被推演出来。一切都只是暂时现象，是一种存在，可是"不存在"是更大的宇宙本质，生命的本质或宇宙的本质可能都是这个"空"。不只是视觉上的"空"，而是生命经验最后的背景上的巨大的"空"。

　　"皎皎空中孤月轮"，在这么巨大的"空"当中，只有一个完整的圆，即"孤月轮"。听过美术史的朋友大概记得，西方在二十世纪二十年代到三十年代，像蒙德里安这些人，一直在找几何图形的本质，与唐诗的状态非常像，就是追问到最后宇宙间还剩下什么。我们有时会讲到"洪荒"，洪荒是没有人、没有建筑物的时代。我们今天在高雄的西子湾海港，会看到风景，也会在刹那间看到洪荒时的高雄，或者被命名之前的高雄，在这个情景下，人被放到自然中去进行讨论。我不知道大家可不可以理解，通常我们在现象当中的时候，只能讨论现象当中的相对性；可是当一个文学家、艺术家把我们带到了哲学层面，他就会去问本质的问题，本质的问题也就是绝对性的问题。

　　"江畔何人初见月"，张若虚在公元七世纪左右，站在春天的江边看夜晚的花朵，然后他问：谁是第一个在江边看见月亮的人？这个句子字面意思一点都不难懂，可我们听到这个句子会吓一跳。任何一个黄昏，我们在西子湾看到晚霞，如果问是谁第一个在这里看到晚霞的，那就问到本质了。通常我们很少看到这么重的句子，因为这完全是哲学上的追问，他忽然把人从现象中拉开、抽离，去面对苍茫的宇宙。我们大概只有在爬高山时才会有这种感觉——到达巅峰的时候，忽然感觉到巨大的孤独感；视觉上无尽苍茫的一刹那，会觉得是独与天地精神往来。

这种句子在春秋战国出现过，就是屈原的《天问》。屈原曾经问过类似的问题，之后就没有人再问了，农业伦理把人拉回来，说问这么多干什么，你要把孩子照顾好，把老婆照顾好。汉诗里面会说"努力加餐饭"，唐诗里面的人好像都不吃饭，全部成仙了。他们问的是"江畔何人初见月"，关心的不再是人间的问题，而是生命本质。"江月何年初照人"，江边的月亮现在照在我身上，可是江边的月亮最早什么时候照到了人类？这个句子这么重，所问的问题也是无解。唐诗之所以令我们惊讶，就是因为它有这样的力量，也就是宇宙意识。大部分朝代的文学没有宇宙意识，可是唐诗一上来就涉及了。陈子昂的《登幽州台歌》中的"念天地之悠悠"也是感觉到自己的生命在如此巨大的、无限的时间与空间里的茫然。我觉得茫然绝对不仅是悲哀，而是既有狂喜又有悲哀。狂喜与悲哀同样大，征服的狂喜之后是茫然，因为面对着一个大空白，不知道下面还要往哪里去。"空里流霜不觉飞，汀上白沙看不见。"一步一步推到"空"的本质，当水天一色的时候，就变成绝对的"空"。生命状态处于"空"之中，本质因素就会出来。这是《春江花月夜》第一段当中最重的句子。

这么重的句子出来以后，接下来怎么办？神来之笔之后就是平静。我第一次读这首诗的时候，读到这两句，就想张若虚下面要怎么收。其实我们读到这儿的时候应该会停下来，被诗人带着去想这个问题。"江畔何人初见月？江月何年初照人？"我们去想这个问题的时候，他接着给出一个非常平凡的空间："人生代代无穷已，江月年年只相似。"他完全用通俗的内容来把"江畔何人初见月"这么重的句子收掉，第一个段落就此结束。

任何一个创作者写出一个惊人的句子，涉及哲学命题的时候，一定要用相反的方法再往回收，不然读者会没有办法思维。"人生代代无穷已"就是人生一代一代地传下去，没有停止。这是很通俗的句子。唐诗好就好在可以伟大，也可以平凡、简单，什么都可以包容。如果选择性太强，格局就不会大。比如南宋的词，大多非常美，非常精致，但包容性很小，通常只能写西湖旁边的一些小事情。而唐朝就很特别，灿烂到极致，残酷到极致。我们常说"大唐"，"大"就是包容。今天如果我去做诗歌评审，看到"人生代代无穷已"这样的句子，会觉得真庸俗，可是张若虚敢用，而且他用的地方对。"江月年年只相似"，江水、月亮每年都是一样的，水这样流下去，月亮照样圆了又缺、缺了又圆，是自然当中的循环。

下面一句又是一个让我们产生思考的句子："不知江月待何人。"其中的"待"是我非常喜欢的一个字，这里的等待是指江山有待，他觉得江山在等什么人。我们回想一下，当陈子昂站在历史的一个高峰上，说"前不见古人，后不见来者"时，他之所以如此自负，是因为他觉得江山等到他了，在古人与来者之间，他是被等到的那个人。生命卑微地幻灭着，一代又一代，可是有几个人物的生命是发亮的，是会被记住？"不知江月待何人"中有很大的暗示，在这个时刻，在这个春天，在这个夜晚，在花开放的时刻，在江水的旁边，他好像被等到了。"不知江月待何人"，是"不知"还是"知"？接着前面的"江畔何人初见月？江月何年初照人？"，一同透露出的是唐诗中非常值得思考的自负感。

接下来是"但见长江送流水"，水不断地流过去。在中国文化当中，水的象征性非常明显，一直代表着不断流逝的时间。孔子说"逝者如斯夫，不舍昼夜"，讲的就是时间。"但见长江送流水"的张若虚，觉得宇宙间有自己不了解的更大的时间与空间，刹那之间，他个人的生命与流水的生命、时间的生命有了短暂的对话。如果说魏晋南北朝一直都在为文学的形式做准备，但始终没有磅礴的宇宙意识出现，那么在《春江花月夜》中，"大宇宙"意识一下被提高到惊人的状态。

宇宙意识

宇宙意识非常重要。我记得在读大学的时候，喜欢"出走"，不是一定要离家出走，有时候就是几个朋友约好一起去山里走走。最近几年我发现了一个很有意思的现象。过去我带学生出门，没有一个学生会问住在哪里，可是现在每次出发前，学生都会反复问一件事：老师，我们住哪里？似乎在过去的年代，人对自己生命的出走恐惧比较少。我有时候故意带学生住警察局或小学教室，有时候也住在教会，其实就是走出去以后，试着做偶然性的停留。有时候，出门时还没有决定住在哪里，到了一个地方之后，碰到当地的一些朋友，他们招待我们到家里去住，然后大家就散开，住到不同人家。现在的学生如果不做好安排，就不敢出去，因为他们被保护得太完整了，缺少生命出走的经验，个人与宇宙对话的经验也越来越少。

唐代其实是我们少有的一次"离家出走"，个人精神极其壮大。当张若虚问到宇宙的问题时，我们会感觉到他有很大的孤独感，这一刻他面对着自己，面对着宇宙。如果当时旁边一大堆人，他写不出这首诗。"江畔何人初见月，江月何年初照人"透露出的洪荒里的孤独感，是因为诗人真的在孤独当中，他对孤独没有恐惧，甚至有一点自负。我们在读《春江花月夜》的时候，看他一步一步地推进，把很多东西拿掉，最后纯粹成为个人与宇宙之间的对话。"不知江月待何人"中的"待"字一出现，唐诗的整个格局就得以完成了。你看，无限的时间与空间都在等着诗人，这是何等的骄傲与自负。

第二段从宇宙意识转到了人的主题。"白云一片去悠悠"的"悠"，"青枫浦上不胜愁"的"愁"，"何处相思明月楼"的"楼"，都是押韵的。发愁的"愁"，秋天的"秋"，上楼的"楼"，这些放在一起已经很像诗了。"白云一片去悠悠"大概是文学里面最简单、最平凡的句子。这首诗如果以段落来分，它有两大段，前面一大段是关心宇宙之中的本质，后面一段是关心人间的情。人活在世间有两个难题，一个是宇宙之间"我"的角色，一个是人间情感中的角色。注意，这里的"情感"不是伦理中的，而是真正的情感。张若虚在宇宙主题和情感主题之间用了一个比较单纯的转折方法，我想他当时在江边，看到花，看到月亮升起来，于是写诗。他觉得自己写了一个很棒的句子出来，而接下来很难写下去了，这时候诗人抬头看到天上有一片云，"白云一片去悠悠"其实是即景。我最佩服张若虚这首诗的原因是轻与重可以交错到如此自然。通常"语不惊人死不休"以后，真的是无以为继，可是他却平静地说："白云一片去悠悠。"我每次读到这里，就有种"恨意"。因为在创作中，真正难以超越的是这个部分。写到最好的时候，收不回来了，这是很常见的情形，张若虚却处理得如此自然。

"白云一片去悠悠，青枫浦上不胜愁。"这里开始触及情绪了。我们不知道他的愁是什么，因为诗人没有告诉我们他到底为什么发愁，好像有很多隐情。而这个愁这么重，重到他难以负担。

这时候，他看到一个人划着一叶扁舟过去，就问"谁家今夜扁舟子"。这七个字很有趣，其实"今夜扁舟子"是在写实，可是当他问"谁家"时，就有点奇怪。这跟他有什么关联？记不记得，诗人前面说"春江潮水连海平，海上明月共潮生"？其实诗人一直在扩大他的生命经验。"谁家"是扩大，下面的"何处"也是一种扩大。

我在渔港看到一个划船人，关我什么事，我就吃我的海鲜好了。可当我问"这个人不晓得是谁的丈夫"时，"谁家今夜扁舟子"就带出了另外一个人——"何处相思明月楼"，一定有一个女人在某个月亮满照的楼上，在怀念这个"扁舟子"。这根本就是莫须有的猜想，也许划船的人连婚都没有结。"何处相思明月楼"是在呼应"何处春江无月明"，"何处春江无月明"扩大了宇宙体验，"何处相思明月楼"则扩大了情感经验。这个时候我们开始有些明白张若虚讲的"不胜愁"是什么愁。他的愁是离家的愁，是与自己所爱的人分离的愁。他借面前的"扁舟子"，推到了"何处相思明月楼"。这个女人可能根本就跟"扁舟子"没有关系，只是张若虚对于爱的幻灭感。之后他开始用超现实的方法追踪那个女人，"可怜楼上月徘徊，应照离人妆镜台"。这个女人原本只存在于诗人的想象世界，这个想象世界是他生命经验的扩大。他开始悲悯，与毫不相关的"扁舟子"感同身受，生命体验得以扩大。

牵连和挂念予生命以意义

这首诗一直在转韵，前后转了九次韵。"九"是中国的吉祥数字，这首诗有一点循环的感觉，从月亮升起，花朵开放，春天来临，再到春天消逝，花朵凋零，月亮下落，有一个很特殊的圆形结构。中国人还相信"九九归一"，全诗的结构如此不可思议，有一种特殊的完整性。

接下来的四句诗，全部在描写想象中的这个女人。在月亮照亮的楼上，有一个女子和"扁舟子"有关系，这就是"何处相思明月楼"。诗人开始想象那个女人的样子，"可怜楼上月徘徊"——"可怜"也是他的主观推测，他想象那个女子睡不着觉，月光在一寸一寸地移动。张若虚不是直接描写这个女子，而是从旁边的空间与状态来形容她的孤独感。

"应照离人妆镜台"，这个画面实在是漂亮。闺房的阁楼上，有一面镜子，是这个女子化妆的重要工具。夜晚来临，只有月光照到那个镜子，镜子也被月光照得发亮。古代人讲"女为悦己者容"，她对着镜子去化妆，可是这个镜子已经很久没有人去照。月亮也是一个镜子，两面镜子一起构成这个画面。以视觉来讲，我觉得张若虚是个好画家，他懂得画面的经营与安排。

下面两句还是在描写这个女子："玉户帘中卷不去，捣衣砧上拂还来。""玉户"是形容女子住得很讲究、很精致、很优雅的房间。早上起来，女性习惯把帘子卷起来，可卷帘子的时候，卷不去的是什么？它也附在洗衣用的砧板上，无法拂去。张若虚始终没有直接叙述离开爱人的悲愁,一直在用周边的场景带出情绪。因为情感不是那么容易直接说出来的,它是一种缠绕的状态,所以当诗人反反复复地讲"月徘徊"、"妆镜台"、"卷不去"、"拂还来"时,这种介于存在与不存在之间的状况既让人难过,又让人魂牵梦萦。

"卷不去"与"拂还来"是非常好的对仗,只有唐诗才会有这么讲究的对仗关系。"白云"和"青枫"也是对仗,颜色对颜色,名词对名词,从中可以看出,文字的精练度在唐诗中达到了一个极致。

那个女子的生命如此哀愁、如此空虚,怎样才能把她从这种沮丧和空虚里拯救出来?下面诗人就转入重要的深情当中,转入时间的无限与空间的无限当中。因为有生命的牵连和挂念,才会觉得生命有意义、有价值,即使"扁舟子"是虚拟的,即使"相思明月楼"是虚拟的。如果从老庄或者佛家的观点来讲,我们哪一种关系不是虚拟的?张若虚试图给这种虚拟关系以肯定,所以他描述这个女子一会儿卷帘、一会儿捣衣的种种生活场景。

愿逐月华流照君

我特别希望大家能够把三十六句诗分成九个不同的结构,体会其中的呼应关系。前面十六句,是在描述人和大自然的对话关系,后面的部分与情感有关,它的重要主题是:"此时相望不相闻,愿逐月华流照君。"

从女性角度来看,在这一刻,努力地踮起脚尖去看,也是望不见的,所以她说"此时相望不相闻"。人在现实的绝望当中,会产生一些愿望,这才产生了"愿逐月华流照君"这样的句子。但愿化成一片小小的月光,流照到你的身上。相隔千里万里,中间唯一可以连贯的东西就是月光,张若虚用到了月亮的主题。现在的年轻人互相送照片时,还可以写这个句子。诗人抓到了宇宙当中非常本质的某些东西,他想替人做生命的定位,又不能是庸俗性的定位,所以就要找到一个很深情的东西。我觉得他的定位不是在伦理范畴里，而是说在茫茫的宇宙当中，有什么东西是你真正牵挂的，让你放不下的。这与伦理无关，只是你生命的一个真实状态。

"此时相望不相闻，愿逐月华流照君"，开始把现实当中的绝望，转成巨大的愿望。在《春江花月夜》中，现实有阻隔人的力量，只有大自然会将其连接在一起；月光原本是无情的，可是在这一刻，刚好变成将两个隔绝的生命联系在一起的力量。

下面这两句不容易懂，不同的注解版本，给出的解释也完全不同。我们在文学史上，一直强调一个好的文学作品不能有固定答案。作品里有很多象征，甚至阅读者自己的生命经验也会和文本产生对话关系，我希望自己所做的诠释可以为诗句多保留一点弹性。

一个非常深情的句子之后，张若虚会带我们回到现实。"鸿雁长飞光不度"，鸿雁是一种候鸟，在秋天的时候会往南飞，寻找比较温暖的地方；春天来临的时候，再往北飞。大概张若虚当时在长江边，看到有大雁飞过。这刚好与前面的"空里流霜不觉飞，汀上白沙看不见"形成相对的呼应关系。

鸿雁已经飞过去了，可是它的光影留在河流当中没有走。很难懂，对不对？徐志摩的诗作《偶然》当中有一句："我是天空里的一片云，偶尔投影在你的波心。"讲的也是这种意境，就是有一种东西经过了，好像不存在，可是其实又存在。鸿雁飞走了，不记得自己留下了什么，可是河流记住了，记住了光，记住了影。张若虚非常巧妙地做了结构安排，前面是存在的东西好像没有让人感觉到，也就相当于不存在；而不存在的东西，如果你对它有感觉、有深情，就像存在一样。

河流是无情的，可是当鸿雁飞过，影子会被记下来。有时我们在公共汽车上偶然碰到一个人，那个人下车走了，却可能在你的生命里变成一首诗，可是那个人不会知道。不存在，却变成了永恒的存在，这其实是哲学上的"对仗"关系。我希望大家注意"空里流霜不觉飞，汀上白沙看不见"与"鸿雁长飞光不度"的不同意蕴。

宇宙之间存在的东西常常因为我们看不见，变成不存在；可是看似不存在的东西，如果你在意，也会变成存在。"鸿雁长飞光不度，鱼龙潜跃水成文"，"文"就是波纹。张若虚在河边，看到河水上有很多波浪，有很多水纹，是因为底下有鱼和龙在翻跃，可是鱼和龙并不知道波纹的存在。

沈尹默写过一首诗——《三弦》。有一个人在土墙背后弹着三弦，诗人走过，听到了，感觉到弹奏者情绪上的哀伤，就写了一首很有名的诗。可是这个诗人并没有看到弹三弦的人，弹三弦的人也不知道他影响了一个诗人。宇宙之间有很多因果，我们常常觉得某个东西微不足道，可它的力量其实很大。我们每一个存在的个体，对别的生命都是有影响的；我们自己的生命状态，都会让别的生命发生改变。张若虚从"扁舟子"开始，带出一个虚拟的"相思明月楼"，然后是一个虚拟的女性，虚拟的"愿逐月华流照君"。现在他说，如果你对生命有深情，一切看起来不存在的东西，都会变成你在意和珍惜的部分。这时候"愿逐月华流照君"就有了一个比较具体、实在的意义。这两句诗不容易懂，因为涉及了哲学层面的思辨。

在这个世界上，当你对许多事物怀抱着很大的深情时，一切看起来无情的东西，都会变得有情。在自然当中，一切事物都是无情的状态，人的生死，或者花的开放，都是无情的。可是就情感部分而言，人们会觉得，一朵花落了，虽然是一种凋零，可"落花不是无情物，化作春泥更护花"，又变成对无情事物的有情解释。

鸿雁长飞，可是光影会被记忆、被留住。春天、江水、花朵、月亮、夜晚，对于其他的生命可能不重要，可是对这天晚上的张若虚而言，所有的事物都有意义，他看到了鸿雁，看到了鱼在翻腾，水面上出现了波纹，然后他留下了一首诗。一千多年以后，我们在一个好像跟诗人毫无关系的环境里面，读这首诗，我们感受到了张若虚当时感受到的生命状况。

这首长诗非常像交响曲，让春天、江水、月亮、夜晚去对话，组成好几个乐章。

归宿

"昨夜闲潭梦落花,可怜春半不还家。"从这一段开始,整首诗在收尾。刚开始的时候,春天来临,花在开放,现在已经是"春半"了。全诗九个段落三十六句,做了循环性的描述。在阅读过程中,可以很明显地感觉到,生命在结尾时,有一个往下沉的力量。"昨夜闲潭梦落花",昨天晚上梦到了很安静的潭水,潭边所有的花都在飘落,完全是一个画面。这大概是诗人对家乡的记忆,所以"可怜春半不还家"。这个时候我们明白了诗人的愁,是因为春天快过完了,他还在回乡的路上,也引发了他对"相思明月楼"中"楼上人"的思念。

"江水流春去欲尽",在这里,诗人把江水跟春天联系在了一起。我们说水是时间的象征,花谢了,江水流尽了,时间也已经到了尽头,一切都终结了。终结必定会引发感伤,所以"江水流春去欲尽,江潭落月复西斜"。江边的潭水上有一个月亮,这个月亮不是诗人现在看到的月亮,而是他梦里家乡安静的潭水上的那个月亮,它一点一点从西边斜下去,黎明就要到来了。

这首诗开始的时候是黄昏,月亮在升起,现在写到了黎明之前,月亮快要下去,太阳要起来了。其实这是从夜晚,到入夜,再到黎明的一个过程。"江潭落月复西斜"中的"斜"在古代是开口韵,这里押的是"发花"韵,如果按我们现在的读音,"斜"就不合韵了。

如果说"江潭落月"是讲梦里面家乡的那个月亮,"斜月沉沉藏海雾"就是诗人当前看到的月亮,这是两个不同的月亮。听起来好像很矛盾,因为月亮只有一个,我们记忆里的月亮、眼前的月亮,与远方的人看到的月亮都是一个。诗人其实是将生命现象放到宇宙的共同意识当中,也让我们领会到,只有春、江、花、月、夜是人类共同的、永远的经验。不管距离如何遥远，不管彼此间是否有所关联，我们所拥有的都是同一个宇宙。

"碣石潇湘无限路"，"碣石"是一座山的名字，"潇"、"湘"都是湖南一带的河流。诗人说，在山中，在水上，有多少人正在行路回家，可是句子里并没有人出现，只是"无限路"。什么叫作"路"？鲁迅曾对"路"下了一个非常有趣的定义，他说："其实地上本没有路，走的人多了，也便成了路。""路"就是人行走的踪迹。而"碣石潇湘无限路"中的"路"有点象征意义，是人在寻找生命归宿的痕迹。

"不知乘月几人归"，不知道有多少人利用最后一点点月光，还在努力寻找回家的路。这个"归"是双关语，因为前面是"可怜春半不还家"，所以"归"有回家的意思；同时又有归宿的意思，是讲生命的终极目的。到这里，可以看出诗人高度统合了现象与象征两个层面的意义。人寻找归宿，并不一定是为了回家，而是追问"生命到哪里去"、"人生的意义在哪里"、"生命到底价值何在"。所以"不知乘月几人归"，也可以解读成还有多少人在寻找生命的归宿跟真理。这里就存在着两个张若虚：一个是回家的张若虚，一个是在春天、江水、花朵、月亮、夜晚前思考生命归宿的张若虚。

交响曲的结尾

诗前面的部分，有的时候江水是主题，有的时候花是主题，有的时候月亮是主题，现在所有的主题一起出现，仿若一部交响曲。我一直用交响曲来形容这首诗。本来小提琴有独奏，大提琴有独奏，长笛或者法国号也有独奏，但结尾的时候一定会有一个统合，这首诗也是这样。所有的主题逐个出来一次，为我们阐述了生命的最后归宿。

"不知乘月几人归，落月摇情满江树。"月光在最后要沉下去的时候，是很明亮的。我们通常会以为阳光很亮，其实月光也非常亮，月光会让江面上产生很多光影。因为是"斜月"，所以它在西边，当月光照过来的时候，会把树的倒影打在水面上，整个江面上全部是树的影子。

张若虚整首诗，最后要讲的一个字，就是这个"情"字。"愿逐月华流照君"是一件深情的事，他觉得充满在宇宙之间的是人的情感、人的深情，人跟所有动物的不同，就是人具备饱满的深情。所以他把情放到前面，变成"摇情"，他把所有视觉上的摇晃，与整个宇宙间充满光亮的感觉，用一个"情"字来替代。只有这样理解，这首诗才能讲得通。"落月摇情"，怎么摇？其实是诗人自己动情了，在这个时刻，他觉得对生命的爱，对生命的哀伤，对生命的喜悦，都涌上心头，所以他用了"落月摇情满江树"。逻辑上没办法讲通满江怎么可能都是树，其实"满江树"是他感觉到树的影子在水面上晃动。

诗人写到这里，已经不管逻辑了，也不管文法，他用自己的语言，去做了一个高度的总结跟统合。我很希望大家能够掌握这九段三十六句所构成的诗的严密结构：从序曲到第一乐章、第二乐章，再到结尾。迄今为止，我们很少看到结构如此严谨的诗，从用字、用句到哲学思想与文字上的华美，都到了完美的境地。这不是个人才气的表现，绝对是时代已经把很多准备工作都做好了，包括思想。如果佛学、老庄的思想没有一定的时间，没有经过魏晋南北朝的清谈，不会到达这种境界。文字也经过魏晋南北朝文人"四六骈文"的练习，到最后水到渠成。内容、形式高度完美地结合，然后，把这样的《春江花月夜》推出来，而且毫无造作的痕迹。

我们一直讲水到渠成，是因为文学作品如果不在那个时代，却刻意要做出那个时代的感觉，就会造作，留下很多经营的痕迹，会破坏原有的完美度。如果不是在张若虚的时代，一定要发出那样大的声音，其实是勉强的。在唐代，因为水到渠成，拥有开阔的胸怀与气度的诗人才会将《春江花月夜》吟唱出来。这个声音非常自然，没有任何费力的感觉。面对这样的作品，其实我们真的是羡慕、嫉妒都有，因为很清楚地知道自己没有活在那个时代，所以不可能写出这样的作品。不仅是我们的时代，大概宋以后再也没有了。刚好是在历史的高峰，也就是我们讲的花季，这样伟大的诗歌才有条件产生。

我常常觉得单纯在文学上努力是不够的，还要关注文化，只有整个文化格局发展到一定程度，文学才能应运而生。我的一个感觉是，我们一直在做文艺，其实是没有用的。因为大的文化框架不完整，文学会无所依附。现在打开电视和报纸，会发现我们大部分的文字都在尴尬与琢磨的过程当中，不可能期待《春江花月夜》这种形态完美的文学出现。所以当我们在阅读一个完美的文化作品时，要比较清楚如何把自己重新定位，也应该知道在不同的历史阶段，自己应该做什么样的努力。

我在读大学的时候，觉得写诗是好高骛远或者说狂妄自大的一件事。我想那样的一个年龄，当然一定是读唐诗。英国诗人艾略特说，一个人二十五岁以后如果还继续写诗，必须要有历史感。所谓历史感，不是指个人才华，而是感觉到自己所用的语言和文字是由传统继承下来的，每一步都能看出前人的痕迹。张若虚能写出这样的诗，当然是因为之前的三百多年间，一直有人为他做准备工作。我们看到花开了，赞美花的美丽，却常常注意不到它底下的枝叶，它的根，它需要的土壤、阳光跟雨水，而这些全部是它开放的条件。为什么从《诗经》一路讲下来，讲到唐的时候，会特别强调这一点，我认为唐诗是诗歌这株植物在生长过程中开出的花朵，如果我们认为它太美了，其他朝代都不行，这是不公平的说法，因为其他朝代是枝叶，是根。《诗经》绝对是根，它的养分源源不绝输送上来，没有这个根，花朵是成长不起来的。我们一方面分析一首完美的作品，同时也希望可以将这个作品放到一棵树上去观察它的前因后果。

这朵花开得太漂亮、太灿烂了，所以你也知道后面的会很惨，如果到宋朝你再要把诗写成这样，大概真是有点东施效颦，宋朝人的"悲哀"是必须在其他的地方出奇招。唐代以后的人还是会写诗，一直到现在还有人在写七言，那只是形式的延续而已，诗歌只有在唐代才那么灿烂、辉煌。我是在描述一种文化生态，相对于唐代的花季，魏晋南北朝是一个含苞未放的状态,宋朝时花已经凋零,结了一个果。果子没有花朵那么灿烂,可是很安静。在宋代文学中,你会觉得有一种饱满与安静,它酝酿了另外一颗新的种子,与花的骚动性的美非常不同。骚动是因为它正在开花,开花自然要吸引别人注意,而果实不见得有那么多吸引力,但自有一种圆满。

小时候,《春江花月夜》让我赚了挺多钱,因为爸爸说"你背一句,我给你一块钱",所以就把这首诗背熟了。后来又很喜欢用毛笔写,所以对于这首诗我有背诵的经验、记忆的经验、手抄的经验。诗跟小说不同,文字非常精简,你阅读的时候,又去抄写,与纯然阅读印刷出来的诗,感觉有一点不同。我们今天读印刷物时,视觉上的感觉很快速,就像读报纸。我早晨起来,通常不会把最重要的时间分配给报纸,我觉得报纸常常会污染我的心情。通常我会在某一个不重要的时刻,规定自己五分钟内把报纸看完,除非有特别重要的东西,才会留下来阅读,因为我觉得报纸会干扰我感觉上的纯粹度。古代的刻版字比较好一点,有时候我们的目光在接触它的时候,会比较能够停留。以我们今天的阅读速度来讲,与产生《春江花月夜》的时代非常不一样,但如果你手抄过这首诗,与这首诗的情感会有一点点不一样。

交响诗乐章

在分段讲过以后,我们可以把这首诗连接起来,像欣赏交响诗一样,一个乐章一个乐章慢慢地欣赏。

"春江潮水连海平,海上明月共潮生。滟滟随波千万里,何处春江无月明。"第一段显示出平缓与自然。诗人不准备采用一种惊人的方式开始,只是描述自己站在江河的前面,感觉到花在开放,月亮在升起来,夜晚在来临……当他慢慢地带我们进入"江流宛转绕芳甸"的生命状态时,我们已经觉得自己的身体像诗人体验到的那样,跟河流一起蜿蜒流转在花的土地当中。这个感觉很特别。

这里用到"宛转"两个字。"宛转"是唐诗常用的表达,白居易写杨贵妃最后被赐死时说"宛转蛾眉马前死"。"宛转"是心情上的迟缓,我们有时候觉得一个情感很粗糙,就是因为太直接了。"宛转"是含蓄、委婉,生命也许不是那么轻率的,它中间要绕一圈,要回环一下,有一点曲线的感觉。河流的"宛转",也是我们心事的"宛转"——我们开始有了多一层的心情去看待不同的事物。

下面是:"月照花林皆似霰。空里流霜不觉飞,汀上白沙看不见。江天一色无纤尘,皎皎空中孤月轮。江畔何人初见月?江月何年初照人?"到这里,一个重的句子出来,所以用"人生代代无穷已,江月年年只相似。不知江月待何人,但见长江送流水"作为第一段的终结。

下面起了另外一个部分。我们看结构中的呼应,不只是四句一段,九段组合出来的结构,甚至是两个大结构之间的对话关系,很有开创一代诗风的气度。

"白云一片去悠悠,青枫浦上不胜愁。谁家今夜扁舟子?何处相思明月楼?"先是写实,一片白云飘走,刚刚发芽的青色的枫树,接着镜头推出扁舟子,然后从扁舟子开始把镜头调到明月楼,从明月楼推出女性心情的复杂。"月徘徊","应照离人妆镜台","卷不去","拂还来",这么多哀愁与思念,全部在讲情感的若断还连,无情的时候都是断的,有情的时候又都连接起来。"徘徊"也好,"卷不去"也好,"拂还来"也好,把这些字抽出来会发现是一个缠绵的过程。我们自己在经历情感的时候也是断续的,很少是断就断、续就续,大部分的情感是在安定与不安定的状态当中,就是又好像断又好像续,这是最奇怪的状态,但所有情感的特征大概都是如此。一个好的诗人,自然可以感觉到这些细微之处,也想将这种情感描述出来。

而在情感中,通常的情形是"此时相望不相闻",就是没有可能在一起的时候,彼此的牵挂是最大的。牵挂、思念、幻想的时候,情感大概是最饱满的。"此时相望不相闻"也是在讲情感的牵连。"愿逐月华流照君"

是非常美的一个句子，也是唐代诗人在描写宇宙间的深情与人的深情时出现过的最美的句子。

"鸿雁长飞光不度，鱼龙潜跃水成文。"从这里开始结尾。我想这首诗的重要，是因为它将整个宇宙经验扩大了，也许我们并不需要逐字逐句地去做注解。事实上我希望这首诗可以被忘掉，有一天把它忘得干干净净了，也许在某一个月圆之夜，在某一个角落，忽然一个句子会跑出来，那个时候才是这首诗影响最大的时候。

我小时候背这首诗的时候，从来不知道它到底是什么意思，甚至用毛笔字抄写的时候，也似懂非懂。什么时候懂的呢？可能是在京都的某一个晚上面对着枫叶，忽然懂了其中的句子；或者是在丝路旅行的时候，在新疆看到巨大的月亮从地平线上升起来，忽然想起其中一句。《春江花月夜》是我一直在重复阅读的一首诗，那些句子是从不同的地方出来的。有一年春天我在巴黎，忽然抬头看到前面的一棵树，花瓣全部飘落，一下呆住了，"昨夜闲潭梦落花"这一句就出来了。很多储存在我们心里的零散、破碎的小片段，在生命的某些经验中会忽然活过来，活过来不是因为我们阅读它，反而是因为我们忘掉了它。

我总觉得诗是一个遗忘的过程，越忘得干净它越容易跑出来跟你对话。我相信好的诗不是专业研究的对象，好的诗是活在口边的，它常常被人脱口而出，契合了生命在刹那的状态跟经验。

诗其实是很好玩的，最不容易学到诗的感觉的地方可能是大学课堂，讲到最后的时候全部变成嚼蜡烛。我也很害怕自己在讲诗的时候成了这样。我感觉到诗的时候通常是在庙里，忽然抽到一个签，签文是一首诗，我就在那里发呆。因为那首诗跟我的命运有关，忽然觉得那个句子好沉重，好多奇怪的感觉。诗如果不能够跟生命对话，就真的味同嚼蜡。

有时候在一个庙会，看到一个盲琴师，弹着三弦，唱出来的句子会让我吓一跳。我相信诗在这样的境况里比较接近真实状态。我真心希望把我喜欢的诗带到这个方向去，而不是注解、研究分析。

我在巴黎看到那棵花朵飘落的树时，很清楚在巴黎读书的四年不可能回家，连长途电话都很难打，因为那个年代打电话很贵。你会忽然在那个时候发呆。"昨夜闲潭梦落花，可怜春半不还家"就是你在庙里抽出的那支签，它在讲你当时的生命状态。

希望大家读过这首诗，一走出去就忘掉，把它忘得干干净净，有一天，你不要盼它，它就会回来。它会变成你生命的一个部分，躲在角落里，忽然就告诉你"江天一色无纤尘"，也许在希腊，也许在高雄，你也不知道它在什么样的时刻等着你。

第三讲　王维

诗中有画，画中有诗

王维二十一岁就中了进士，似乎生命此后就是飞黄腾达，没有想到后面还有什么在等着他——其实我们所有人都不知道什么在等着我们。

等着王维的是安史之乱——不仅是他，还有很多人。大家仓皇逃奔，王维很悲惨，没有逃出去，被安禄山捉住了，并被迫出任伪职。这样的命运对他的生命产生了极大影响。

后来，安禄山失败了，曾经跟随他或者说屈服于他的人开始受到惩罚，王维被抓进了监狱。他有一个弟弟叫王缙，曾经帮助唐肃宗继位，就以官位来保哥哥的性命，王维才有了一条活路。

王维曾在陕西经营辋川别业，以《辋川集》描绘山水自然。我们先讲其中的《孟城坳》。

新家孟城口，古木余衰柳。
来者复为谁？空悲昔人有。

"新家孟城口"，作者在孟城坳建了一个新家。"古木余衰柳"，周边只剩下一些残败的柳树。这个地方原来很繁华，但是现在已经荒废了，这令他有一种很大的哀伤。"来者复为谁"，以后还会有谁在这里兴建家园呢？这个家园繁华之后，会不会再次衰败？这其实是对废墟的感受。曾经繁华的地方没落了，就叫废墟；可是从来没有人想过，现在居住的繁华之地，有一天也会变成废墟。王维觉得生命里面有种无奈，对生命有种哀伤，因为他看过繁华，经历过开元盛世。

曾经台中街头有一个建筑工地，外面是白白的围篱，我和学生花了三四天的时间，在一面面好长好长的围篱上面画了《辋川图》，一共二十个景和二十首诗。有一次我走过那里，有人告诉我："你们那个时候写的东西，大家每天都去读。"街道上的工地围篱，忽然变成古代的《辋川图》。其实这里面有我的"诡计"——如果让学生去读王维，会很难，他还没有繁华过，你就叫他去哀伤，他怎么会愿意？可是如果让他们去写去画，就会很开心。这些学生现在都会背这几首诗。等他们到了中年，经历了生命的巨大变迁，至少会有一句"来者复为谁"与他呼应。不然，诗有什么用呢？

我常常觉得，诗只是在你最哀伤、最绝望的时刻让你安静下来的东西。最近我碰到一些早年间的学生，他们经历了繁华，有些忽然就发生了变化，比如离婚，比如事业失败，比如至亲死亡。一般在四十岁左右的时候，生命中开始碰到这些事情，如果能想起这些诗句，或许会有面对生命的平静。诗在生命中发挥的作用，常常是在某一个时刻变成你的心事。

王维是水墨画南宗之祖，但他的大部分作品今天看不到了。日本大阪市立美术馆收藏的《伏生授经图》被认为比较接近他的笔法，但大概也不是真迹。《辋川图》是陶渊明之后第一次将文人的理想世界真正表现出来的园林图画。到了宋朝，苏东坡称赞王维"诗中有画、画中有诗"。诗就是这样留在历史上，可能要由数百年之后的人来做见证。

王维将辋川分成二十个不同的景，除了前面提到的孟城坳，还有白石滩。《白石滩》是五言绝句，非常简单：

清浅白石滩，绿蒲向堪把。

家住水东西，浣纱明月下。

这是王维纯粹的白描，里面没有个人情绪，没有个人的爱与恨。王维只是把我们带进纯粹客观的自然世界。《春江花月夜》是长诗，气魄辽阔。但王维不一样，他被称为"诗佛"。禅宗有所谓"机锋"，能不能领悟不在于话多不多。王维的诗把"杂质"都拿掉，只留下非常简单、非常纯净的句子。

我和学生在建筑围篱上画画那几年，是台中的建筑商最荒谬的时候。一栋一栋大楼盖起来，然后变成现在的空屋——一种荒谬的繁荣。所有的工地都有长长的围篱围着，我们大概只是在空地变成大楼的过程中，保有了一点点自己的净土，在围篱上面写了一点儿诗，画了一点儿画。楼一盖起来，围篱就拆了，但这对我来说有很多的记忆，对他们来说也有很多的记忆。我一直觉得我喜欢的艺术和文学都不是"学院"的，艺术和文学如果不是在街头，就没有什么意义。那是我非常喜欢的一段日子。

"无人"

下面讲《辛夷坞》。

> 木末芙蓉花，山中发红萼。
> 涧户寂无人，纷纷开且落。

"辛夷"是一种花，"坞"是边缘高中间低的谷地。"木末芙蓉花，山中发红萼。"山里面的辛夷花在绽放红色的花萼。"涧户寂无人"，水边寂静到好像没有人。——整首诗都没有人出现，他根本就住在一个少人的地方。"纷纷开且落"，在一个这样的世界当中，花开了又落。简单的四句诗，总共二十个字，可是王维令我们有种领悟。

我们常常为别人活着，不知道如果这个世界上只有你一个人，你会用什么方法活着。王维经历了大繁华之后，忽然很希望自己是一朵开在山中的花，没有人来看，自开自落。这是生命的本质现象。正是对这个部分的触及，使得王维在历史上非常重要。王维开创了一个诗派，用简单的四句诗，对生命进行提醒：我们能不能找回自己为自己"发红萼"的时刻？在孤独的山中，没有任何人来，是不是可以茂盛地开了又落，落了又开？在这里，儒家思想被老庄或佛教所代替，讲的是绝对的个人生命的完成，这个生命不是为了别人而存在，非常单纯。

我一直很希望有一个很小很小的庙，庙里面有一个签筒，签筒里抽出来的签就是这样的四句诗。我不知道抽到签的人会怎么想，应该非常有趣。我觉得王维的诗非常像庙里的签，他讲的是生命本质的状态。大家可以设想一下，如果情感受挫，你抽到一个这样的签，会怎么理解？如果最近忽然事业有一点不如意，抽到这样一个签，又会怎么反应？

王维的诗非常精练，把主观的东西拿掉。中国的诗和西方的诗很大一个不同，是常常把主词拿掉，"我"和"你"都没有了。这样一来，你会发现，"芙蓉花"是他自己，"红萼"是他自己，所有的一切都变成一个单纯的独立的个体，在那里又开又落。诗人如果不安静到某个程度，写不出这种句子。王维所在的辋川本是一片荒原，少有人居住，他是从自然的角度去看自然，而不是从人的角度看自然。"无人"是王维诗一个的重要主题，特别是在他的晚年。

下面这首是大家比较熟悉的《竹里馆》。

独坐幽篁里，弹琴复长啸。
深林人不知，明月来相照。

"独坐幽篁里，弹琴复长啸。"一个人在竹林中弹弹琴，高兴了吹吹口哨。"深林人不知"，树林很大，外面即使有人，也不知道有人在弹琴、长啸。对王维来讲，弹琴和长啸不是表演，而是娱乐自己。"明月来相照"，月亮照在身上，好像变成了最好的朋友。唐代诗人纷纷从人群中出走，走向自然，去与月亮对话，与山对话，与泉水对话，与花对话。

山水中生命的状态

在《栾家濑》中，没有任何人的主观，只有纯粹的白描。

飒飒秋雨中，浅浅石溜泻。
跳波自相溅，白鹭惊复下。

"飒飒秋雨中，浅浅石溜泻。"诗人看到一个濑，秋天雨声萧飒，水迅急流过。"跳波自相溅，白鹭惊复下。"波浪跳来跳去，有鹭鸶站在那里，水冲下来，鹭鸶被惊动得飞起，过后又停了下来。诗人在白描，讲客观的风景，却透露出自己的心情。

他在看水的时候，看到自己的生命状态，跳来跳去，彼此冲突，过一会儿都好了，也没那么了不起。"跳波自相溅"是生命的冲突、践踏、侮辱、对抗，可是白鹭飞起又落下。他在讲自然的状态，可是这种自然状态，如果不经过一个心理阶段，走在山水里也领悟不到。王维领悟到了，把它变成诗句，对后来的人发生了很大影响。

我不认为王维只是一个书写田园与山水的诗人，他笔下的田园与山水同时也是心里的风景。所以要特别注意"溅"、"惊"这种字，其实是他的经验，是他的心事，绝对不只是风景而已。我们读王维的诗会有一种特别的感动，因为他在描写风景时，带出了人的生命状态。

再来看《欹湖》。

吹箫凌极浦，日暮送夫君。
湖上一回首，山青卷白云。

"吹箫凌极浦",在船上吹着箫,船一直划一直划,一直到了对岸。"日暮送夫君",在黄昏的时候,送自己的友人远去。"湖上一回首",有千般眷恋,已经到了湖中心,还要回头去看一看。"山青卷白云",距离很远,看不见人,只看见青山、白云。

人的是非、人的变迁在大自然里面非常渺小,在王维看来,青山与白云才是永恒的。王维的诗影响了后来的山水画,人都画得很小。人在自然当中几乎是看不见的,只是一个非常卑微的存在。

辋川二十景中有南垞和北垞,垞是小丘的意思。我们来看看《南垞》。

轻舟南垞去,北垞淼难即。
隔浦望人家,遥遥不相识。

小船划向南垞,回头看北垞的时候,已经渺茫难及。隔着岸去看,刚才认识的人、聊过天的人、留他吃饭的人,已经觉得很陌生。

这里讲的是一种很奇怪的感觉。在时间与空间上,有一天我们都会变成陌生人。如果有一天我们在"轮回"当中再次相见,大概也不会认识对方了。我们不记得曾经有过的眷爱,不记得一起上过课,不记得一起读过《春江花月夜》。"遥遥不相识"是生命形式在巨大的劫难与流转当中得以转变。王维的诗暗示性很强,非常像禅宗的偈语。他讲的好像是现实,又不是现实,只是讲生命的一种状态。

再看《木兰柴》。

秋山敛余照,飞鸟逐前侣。
彩翠时分明,夕岚无处所。

"柴"通"寨",一个用栅栏围成的所在,里面种着木兰花。"秋山敛余照",秋天的山上,晚霞慢慢收掉,已经要入夜了。"飞鸟逐前侣",黄昏的时候鸟会回来。"彩翠时分明"，黄昏时的光变幻万端，有时候很亮，有时候很暗。"夕岚无处所"，傍晚的岚东飘一下，西飘一下。这四句完全是白描，把人的主观全部拿掉，只是像纪录片一样重现。

　　王维走在这样的山水中，记录了自己看山、看水的过程。曾经有一个阶段，山不是山，水不是水，现在山还是山，水还是水。一切风云诡谲之后，大地、宇宙、自然还是原来的状态，宇宙不会因为人事而变迁，只是人自己在夸大喜悦与哀伤而已。王维用完全平静的方法进入宇宙真正的内在世界，进入以后，他就产生了绝对平静的心情。对他来讲，晚照、秋山、飞鸟、夕岚，都有自己的状态。

　　他还写过一首《漆园》。

　　　　古人非傲吏，自阙经世务。
　　　　偶寄一微官，婆娑数株树。

　　庄子曾经做过管油漆的小官，王维循着这个典故来写，借以表明自己的人生态度。

　　辋川还有个地方，有槐树夹道，王维为此地作了一首《宫槐陌》。

　　　　仄径荫宫槐，幽阴多绿苔。
　　　　应门但迎扫，畏有山僧来。

　　"仄径荫宫槐"，窄窄的一条路，两边都是高大的槐树，有很大的树荫。"幽阴多绿苔"，树木底下生了很多绿苔。"应门但迎扫，畏有山僧来。"守门人怕有山里面的僧人来拜访，就把那条路打扫了一番。

　　王维在这个地方隐居，无需送往迎来。路上的苔很多，也不去管它。因为怕同样信奉佛教的山僧来访，才把苔扫一扫。他开始重新寻找自己生命的定位，试图在辋川把另外一个生命建立起来。

王维的这种状态对后代影响很大，比如苏东坡。虽然一直受到政治上的打击，可是苏东坡知道不能因此影响自己，起起落落，就当花开花落一样，没什么不得了。

接下来是《茱萸沜》。

> 结实红且绿，复如花更开。
> 山中傥留客，置此芙蓉杯。

不知道大家有没有见过茱萸？那种一粒一粒的果实。住在山里面，如果有朋友来，留这个朋友住下，大家在喝酒的时候就把茱萸泡在里面，喝一杯茱萸酒。

王维的诗句越来越像禅宗的偈语，表面上微不足道，没有很难的字，但所有的意思都在里面。这样生活，才具备真实的意义。如果不这样生活，也许读不出味道，会觉得很平淡。但这是经过繁华之后的平淡，有特殊的意义，精简、不累赘，单纯地去描述生命的状态。

《鹿柴》可能是辋川这一系列诗中大家最熟悉的一首，非常单纯。

> 空山不见人，但闻人语响。
> 返景入深林，复照青苔上。

"空山不见人，但闻人语响。"王维此时生活在山中，看不到人，又远远地听到好像有人在讲话，可是那些人和你没有关系。"返景入深林"，听到人语以后，不愿意再见到人，就回到树林当中。"复照青苔上"是讲阳光，光线照在青苔上面。如果用电影镜头来看，这句不是人的视角，而是阳光的视角。

我小时候读这首诗，觉得蛮无聊，没有什么意思。如果没有生命经验，其实不太容易进入王维的诗歌世界，因为太单纯，所有的色彩、华美都拿掉了，只有一个非常单纯、安静的生命，就好像打坐到最后的状态，绝对的静定。

下面是《文杏馆》。

> 文杏裁为梁，香茅结为宇。
> 不知栋里云，去作人间雨。

"文杏裁为梁，香茅结为宇。"文杏即银杏，树干可以做屋梁，上面用茅草铺成屋顶。"不知栋里云，去作人间雨。"这里面的关系很有趣，画在栋梁上的云已经飞走，变成了洒落人间的雨。住在山里，常常会有云飘来，分辨不出哪些是栋梁上画的云，哪些是自然当中真正的云。

唐朝喜欢华丽的装饰，可是在王维看来，那云可能不愿意只做栋梁的装饰。栋梁之材是对国家有贡献的人，王维本来可以做栋梁之材，可是他宁愿在自然当中做一片飘去的云，遇到冷空气，变成了人间雨。这里有很多王维自己的生命经验。我们在追求欲望、物质，王维刚好在放弃。伪装和虚饰，还不如人间的一片雨水对生命有更好的滋润。解读王维的时候，必须进到哲学层面。

西湖有一个景点叫"柳浪闻莺"，春天来的时候，柳条被风吹起来，像波浪一样。《柳浪》中描写的辋川景色大概也是如此。

> 分行接绮树，倒影入清漪。
> 不学御沟上，春风伤别离。

一棵一棵的柳树，影子倒映在水中。"不学御沟上，春风伤别离。"这又是一个与"不知栋里云"有关的意境。皇宫河道两旁种植着柳树，人们在离别时会折柳相赠。王维不愿像这柳树一样，在春天里为离别而伤怀。御沟上的柳树，带给他的回忆是哀伤的离别，"不学御沟上，春风伤别离"

表达的是对政治、君王的消极远离。

《洛阳女儿行》：贵游文学的传统

王维是一个非常复杂的角色，在辋川这一系列诗当中，我们看到了一个王维，一位诗佛。佛或山水，在王维的世界里的确非常重要。但在充满了矛盾的唐代，每一个个体的生命都有很多不同的追求——可能追求贵族的华丽，可能追求侠士的流浪、冒险，也可能追求塞外的生命的放逐，在王维身上，这些追求都有。

如果我们认为王维只有一种样貌，可能是非常大的误解。当然，王维"晚年惟好静，万事不关心"，但我们不确定王维如果有其他的机会，会不会去发展出生命另外的可能性。我的意思是说，王维、李白、杜甫，他们分别把某一种生命状态变成了典型。在文学当中变成典型是很大的危险，当我们一致认为王维是隐居的、安静的，会产生误导，影响我们理解王维的所有诗作。我绝对不相信一个人一味追求佛道可以写出很好的诗，因为最好的文学是在生命的冲突中发生的。

在《洛阳女儿行》中，可以看到王维所继承的南朝贵游文学的传统。"行"就是歌行体，产生于南朝。王维、李白、杜甫等人都写了很多歌行体。

洛阳女儿对门居，才可颜容十五余。
良人玉勒乘骢马，侍女金盘鲙鲤鱼。
画阁朱楼尽相望，红桃绿柳垂檐向。
罗帷送上七香车，宝扇迎归九华帐。
狂夫富贵在青春，意气骄奢剧季伦。
自怜碧玉亲教舞，不惜珊瑚持与人。
春窗曙灭九微火，九微片片飞花璅。
戏罢曾无理曲时，妆成只是熏香坐。

城中相识尽繁华，日夜经过赵李家。

谁怜越女颜如玉，贫贱江头自浣纱。

　　读《洛阳女儿行》，会很讶异，会觉得不像王维的诗，会觉得和在辋川写诗的王维是两个王维。这个王维，代表了贵游文学的传统。他当时住在洛阳，有个女孩子是他的对门。这个女孩子十五岁，还不算很大。王维用了很多华丽的字词来描写这个女孩子的生活。

　　南朝非常善于辞藻堆砌的骈体文，在唐代初年被继承下来。我们刚才讲的王维，把所有的色彩都拿掉，只留下很干净的白描；可是现在要讲的王维，却表现出了唐代初年的华丽，里面有很多金色、红色，有很多明亮的、感官的内容。

　　"洛阳女儿对门居，才可颜容十五余"，这是介绍这个女孩子大概的情况。"良人玉勒乘骢马"，马的辔头是用玉做的，这里已经出现了贵族讲究华丽的感觉。"侍女金盘脍鲤鱼"，"玉勒"对"金盘"，"骢马"对"鲤鱼"，这个句子一拿出来，就可以发现文字上的讲究。这不是主观的描述，而是客观上用很多很多东西堆砌到整首诗产生一种物质很多的感觉。再往下看会更明显。"画阁朱楼尽相望，红桃绿柳垂檐向。""画阁"、"朱楼"都是物质，讲这个女孩子家里的建筑。"阁"、"楼"、"桃"、"柳"都是名词，"画"形容阁，"朱"形容楼，"红"形容桃，"绿"形容柳，画阁、朱楼、红桃、绿柳，一直在堆，堆出一个很华丽的画面。看到这些，会想到唐代的绘画，里面有一种强烈的色彩感，非常华美。这与"晚年惟好静，万事不关心"刚好是两个不同的感觉。

　　"罗帷送上七香车"，"七香车"是用多种香木制作的车子，走出去的时候全是香味；"罗帷"是上面挂的丝织的帐幕。"罗帷送上七香车，宝扇迎归九华帐。"注意一下对仗关系。出门的时候要坐七香车，七香车上垂着很漂亮的罗帷；回来的时候要有宝扇迎接。阎立本的《步辇图》中，唐太宗坐在步辇上，后面有人拿着两个宝扇。用宝扇本来是印度的习惯，后来被汉地宫廷所接受。"七香车"、"九华帐"是对仗,"罗帷"、"宝扇"是对仗,"送上"、"迎归"是对仗。唐诗的讲究在《春江花月夜》中还不那么明显,到了王维、李白、杜甫,文字的精准度已经非常惊人。为什么我们会觉得这些诗很好背诵,有了上一句,下一句一定会出来?因为存在对仗的关系。唐诗中的押韵与对仗都非常明显,也用这种对仗的方式堆出非常华美的感觉。

"狂夫富贵在青春",唐代是中国历史上少有的一个时代,对青春有非常直接的歌颂。宋以后很少听到歌颂青春,"青春"在我们的文化,尤其是农业伦理中,并不是正面的存在。与希腊的文化完全不同,中国文化很少歌颂青春,而是歌颂中年以后的成熟与沧桑。"狂夫"是指这个女孩子的丈夫。如果这个女孩十五岁,丈夫也不过十七八岁。

这首诗讲的是纯粹的贵族文化。农业伦理对贵族文化不敢夸张,会要求一种平等。贵族文化不同,贵族文化强调个人的奢侈。"狂夫富贵在青春,意气骄奢剧季伦。"骄傲与奢侈比西晋的石季伦还要厉害。石季伦即石崇,他家是一个大富贵人家,不止是富贵,还敢于一掷千金。唐代的贵游文学对奢侈进行了非常夸张的描写。

唐代的文化灿烂华丽,里面有我们很害怕的成分——阶级性真的很严重。在王维的诗和李白的诗中或许看不出来,到杜甫写出"朱门酒肉臭,路有冻死骨",就很明显了。所以杜甫是一个转折,又转回到农业伦理的平等,用农业伦理去批判唐代。杜甫所处的时代,刚好是唐代由盛转衰——盛的时候也有穷人,但那时候描写奢侈华丽,不会有太多人反对。

为什么在初唐、盛唐,人们觉得这么骄奢是可以的?这个文化、这个政权中有种贵族气,在中国历史上非常少见。宋朝的词曲中基本上没有这个部分,没有这么华丽,这么夸张。我特别把这首诗挑出来,是为了印证唐初的贵游文学继承了南朝王谢子弟这个系统,有一种奢侈,有一种豪华风尚。

第三讲 王维

"自怜碧玉亲教舞，不惜珊瑚持与人。"这个"狂夫"对于女孩子有种怜爱，亲自教她跳舞。"不惜珊瑚持与人"，这里与李白的贵游文学有一种呼应，就是对物质一掷千金。一掷千金这种行为，我们在现实当中要么是没有这个条件，要么不敢，要么看到别人这样会觉得恨恨的；但在美学上，一掷千金却是一种美，对物质的不在意自然会产生某一种生命情调。初唐、盛唐时期的贵游文学，构成了浪漫主义的华丽。

"春窗曙灭九微火，九微片片飞花璪。"很漂亮的画面。"九微火"是一种贵族用的非常讲究的灯，曙光初透时，九微火才慢慢灭掉。这些贵族通宵达旦地寻欢作乐，而一般老百姓点一个油灯，早早地就把它吹了赶快睡觉。九微火灭掉的时候，灯花像花瓣一样，一片一片飞到窗格上，非常漂亮。

唐代很注重审美，不是仅仅在追求华丽。王维一定常常出入于有钱的贵族家庭，所以才写得出这样的句子。接下来我们会读到白居易，白居易提倡朴素文化，他的诗要拿去给不识字的老太太念，老太太听懂了，他才定稿。但如果白居易没有泡过温泉，没有见过九华帐，绝对写不出《长恨歌》。这些人是经历过繁华的。经历过繁华的人，一种态度是歌颂繁华，一种态度是觉得惭愧。觉得惭愧的是杜甫，愿意歌颂的是李白，构成了唐代两种不同的美学。在王维的诗里面，可以看到唐代曾经盛极一时，宫廷文化当中的华丽历朝历代都比不上。唐玄宗开元时期的"国家交响乐团"叫梨园，编制有一千人之多。在帝国形态中，有一些东西非常吓人，文学自然会有一部分呼应这种豪华的贵族文化。

"戏罢曾无理曲时"，一番戏闹之后，已经没有时间去弹琴、去整理曲调。"妆成只是熏香坐"，妆化完了，只是坐着给衣服熏香。唐代女子的妆化得很吓人，额头上画整只凤凰，低胸的高腰长裙，大概就是十六、十七世纪欧洲宫廷里最华贵的巴洛克风格。王维在描述繁华、华丽，可是又有一点空虚。这个十五岁的美丽女子，生命状态华丽到了极致，可是内在却什么都没有。

这个时候我们看到，王维对这样的华丽又喜欢又批判。他的批判到最后才出来。如果他认为不需要这样华丽，为什么要写这么多？玉勒、金盘、骢马、鲤鱼，在繁华里面不断去享有繁华，刹那之间又体会到空虚。初唐时，繁华与空虚会混合，当然也隐藏在王维身上，变成王维走向佛教的重要理由。只有真正看过繁华的人，才会决绝地舍弃繁华，走向完全的空净。如果他没有看过繁华，会觉得不甘心，总想多抓一点名和利。

近代最明显的例子是弘一大师。他能在佛教上修行到如此地步，是因为他经历过所有的繁华。没有经历过繁华，恐怕没有办法像他这样放得下；经历过了，就甘心了。人在没有经历过的时候，怎么修行，心还是很难纯粹。看尽繁华的人，在领悟空时，往往有更大的基础，等到去修行的时候，这些东西都一笑置之。西湖边的虎跑寺里挂着弘一大师的一件僧袍，上面全是补丁，可是他二十岁时穿的衣服，真是绫罗绸缎。他在日本演戏的时候，中国最好的服装和欧洲最好的服装都穿过。这样一个人出家的时候，衣服上的补丁，是另外一种"华丽"。

生命很复杂，繁华与幻灭有时候是一体两面。进入繁华有时候是幻灭的修行过程。王维对洛阳女儿的哀悯也好，他的空虚感也好，要引发出下一个时期文学的出现，比如杜甫那样的。对比洛阳女儿华丽、豪华又空虚的生活，那个在河边浣纱的女孩子，长得那么美，可是没有人知道，所以他会写出"城中相识尽繁华，日夜经过赵李家。谁怜越女颜如玉，贫贱江头自浣纱"。

这个时候的王维还认为浣纱女子是贫贱的吗？相对于洛阳女儿的日常生活，她自然是贫贱的，可是"自浣纱"才是生命的华贵。他用"贫贱"去形容浣纱女子，有一点不平，有一点不甘心，他觉得这个女孩子如此漂亮，却没有人知道，一辈子就是在浣纱。王维后来的思想是回归到生命的主体性，不是在比较社会里面的高下贵贱。不过，我希望大家看到《洛阳女儿行》中贵游文学的华丽。

回看射雕处，千里暮云平

唐代的贵游文学与鲜卑族的游牧文化有关，很豪迈，与物竞天择的自然规律有关。下面我们会看到王维与边塞有关的诗歌，比如《观猎》。

> 风劲角弓鸣，将军猎渭城。
> 草枯鹰眼疾，雪尽马蹄轻。
> 忽过新丰市，还归细柳营。
> 回看射雕处，千里暮云平。

唐代非常尚武，打猎对他们来说是比武训练，从这首诗中我们可以看到另外一个王维。"风劲角弓鸣"，一开始就是一个绷紧的场面。塞外的秋风吹过来，吹到用牛角拴住的弓的边缘，发出响声。这是非常精彩的形容，我们可以感受到风的劲烈与塞外环境的力量，而王维在辋川的诗作都很平静。"将军猎渭城"是说主人公在渭城打猎。"草枯鹰眼疾，雪尽马蹄轻。""草枯"与"雪尽"，"鹰眼疾"与"马蹄轻"，对仗非常工整。秋天的时候所有的草都枯掉了，老鹰的眼睛变得非常锐利。当时的人们手臂上架着老鹰去打猎，当猎物中箭掉下来时，老鹰噌的飞过去，找到猎物。这个习惯从更早的时候延续下来，一直到元朝、清代，人们都是把鹰架在手臂上去打猎。一场大雪之后，马走起来非常轻快。

"忽过新丰市，还归细柳营。"唐诗里面有很多对速度的描写，最有名的是李白的"朝辞白帝彩云间，千里江陵一日还"；杜甫的《闻官军收河南河北》也是将好几个地名连起来，体现出速度感。王维用两个地名——"新丰市"与"细柳营"，来表现马跑得快，一下到了新丰市，一下又回到细柳营。"忽过"、"还归"两个词，立刻将空间感表现出来。这是唐诗当中所谓的技巧部分。唐诗的形式与内容如此完美，以至于很难去做分析，王维在写这首诗的时候，应该是不假思考就写了出来，因为他对这个形式太熟了。这些诗句已经内化为他的思维方式，他对于节奏与结构非常清楚。"回看射雕处，千里暮云平。"回头看一下刚才射雕的地方，一大片无边无际的草原与傍晚的云霞接连在一起。这个时候人会感觉到真正的空旷，速度感又得到了加强。

大家会不会觉得，这哪里像我们刚才看到的王维？我们之前看到的是一个安静的王维，好像已经修行到一尘不染，古井无波。可是写《观猎》的王维如此年轻，意气风发，对生命有很大的征服欲，是一个对生命怀抱着巨大热情的王维。但他的热情像一块烧红的铁，忽然被放到水里去，一激之后，完全冷掉了。他经历过两极的状态，如果没有燃烧，也就不会有灰烬。王维心如死灰，是因为曾经剧烈燃烧。结论要与过程一起讨论，不然的话就很难了解。

我一直觉得修行是与自己过去生命的对抗。从繁华到幻灭是一种修行，从幻灭到繁华是不是也是一种修行？不同的生命，有不同的修行状态。每当看到一个没有过热情，没有过燃烧，只是在庙里枯坐的生命，我会感到害怕，因为我觉得那样是修不出什么的。这样的生命没有沉淀，也没有积累。

大漠孤烟直，长河落日圆

《使至塞上》是王维非常有名的一首诗。王维曾经做过监察御史，后来出使边塞，他的生命体验过真正的旷野、大漠。这首诗对后来的文学影响很大，绝对不是在书房里面空想出来的。

　　单车欲问边，属国过居延。
　　征蓬出汉塞，归雁入胡天。

大漠孤烟直，长河落日圆。

萧关逢候骑，都护在燕然。

在各种讨论唐诗的文章当中，不断看到有人歌颂"大漠孤烟直，长河落日圆"。二十世纪六十年代，台湾流行抽象表现主义绘画，很多人认为这两句诗是对抽象艺术的完美概括。大漠是水平的，孤烟是垂直的，这是最简单的视觉造型；长河、落日，也是最简单的视觉造型。当时许多画家，都用王维的这首诗为自己的画作命名。"直"与"圆"，是最大也最精简的几何造型。张若虚的"皎皎空中孤月轮"也有类似的感觉，唐诗从一开始就表现出宇宙意识中的单纯性。

"单车欲问边，属国过居延。"唐诗当中，"出走"是重要的生命经验。诗当中的"边"可能是帝国的边疆，也可能是生命的边疆。你走到那个临界点，才看到生命另外一个峰回路转的可能。后来的文人、诗人都在书房里面，没有与自己生命的临界点对话的经验，而这两句是讲王维在陌生的瀚海、戈壁中的生命经验。"征蓬出汉塞"，诗人自比飘零的蓬草，离开汉的帝国。这里的"汉"就是唐，唐朝人非常奇怪，他们习惯称自己的国家为"汉"，而不是"唐"。"归雁入胡天"，人们认为雁是住在北方，天气冷的时候才到南方来避寒，天气暖了以后就要往北飞，所以叫"归雁"。

第三句才是重点："大漠孤烟直，长河落日圆。"个人的生命在这样的经验当中感觉到宇宙的苍茫、辽阔与精简。"直"与"圆"是很精彩的两个字。这个场景视觉性很强，画家、摄影家、导演，都在寻找表现这种空间感觉的画面。王维用简单的十个字，就把整个景象表现出来了。

很少人用"直"来形容"烟"。"烟"怎么会直？烟不是弯弯曲曲地飘上来吗？不是风一吹就会动吗？但在大漠这样空旷的空间中，人与烟的距离非常遥远，平常的曲线看起来就成了直线。我自己去走丝路的时候，亲身感受到了这两句诗所描绘的意境。夜晚的火车开过新疆的天山，好大一个月亮照在常年不化的积雪上，完全就是唐诗里面的感觉。这种诗句在江

南根本写不出来,因为没有这种视觉经验。在大漠中,空间忽然变得很难掌握,空间的比例关系与平时完全不同。

"大漠孤烟直,长河落日圆"是唐诗中非常重要的句子。其实你会发现,整首诗只留下这两句就够了。后面以"萧关逢候骑,都护在燕然"作为收尾,前面两句太重,这里其实是放松的。

相逢意气为君饮

《少年行》也是王维很有代表性的一组诗,可以用它来总结贵游文学、边塞诗与侠这三者的精神。《少年行》本身就在歌颂青春,是初唐诗人很喜欢写的题目。《少年行》的内容放到现在,大概就是描写飙车之类。王维"晚年惟好静",但他也写过《少年行》。年轻时的王维很得意,二十一岁就考取进士,头上簪着花出游,那是生命里非常美的时刻。他后来的追求与少年时的野心形成强烈对比。从他的这组《少年行》里,可以读懂贵游文学与侠士文学的关系。

(其一)
新丰美酒斗十千,咸阳游侠多少年。
相逢意气为君饮,系马高楼垂柳边。

(其二)
出身仕汉羽林郎,初随骠骑战渔阳。
孰知不向边庭苦,纵死犹闻侠骨香。

(其三)
一身能擘两雕弧,虏骑千重只似无。
偏坐金鞍调白羽,纷纷射杀五单于。

(其四)

汉家君臣欢宴终,高议云台论战功。

天子临轩赐侯印,将军佩出明光宫。

"新丰美酒斗十千"很像李白的诗句。"咸阳游侠多少年","游侠"与"少年"是联系在一起的。少年会有点莽撞,有点冲动,意气风发,会有生命的发亮与燃烧想与人分享,所以"相逢意气为君饮"。大家第一次见面,从来都不认识,可是彼此都在生命中最发亮的阶段,就为你喝这一杯酒。"为君饮"没有别的原因,就是为了你,为了一个难得遇到的生命。唐朝社会在中国历史上的特殊性就在于个人的美被释放出来了。即便在今天,也不是那么容易就可以做到"相逢意气为君饮",可是在唐代,年轻人就有这样一种生命情调。

这种情调与游牧民族的生命状态有关,也与当时流行的侠士的肝胆相照的生命经验有关。几乎每个时代,影响力最大的文学都是"武侠小说",男孩子都在读"武侠小说","武侠小说"大概带给他们一些浪漫经验。无论作品本身写得好不好,"侠"的精神多多少少都有。我在少年时代有点臭屁,去读《简 爱》、《呼啸山庄》那种古典文学,可是我的同学都在读武侠。到巴黎留学后,我才开始读金庸。现在想起来,一个男孩子,在少年时代对于侠的世界会有很大向往。那个"侠"里面,有一种与我们现在的生存伦理很不同的东西。只有在那个年龄段才会相信某一种浪漫,相信在某一个青春时刻里会碰到知己,会肝胆相照,会一起去追求生命中的某一个理想。

唐朝的《少年行》是正统文学中对当时的时代有正面影响的东西,也可以想见当时的少年就应该是这个样子。我们今天的教育不敢劝少年多喝酒,但为什么唐诗里会歌颂"豪饮"?这与当时的社会风气有关,游牧民族的血气在唐代文化中发生了极大的作用。在农业伦理中,这些可能是负面的,游侠要出走、杀人、嗜酒,都不是会被家庭、学校赞美的事情。有时候我会想，我们是不是可以从另外一个角度去看待其他不同的文化，而不是单向度地从农业伦理出发？

每次去台湾的少数族群部落，我都会感觉到一种与唐诗接近的生命力。他们有很多仪式鼓励年轻人变成少年——你要走出去，你要打猎，你要成为维护这个社区生存下去的一分子，当中有很多挑战。比如八月十五的丰年祭，年轻人必须要爬到树上，以很快的速度把枝叶砍完，然后宰杀一头山猪。里面有一种意气风发，可是也很残酷。我们现在的矛盾在于，农业伦理怎么去看待这类文化形态？汉族会觉得这些仪式太血腥了，可是在少数族群的文化里，本来就是这个样子。

唐朝是一次中国文化少有的出走。我们在读诗的时候觉得很过瘾，但如果我们身边真出现一个"新丰美酒斗十千"的少年，大概就该把他叫来训话了。从王维写的《少年行》中，一方面可以窥探到王维年轻时候的生命状态与晚年的状况完全不同，同时也可以了解到王维不是个别现象，《少年行》在初唐是一个普遍存在，或者可以说，《少年行》是唐代少年教育的普遍教材。当时的人都在这种文化里长大，后来的诗都有这种生命的豁达。

"相逢意气为君饮，系马高楼垂柳边。"第一次见面，难得碰到这样一个朋友，就把自己的马绑在高楼旁边的柳树上，上酒楼去喝酒。四句简单的诗，与忠孝都无关，可是令人觉得过瘾，因为里面有一种生命状态。这种生命状态是我们年轻时最渴望达到的，不是伦理，不是爱情，不是法律，不是道德，是一个生命对知己的渴望。只有青春时才会有这种渴望。这其实书写了青春时刻的美，青春时刻在这里忽然绽放开来。

这首《少年行》没有碰到任何与世俗有关的东西，就是讲青春在一刹那间的发亮，一刹那间的光彩。每一次读都会勾起我们自己生命当中曾经有过的一刹那的快乐、狂喜。遇到知己，两肋插刀，一起逃家，一起去做一番事业，是很多少年人的梦想。很想证明自己的成长、自己的独立、自己的背叛，觉得群体保护的爱是一种耻辱，很想走出去。"咸阳游侠多少年"构成了唐诗的主体精神。

在第二首《少年行》中,这个少年好像慢慢长大了,去做官、从军了。初唐时,从军是非常大的荣耀。唐朝早期不是募兵制,而是征兵制,要当兵,必须自己准备盔甲服装、战马和武器。穷人无力应付,都是贵族子弟去当兵。贵族子弟当兵简直像一个嘉年华会,因为武器、战马、战袍都和别人不一样。"出身仕汉羽林郎","羽林郎"是当时皇室的警卫队,服装最漂亮,气派也很大。唐诗里常常出现"羽林郎",就是这种少年军官。"初随骠骑战渔阳",一个年轻的军官跟着一个大家崇拜的大将到渔阳去打仗。唐朝喜欢用汉朝的典故,这里提到的"骠骑"即骠骑将军霍去病。"孰知不向边庭苦",他难道不知道到边疆是很苦的吗?这是一个问句,但实际是说他知道去打仗多么辛苦,到边疆多么辛苦,可是"纵死犹闻侠骨香",即使死在边疆,留下来的骨头都有一股芳香的味道,因为崇拜侠的精神。

这一段把唐代的精神全部描写出来了,没有强调保家卫国这类伦理道德,反而是说"纵死犹闻侠骨香"的浪漫精神。在辛亥革命前也有这种浪漫精神,比如林觉民、秋瑾,他们把革命当成一种浪漫去完成。那个年龄的美非常令人珍惜,在某些时候,又会令政权害怕,通常没有机会发展。可是在唐朝,生命的状态被开发出来了。唐朝初年,唐太宗取得政权,武则天取得政权,唐玄宗取得政权,都不是合法的。那种争斗,使得个人生命得到很大的释放。他们不用道德去判断,而是注重生命的自我完成。

台湾民间很喜欢义侠廖添丁,可是他在"日据时代"所做的事情并不合法。凡是喜欢侠的时代,就是讨厌当时法律的时代。如果有一个人胆敢去触碰法律,而且提供了一个比法律更高的生命道德,大家就会喜欢他,不然无法解释台湾民间为什么这么喜欢廖添丁。历来的统治者都很怕侠,侠是中央政权最大的威胁,只有唐代很奇怪。当时所有的正统文化都在歌颂侠,"风尘三侠"就是这样肝胆相照的一类人。这构成了唐代文化中很美的一个部分。李白大概最"恨"自己变成了一个诗人,因为他一生想做的是仙与侠,结果两个都没做成,却成为诗人。我们今天说他诗写得好,是因为他的诗中侠的精神在发亮。他"十五学剑术,遍干诸侯",当然是一个侠,而且是流浪的、孤独的侠。

王维的第三首《少年行》中,可以感受到侠的精神与贵游文学之间的关系。"一身能擘两雕弧","雕弧"是雕得很漂亮的弓,一个人能把两个弓同时张开。"虏骑千重只似无",打仗时面对的敌人层层叠叠,却如同面前没有人一样,直接杀到敌人队伍当中,这当然是在描述血气奋勇。"偏坐金鞍调白羽,纷纷射杀五单于。"贵游文学的特点从这里就可以看出,并不只是强调保家卫民。如果只是保家卫民,何必要"金鞍",还要"白羽"?这其实是在歌颂贵族文化。个人生命在追求一种华美,所以才用到"金鞍"、"白羽"、"雕弧"。"纷纷射杀五单于",这是个体生命在面对敌对力量时的绽放过程。

再看第四首《少年行》。这四首《少年行》好像有一种连贯,曾经的咸阳少年,后来慢慢有人赏识,跟随一位大将去打仗,建立了功业。因为"纷纷射杀五单于",所以到第四首诗里,皇帝要封官。凯旋后,天子赐宴。"云台"用的也是汉朝的典故,云台上有很多画像,画的都是对国家有大贡献的人。大家在讨论谁的战功最大,画像应该被收藏在云台上。"天子临轩赐侯印",天子在一个开阔的大厅当中开始封侯,然后颁印、封官。"将军佩出明光宫",羽林郎变成了将军,佩了印,走出明光宫。

四首诗连起来读,可以看到少年成长的过程。这个过程非常有趣,侠追求的是浪漫与热情,这种浪漫与热情引导少年到边疆去完成自己的使命;回来后,他变成贵族。这大概是唐代所崇拜的生命经验模式。

行到水穷处,坐看云起时

通过《终南别业》,我们可以看到年轻时代对生命怀抱着巨大的浪漫与热情,不断在这个热情当中燃烧自己的王维,忽然转向了。

中岁颇好道,晚家南山陲。
兴来每独往,胜事空自知。
行到水穷处,坐看云起时。
偶然值林叟,谈笑无还期。

"中岁颇好道,晚家南山陲。"王维中年以后喜欢修道——这个道可以是老庄,也可以是佛教——居住在终南山边,不再过问政事。"兴来每独往",高兴的时候就一个人在山里面走一走,体会到的美好也只有自己知道。原来的"相逢意气为君饮",现在忽然变成"胜事空自知"。

这个巨大的转变,其实是生命两个不同的阶段。年轻的时候喜欢朋友,与朋友分享生命的浪漫。而"中岁"以后有一种很大的孤独,自己回来寻找生命的修行。这首诗描写的是王维中年以后的生命经验,与《少年行》形成非常明显的对比。

"行到水穷处,坐看云起时。"最漂亮的句子出来了,我常常觉得王维这一时期的诗,只剩这两句就够了,其他都不重要。为什么这么说?他在山里行走,领悟到很多,但他领悟到的只有自己知道,不能够对别人讲。那他领悟了什么?其实就是这两句。他跟着水一直走,到水没路可走的地方坐下,看到云飘起来。一个很安静的诗人坐在山水里,发现水与云是同样的。

"穷"是什么?竹林七贤中的阮籍,随意找条路就走,走到没有路了就穷途而哭。穷是绝望的意思,是生命里面最悲哀的时刻;不止是讲物质的穷,也是心境上的穷。"行到水穷处"——走到生命的绝望之处,如果那个时候可以坐下来,就会发现有另外一个东西慢慢升起,即"坐看云起时"。他在经历最大的哀伤与绝望之后,生命忽然出现了转机。在写《洛阳女儿行》时,他还有点气愤:为什么有人在贫贱地浣纱?而现在,他大概应该庆幸她就在河边浣纱，因为她的生命还算自在。王维觉得，生命的绝望之处恰好是生命的转机。

"行到水穷处，坐看云起时。"如果有庙的话，一定把这两句放在那里做最重要的"签王"。所有人的生命领悟不过如此，对于身处绝望当中的朋友，这两句是最好的礼物。你的绝望刚好是你的转机，可是我们常常不知道。认为到了"水穷处"只有大哭。我们没有发现水穷之处就是云起之时，水穷之处是一个空间，云起之时是一个时间，在空间的绝望之处看到时间的转机，生命还没有停止，所以还有新的可能、新的追求。年轻的时候写"纷纷射杀五单于"的王维，这个时候看到了生命的另外一个状态，也许他要与原来所有敌对的东西和好，与他自己认为是绝望的那个部分和好。这是王维最重要的一个部分。

后来很多画家喜欢在自己的山水画上题写"行到水穷处，坐看云起时"，不是讲山水，不是讲风景，而是讲心情。宋朝画家李唐有张小册页就叫《坐石看云图》，王维的诗句成为宋朝以后画家用得最多的题目，提醒人们去观察自然，从自然中领悟自己的生命状态。

"偶然值林叟，谈笑无还期。"在山里行走的时候，偶然碰到一个在山中砍树的樵夫。"偶然"是说不是有意的，而我们的生命中有很多有意安排的东西。王维这一时期住在终南山里，在山水当中人不必有意，全部是天意。今天碰到谁，走到哪里，与谁谈话，都不必在意，谈完了也就走开。这时，王维的生命没有了"相逢意气为君饮"的热情，转为了安静。

我觉得安静是更大的热情，是更饱满的热情。很多人觉得安静是因为热情幻灭，但也可能是热情到了更饱满的状态，开始平静无波。王维看到一个完全不认识的樵夫，跟他谈谈话，谈到忘了回家。这是不是也是一种"相逢意气为君饮"？不到中年，大概很难了解这种人生态度。以前一拍胸脯，马一绑，就上楼喝酒了，那是年少时代的意气风发。现在是"谈笑无还期"，大家又谈又笑，一面说一面走，忘了回家。"还期"当然也可以是张若虚讲归宿时用到的"归"（见"不知乘月几人归"）那样带有象征性的字眼。

你的生命本来应该与这些田野当中最自在的生命在一起，对方不是知识分子，也不是做官的人，没有太多心机。王维在这里有很多感慨，因为他在政治上受过巨大的惊恐与压迫。他"偶然值林叟"，谈谈笑笑可以忘了回家，因为这里就是家，长安的繁华早就成为过去。

写诗要有"起承转合"，"转"非常重要，不能"转"就没有"合"。《终南别业》中，第三部分是生命的"转"，经过少年时期的追求和热情，再到生命里面的某一种受伤，然后有一个领悟——"坐看云起时"。"合"的部分非常平凡，碰到一个老伯伯，和他聊天，忘了回家。回到平凡没有什么不得了，不得了的地方是"转"。很多重要的句子常常是"行到水穷处，坐看云起时"的结构形式。

《渭川田家》是对农村生活的描述，可是这种描述与农业伦理关系不大，而是描写一个人在土地里的自在与随意。

斜阳照墟落，穷巷牛羊归。
野老念牧童，倚杖候荆扉。
雉雊麦苗秀，蚕眠桑叶稀。
田夫荷锄至，相见语依依。
即此羡闲逸，怅然吟《式微》。

"斜光照墟落"，黄昏的时候，太阳光很斜了，照着一个破破烂烂的村落。"穷巷牛羊归"，一个小巷子里，牛羊在回家。"野老念牧童，倚杖候荆扉。"老翁站在那里念叨着孙子早上就牧牛去了，到现在还没有回家。他靠着手杖，在柴门前等着自己的孙子。这个画面很像纪录片。

"雉雊麦苗秀，蚕眠桑叶稀。"这是在讲季节，讲自然规律。你不必那么担心这个世界上没有规则，没有秩序，大自然自有其秩序：听到山鸡叫，就知道麦子将要抽穗；看到蚕眠，即蚕要结茧的时候，就知道桑叶快没有了。王维把我们带到自然规律当中，安慰我们人世的幻灭繁华没有那么重要。大自然本来就有秩序，只是我们有时候不安静，看不到它的规则。王维用文学把我们带到了自然面前，让我们知道水原来就是云，云遇冷下雨，又变成了水，这是一个循环。我们希望自己是云，不要是水，是我们自己在分别。在佛教的因果中，水与云根本是同一个因果。我们要的与我们不要的，是同一个循环。

"田夫荷锄至"，王维住在这个地方，是一个特殊分子，他是做过官的，是知识分子，而这个地方的大部分人是农民。农民扛着锄头回到村子里，"相见语依依"。这是我在乡下常常看到的景象。王维是进士出身，做到高官，但此刻的他真的与田夫完全一样。我觉得他经营的不是山水，而是自己的心境。"即此羡闲逸"，这个时候才开始知道闲逸是多么值得羡慕的事。"怅然吟《式微》"，他还是有点感伤，因为前半辈子没这样过，所以唱起《诗经》中的"式微，式微！"——这是一首劝人退隐的歌，可是以前没有真正懂过。

《送别》也是王维很重要的一首诗。

下马饮君酒，问君何所之。
君言不得意，归卧南山陲。
但去莫复问，白云无尽时。

没有人会不懂这些诗句，可是也许很难体会王维写这首诗的心境。这里面写的是知识分子进入官场之后的告别；在唐代文化中，终于产生了与政治告别，与繁华告别，去找回自己。"下马饮君酒"，还是延续着《少年行》中的"相逢意气为君饮"。今天还是能喝一杯酒，可是喝完就走了吧。没有了之前巨大的热情，可是看到了生命更长远的可能性。

我们再看《山居秋暝》。

空山新雨后，天气晚来秋。
明月松间照，清泉石上流。
竹喧归浣女，莲动下渔舟。
随意春芳歇，王孙自可留。

"明月松间照"，月光照在松树之间。"清泉石上流"，泉水在石上流淌。很简单的诗句，简单到让人"生气"，因为我们总觉得写诗要很用力才行。王维曾经用力过，他写《洛阳女儿行》的时候非常用力，但是他现在回到自在了，自然不需要再那么用力。这首诗是写给朋友的，当时大概很多人都想结交王维这样一个人。

再来看《汉江临泛》。

楚塞三湘接，荆门九派通。
江流天地外，山色有无中。
郡邑浮前浦，波澜动远空。
襄阳好风日，留醉与山翁。

这首诗是在描述一个风景，里面有两句比较重要——"江流天地外，山色有无中"。这两句诗在美术史上影响很大，使中国绘画中出现了"空白"。我们看到一条河流，一直流，一直流，然后远得看不见了，到了天地之外。比天地还要大的空间，就是"空白"。山是什么颜色呢？绿色？蓝色？怎么画你都觉得它的颜色一直在跟着光线变化，山色最美的地方在有与没有之间。在这之前的绘画都是彩色的，王维的诗却预示了墨色要战胜彩色。后人提出"墨分五色"，"有无中"与"天地外"开创了一个新的绘画派别。

如果不是长时间地看山水，不会发现王维所描绘的意境。他真的是一直在看山看水，一直看到山与水的本质。一千多年来的水墨画，以留白与水墨为主体，与王维贡献出的这种生命经验有关。

他还写过《酬张少府》。

> 晚年惟好静，万事不关心。
> 自顾无长策，空知返旧林。
> 松风吹解带，山月照弹琴。
> 君问穷通理，渔歌入浦深。

如果要问生命是否绝望，是穷还是通，就去听听那些渔人唱歌吧！真理不在哲学里，不在宗教里，而是在民间生活中。在河边捕鱼的人，让王维领悟到很多。

第四讲　李白

诗歌的传统与创新

初唐对语言和文字的琢磨,已经到了最成熟的阶段。更重要的是,诗的书写已经不是少部分文人或者专业者的工作,而是变成一个考试项目,这使得诗在当时的社会上非常普遍。而我们现在的社会,不仅写诗的人很少,连读诗的人都已经非常少。

我们的青少年时代,有很多机会接触诗。那时候因为身体的发育,因为情感的萌芽,会很想用语言、句子来表达情感。对于一个人的爱,或者是自己的孤独,可能都会用一些句子表达出来。那是不是诗,当然需要讨论,但是这种情感与动机,以及用这样一种方式做记录,非常接近诗。青少年时代过后,诗成为我们最羞于去回顾的情感。到了某一个年龄,就不太敢再做这样的事情。因为写诗好像代表了青少年的伤感、动情。如果去问一个三四十岁的人最近有没有写诗,对方一定吓一大跳。不仅是写诗,连阅读诗都变成日常生活里很陌生的事件。诗在我们今天的生活里是一种两极化的存在。在青少年的世界里,诗很重要;在成人世界里,诗在急速流失。这是成人世界的一个遗憾。没有了这个部分,生命就会变得枯燥。

而在李白与杜甫的时代,诗几乎是文人生活当中的一个习惯。诗在当时与现在的流行歌非常类似。李白与杜甫的很多诗题里有"行"字,如《长干行》、《兵车行》、《丽人行》等。"行"是从汉代乐府诗歌延续下来的,也就是歌曲的调子,可以在一个调子中放进新编的歌词。《长干行》在当时就是可以唱的歌,还保有很明显的歌谣形式。长干是一个地名,在现在的江苏，《长干行》就是在这个地方流行的歌曲的调子。诗人利用这个流传很广的民谣调子，写出自己心里的感觉，编成一首新的流行歌。如果放到今天，可能就是郑愁予或余光中不再写诗，转而给民间的调子填词，编出一首新的流行歌。"行"的创作与传统之间有很密切的关系，不管有没有学过，当时的人们对那个调子非常熟悉，如果有一个诗人想传达他的情感，就会借用这个曲调，把词改变一下，变成新的情感。

唐代的诗有如此高的成就，大概也是因为把传统与创新结合在一起。传统与创新，就是在一个旧形式当中，放进新的思想情感。今天我们所说的现代诗或者新诗，的确有点远离传统，慢慢地失去了广大的读者，因为这些诗好像很难唤起人们心里的共同情感。可是那些民谣的调子，大家熟悉了以后，会有种共同情感埋藏在心里面。我每次读唐诗的时候，总是感觉到这些诗人真是非常厉害，因为那个形式本身是大众非常熟悉的。宋词也保有这种特性，不完全讲究个人的创新，更注重与族群长久的情感记忆合在一起，惟其如此，才能变成大众最容易接受的艺术形式。台湾的客家民谣一定有其传承，如果从小生活在这个族群社区里面，一定对那个曲调很熟悉。在社会转型过程中，一个意图创新的创作者如何将这些曲调运用到自己的创作中，是非常重要的过程。陈达是近代台湾非常重要的一位创造者，而《思想起》是一首在民间已经被传唱了许多年的歌曲，当陈达将新的词句放进去时，与唐代诗人所做的工作很像。

汉代的乐府诗，像"青青河畔草，绵绵思远道"，文字和语言真是堪称完美，可是久了以后，语言本身不断重复，没有创新，会有点疲乏。这个时候刚好佛教传入，后来又有"五胡乱华"，来了很多新的声音。新的声音不止是音乐，也包括语言。鲜卑语、匈奴的语言、梵语，都是新语言。新语言对旧语言会产生很大的撞击。在民间语言当中，外来语大量涌入，使得旧有语言被破解，同时这对于新语言又刚好是一个机会。

我也期待我们的语言在经过这样的撞击与磨炼之后，能够产生诗的黄金时代，那或许不是我们能够亲眼得见的，可是当下的时代的确在为将来的时代做着准备。陶渊明等魏晋南北朝的诗人,语言模式有一点尴尬,一直在四六之间调整,试图把新的东西放进来。初唐诗人已经成熟了,经过几百年的酝酿,已经是水到渠成。后来的李白与杜甫好像一出口就是诗,丝毫不费力。

角色转换

写诗是多么辛苦的事啊,要把情感准确地放在一个句子里,可是《长干行》如此简单,如此活泼。

> 妾发初覆额,折花门前剧。
> 郎骑竹马来,绕床弄青梅。
> 同居长干里,两小无嫌猜,
> 十四为君妇,羞颜未尝开。
> 低头向暗壁,千唤不一回。
> 十五始展眉,愿同尘与灰。
> 常存抱柱信,岂上望夫台。
> 十六君远行,瞿塘滟滪堆。
> 五月不可触,猿声天上哀。
> 门前迟行迹,一一生绿苔。
> 苔深不能扫,落叶秋风早。
> 八月蝴蝶来,双飞西园草。
> 感此伤妾心,坐愁红颜老。
> 早晚下三巴,预将书报家。
> 相迎不道远,直至长风沙。

在《长干行》中,李白以一个男性诗人的身份做第一人称的女性书写,其中的转换与书写其实非常困难。可开篇第一个字就是"妾",是女性的谦称。"妾发初覆额",五个字就生动地呈现出一个小女孩的画面。头发刚刚盖住额头,大概就是十岁左右的一个小女孩,李白用描写头发来表示年龄,比直接说这个小女孩多少岁要活泼很多,因为这中间有个形式化的过程。这种语言模式后来延续了下来。在我童年的时候,看到隔壁邻居家的小女孩剪刘海,就知道她大概开始成熟了,一般在十岁到十二岁之间。"覆额"这两个字非常形象。"折花门前剧",她在家门前折了一枝花做游戏,"剧"是游戏的意思。语言模式非常自由,创作者身份的转换也非常自由。

现在很少看到男性诗人在写诗的时候会转换成女性第一人称,在唐诗中这种情况却非常多,而且作者常常假设自己是一个幽怨的妇人,情感非常细腻。比如"长相思,在长安",很典型的闺怨诗。唐诗中很多闺怨诗都是男性写的,如果用今天的社会习惯来看,会觉得有点怪异。这是文学非常有趣的一点,就是在文学中角色可以改换。在《红楼梦》中,曹雪芹一会儿是林黛玉,一会儿是薛宝钗,一会儿是薛蟠,一会儿又是贾瑞。作为小说的创作者,他的角色一直在改换。如果他的角色不改换,就不可能把那些角色写好。当他在写林黛玉的娇弱、幽怨的时候,他绝对就是林黛玉。文学与艺术有趣的一点是使单一角色变成多样角色,从而使生命获得宽容度,对人有更多的了解。

写《将进酒》的李白豪迈粗犷,写《长干行》的李白却成为一个哀怨的女子。角色越能够多样转换,社会心理就越健康。当一个时代封闭、狭窄的时候,个人在社会上的定位是不能改换的。老师就是老师,学生就是学生,父亲就是父亲,孩子就是孩子。如果角色可以设身处地地转换,社会中的对话会相对丰富。

唐代是一个非常豁达、非常活泼,充满生命力的时代。在唐太宗或者武则天身上,都可以看到时代文化的多重性。武则天从一个才人成为一个帝王,角色转换了很多次。她每一次都扮演得百分之百正确。写《长干行》的李白也在演一出戏,他变成了一个刚刚剪了刘海的小女孩。"妾发初覆额,折花门前剧。"这不是第三人称的客观书写,而是第一人称的直接书写。第一个字是"妾",其实就是"我",之后他的叙述就跟着这个"妾"在走。李白已经将自己的角色转换成拿着一朵花在那里游戏的小女孩。

文学与艺术,或者说美的世界,对人生最大的贡献,是把我们带到一个不功利的状态。所谓"功利",就是每个人囿于自身的角色定位,无法去理解他人。文学与艺术会使人转换,从他者的立场与角度来观察生命现象。设身处地是最合适的爱的基础,只有设身处地才会产生爱。那些攻击、对立,都是因为没有设身处地。因为只有一个自身的立场,所以对方都是错的。

青梅竹马

"郎骑竹马来,绕床弄青梅。"男孩子骑着竹马跑来看这个小女孩,小女孩在那里玩手中的花。"青梅竹马"和"两小无猜"的典故就从这首诗里来。当语言变成一粒珍珠后,永远不会消失。这是李白的创作,同时又是我们今天都在用的语言。很多人都会用两小无猜、青梅竹马,可是不知道这是李白留下的伟大遗产。文学到了登峰造极的阶段,产生了李白、杜甫这么伟大的诗人,同时也为民族留下很多不必特意贴上签志的文学遗产。

我们可以区分,说这是李白的诗,这是杜甫的诗,可是民间已经将李白、杜甫融合在生活当中。这才是两个大诗人最惊人的成就。我们平常用了多少李白、杜甫的句子,有时根本就不知道。没有"郎骑竹马来,绕床弄青梅",不会有"青梅竹马"这样一个成语。这是文学上的巨大贡献,它已经成为活在人们口中的自然语言形式。

如果要描述小男孩、小女孩的童年关系,任何抽象语言都不如"郎骑竹马来,绕床弄青梅"来得生动、形象,这两句诗很有画面感。李白生活的时代离我们一千两三百年,但他描写的仿佛就是我们的生命经验。他把清纯的童年玩伴的感觉书写出来了。这首诗里的情感平实到惊人,即便里面发生了很多悲喜剧，但从头到尾都是最平铺直叙的描述。这里面最重要的是"妾发初覆额"的"妾"字，第一人称一旦定位，就好像展开了一生的回忆。

"同居长干里，两小无嫌猜。"是对童年阶段的描述，两个句子就把童年的单纯，以及小孩子之间没有任何猜忌的感觉刻画出来。"嫌"与"猜"都是成人世界的东西，对孩子来讲不存在。简练的语言，很精准地把童年世界完全交代出来。

到十四岁又是一个新的阶段——"十四为君妇"，嫁到了男孩家。到这里可以确认这首诗是女子对一生的回忆，"妾"不是一个小女孩，而是一个中年妇人，她从童年开始，回忆自己一步一步成长的过程。就好像是电影的倒叙，一个个画面重新出现。这不是充满戏剧性的伟大爱情，而是在长干这样一个南方小镇当中一起长大的两个人的生命经验，非常平静，没有太多的事发生。他们两个顺理成章成为夫妇，"十四为君妇，羞颜未尝开"，有一点害羞，所以"低头向暗壁，千唤不一回"。又是一个形象化的画面，几乎令人想到电影《悲情城市》里面那种女孩子的腼腆。语言形式成熟到了自然的程度，就很难去解释，也不需要解释了。

我一直觉得《长干行》是不需要注解的。根本没有什么好注解的地方，有一个字读不懂吗？好像没有。这首诗完全口语化，比胡适之写的白话诗还要白话，而且这个白话不仅是语言上的简单，形象也刻画得这么清楚。从娘家嫁到婆家，也许那个环境平常就是熟悉的，因为两个人从小一起长大，可是关系改变了，她成了这个家族的一个媳妇，她有了一些顾忌，所以"低头向暗壁，千唤不一回"——怎么叫她，她都好像没有听到。叫她的人是从小一起长大的玩伴，在"千唤不一回"当中，两个人开始有了新的情感、新的恋爱、新的缠绵。前面那一段青梅竹马不是恋爱，只是童年玩伴的关系；现在则有缠绵发生，也埋下了新婚离别的哀伤。认识这么久，从小一起长大，还会有恋爱吗？当然会有，因为关系改变了。她的恋爱是嫁到这一家后开始的，她重新确定了自己的角色，也确定了另一个人的角色，他们之间不再是过去那种打打闹闹的状态。

"十五始展眉"，十五岁开始开心了，懂得了新妇的喜悦与快乐。这时才"展眉"，是因为刚刚嫁过来时还有一点害怕吧。"低头向暗壁"与"十五始展眉"，形成了一个对比，其实是在讲新妇的喜悦。"愿同尘与灰"，发愿希望两个人之间的关系就像灰与尘一样，卑微、平凡，但只要在一起，都没有关系。可是这个愿望没有达成，因为"十六君远行"。"十四为君妇"，"十五始展眉"，"十六君远行"，分别是对三个年龄的回溯，仿佛三个电影蒙太奇画面，产生了一种人生的哀伤。十四、十五、十六，是生命里面最好的三年，刚好又堆叠成生命里面的巨大转换，从害羞到喜悦，再到哀伤。

如果把自己的一生作为电影的回叙，不会是每年一卷，有的时候是三年一卷，有的时候一年可能有十卷，其中的时间感不会那么客观。十四、十五、十六，对于这个回忆的妇人来讲，有一种不同寻常的速度。这个速度与童年的漫长和男子离开以后的漫长相比，非常不同。十四、十五、十六，三个数字放在一起，产生了一种节奏感。一生中最大的变故，就发生在这一阶段。十四的害羞、十五的喜悦、十六的悲哀，是三个重要的画面。我们可以用现代的电影手法，来思考李白这首诗的精彩。这首诗竟然有这么强的现代感，这种现代感最迷人的地方在于，它不仅存在于汉语当中。我曾经用法文将这首诗念给法国朋友听，他们都被感动了。一个诗人竟然可以超越自己的母语。李商隐的诗很难用其他语言转述，可是李白的诗可以。因为李白写的是事件，像电影画面一样直接。"覆额"、"郎骑竹马来"，都可以成为画面，这个画面可以用另外一个语言系统来传达。李商隐对汉字力量的依靠太强，翻译起来非常难。今天在全世界知名度最高的汉语诗人是李白，他的诗被翻译成很多种语言，他的创作不仅将汉语诗推到了极致，而且抵达了其他语言系统。

不同年龄层的读者，对于《长干行》都会有自己的领悟与喜欢。我童年的时候在很无知的状况下背了这首诗，那个时候觉得里面很多东西很有趣，后来慢慢开始觉得感动。李白提供的是一个现象，他将自身角色转换为"妾",然后开始带我们去回忆。这种文学的叙述最精彩,是一种纪录片手法。杜甫的诗也用了很多纪录片手法,他写安史之乱,完全像纪录片导演在拍片,不加进自己的主观。在创作里加进个人的主观是非常危险的事情,因为有了个人的主观,读者就可能与你对抗。

小说最大的忌讳,是写到一个人的时候,作者跳出来说这个人物如何如何。文学上的大忌,就是作者现身。在《长干行》中,李白戴了一个妾的面具。这是一个很高明的手法,从头到尾读者都没有抵抗,读者不觉得这是李白,认为说话的人就是"妾"。"妾"字一出来,第一人称的定位就非常清楚。如果大家对创作有兴趣,可以试试这个方法。我教学生创作的时候有一个习惯,让他将一篇文章拿出来,把所有主观的句子删掉。有客观叙述的习惯与能力,是创作的开始。

假设这首诗中,李白说"我觉得这个'妾'如何如何",就会是另外一首诗,第一人称的"妾"的定位作用非常重要。一个男性诗人,自身定位成"妾",其实非常不容易,他必须设身处地。没有设身处地就没有艺术,创作的伟大就是在不了解与隔阂时,设身处地去感知对方的处境。创作与心理学有很大关系,也是因为它会解开很多我们自己都不知道的情结。艺术最大的功能就是转换角色,如果我们越来越封闭、越来越僵化,角色就不可动摇了。

好,我们接着看这首诗,李白在这首诗中一步一步过来,写到十四、十五、十六岁。十五岁,"愿同尘与灰",这个愿望很卑微,同时又很难完成。不希望两个人富贵,就是在一起,这个愿望没有实现。"常存抱柱信,岂上望夫台。"这里用了两个典故,"抱柱信"是一个典故,"望夫台"是一个典故。我们平常读诗最怕典故,可是李白的厉害之处,就是把典故转化成语言的对称形式,让我们好像没有感觉到这是一个典故。

"抱柱信"就是尾生之信,他和一个人约在桥边,那个人一直没有来,涨潮了,他还抱着柱子没有走,最后被淹死了。这是一个寓言。年轻学生听到这个故事,觉得好愚蠢。在中国的历史上,"抱柱信"是一个非常感人的故事，因为一个信诺而死，极其缠绵与凄厉。我这几年越来越发现，这个故事受大家的嘲笑，可是我想，对于典故来说，它已经不是一个合理不合理的问题，而是已经成为族群的某一种记忆。

"望夫台"是讲一个男子远离家乡，他的妻子一直盼望丈夫回来，后来化成一块石头，就是所谓的望夫石。这也是民间传说。这里想说的是即使天崩地裂，发生最大的灾难，她还是可以完成抱柱信的承诺，可是没有想到最后她变成了望夫石。这里的两个典故，是非常精彩的一个转换，对仗非常工整。李白的语言与文字模式，已经精简到可以把典故化成非典故状态。即使不知道这两个典故的读者，阅读时也没有多大困难，因为可以直接从对仗关系里领会抱柱信的执着与望夫台的哀伤。

定格

十四、十五、十六是电影上的蒙太奇，之后却是镜头的定格。这个女子在"十六君远行"之后，她的生命就"停止"了。所以下面全部是对十六岁那一天的回忆。三个快速闪过的画面之后，忽然定格，一下停掉。

我们一生当中，总有一个时刻是永远停在那里的。日本电影《下一站，天国》也有类似的表现手法，影片假设人去世以后，到天国之前，要到一个"办公厅"，里面的工作人员问你这一生不管活多久，有没有一个定格的时刻是特别想要回忆的。有的人怎么想都想不起来，有的人比较确定，那个定格很快就找到了。找到以后，他们会帮你复原场景，然后让你再拍一张照片。这张照片就是带到天国去的护照，所谓的天国，就是这一生那个愿意定格的回忆。

王鼎钧的《左心房漩涡》里面写到他当年在月台上等车，一面的车是到北方去的，投奔共产党；另一面的车要南下，然后坐船去台湾。很多大学生在月台上等火车，有人在那一晚的月台上转换了立场，各自踏上了不同的旅程。这就是生命里的一个定格吧。

丈夫从四川出发,"瞿塘滟滪堆",狭窄山谷中的大块石头叫"滟滪堆",船碰到滟滪堆,就会触礁,所以很危险。"五月不可触"。这个女人回忆,当时她一直要跟丈夫讲,五月是潮水最危险、最不可以行船的时候,可不可以不要走。因为枯水期这些滟滪堆还看得到,到了五月,高水期,这些礁石就看不到了,船很容易触礁。这都是她的回忆,事实上我们知道她的丈夫已经走了,这是倒叙出她的叮咛。当时资讯不发达,在这个女人的回忆当中丈夫很久没有消息了,不知道是死是活。这个定格是这个女人的定格,这个男子的踪迹我们并不知道,全部是这个妇人自己的感受。"猿声天上哀",三峡的船过去时,两岸的猴子都在叫,叫声非常悲哀,这些几乎都是当时的路人转述的。这个女人没有走过这条路,可是她觉得她听到了猿在两岸啼叫的声音,"哀"是讲她自己。她在这里一直讲,只是在讲那个定格而已,用各种方法讲,讲"瞿塘滟滪堆",讲"五月不可触",讲"猿声天上哀"。

"门前迟行迹,一一生绿苔",是非常精彩的部分。丈夫走的时候,门口留下来的脚印,旁边的人大概根本没有发现,可是她还在注意;日子久了以后,脚印看不到了,可是那些痕迹还在,只有她看得到青苔底下的脚印。其实那就是记忆当中的定格,永远的定格。缠绵到了这么深的地步,深情到了这样一个状态。而一个新妇的喜悦,忽然转成了好像永远不能够弥补的哀伤。

我常常觉得,幸好在我们的文化当中有这样的诗存在。我自己出过一本书叫《情不自禁》,就是想谈这种情感。我们的文学传统不太敢触碰私情,比如《陈情表》,讲的是孝道、报恩,一种情感要被扩大到某种状态,才被认可,才可以放在正统里作为典范。一种文化里面,如果私情没有办法被肯定,其他的大爱就会空洞、虚假。私情本身是社会伦理架构里面非常重要的因素。所谓的忠与孝都是大爱,但是如果我们不去眷顾这样一个女性,体会她看似微不足道的情感遗憾,那个大爱也很可疑,就会被架空。一部《古文观止》,翻不到一篇有关私情的文章,幸好诗词里面保存了这个部分。

　　私情是大爱的一个基础,回到一个个人最能够了解、最能够体谅,有切身之痛的私情的时候,它扩大出去的意义会比较不一样。林觉民的《与妻书》,是从林觉民的角度出发书写的,我很希望他的妻子意映也写一篇文章出来,是她的私情——当她知道自己的丈夫被关进监牢,要被杀头,她要带着年幼的孩子长大的那种私情。这应该成为文化的另外一个角度。如果没有这个角度,就蛮危险,大爱会不平衡、不平均。也会害怕这个所谓大爱,容易被某些政治的东西操控。如果没有私情作为平衡,大爱会很盲目。

　　"意映卿卿如晤"是非常美的六个字,可是"意映"面目模糊。在唐朝的时候,李白这样的男性诗人替一个女性写了一首诗,其中的设身处地非常有趣。我们应该从心理学上去猜测李白为什么要写《长干行》:这个女性跟他是什么关系?他为什么会有这么大的悲悯?他把自己假设成这个角色,后面我们会看到"感此伤妾心",这个句子太女性化了,对不对?

　　看到门前的行迹,"一一生绿苔",早上的时候想把青苔扫掉,可是"苔深不能扫"。生命已经定格,岁月如此缓慢。丈夫走掉之后,好像时间再没有变过。"苔深不能扫"的时候,感伤就更深了。"落叶秋风早",怎么好像才刚刚是春天,叶子就掉了?这句诗从电影技巧来看非常惊人,是用扫地带出了落叶,如果从画面来看,这首诗完全可以变成电影。从"苔深不能扫",到"落叶秋风早",不仅声音上押韵,而且从女子扫地到叶子飘落,镜头转换完全合理。看到落叶,才意识到原来已经是秋天了。在孤独与哀伤中,问秋天怎么来得这么早。"八月蝴蝶黄,双飞西园草。"在这个定格当中,会看到很多画面,一些对别人来说微不足道的画面,全部变成她的感伤。"感此伤妾心,坐愁红颜老。"这种感伤是因为觉得大概这一辈子就坐在这里发愁了,自己的红颜就如此老去。这就是定格。生命已经不会再有新的事物发生,就停留在这样一个状态。之前十四、十五、十六的速度那么快,现在一天被拉长,变成一个永无止境的回忆。

文学艺术里的结尾非常重要，这里如何结尾呢？在很大的绝望中，想想还是有点不甘心：如果有一天还会回来呢？"早晚下三巴，预将书报家。"如果有一天丈夫真的从上游回来，经过三巴，至少先写一封信，早一点把消息带到家里，让我知道这件事。"相迎不道远，直至长风沙。"我要去迎接你，至少可以到长风沙这一带。这里是用地名描述自己的期待与喜悦。这种结尾给整首诗一种完整度。

民间创作个人没有办法超越，像"青青河畔草，绵绵思远道"。民歌本身经过一代一代的口口相传，已经有了最完美的形式，完美度是个人的创作永远比不上的。很少有诗人像李白这样，个人创作达到如此高的完美度。从"妾发初覆额"，到最后"直至长风沙"，所有的音调，所有的文字铺叙，所有的场景发展，到了无懈可击的地步。唐朝的文字与语言高度成熟，语言经过了外来语言的撞击，支离破碎之后重新组合，内容与形式之间完全融合。在读这首诗的时候，不会觉得李白费力，好像很自然就写出来了，这个不费力是时代的水到渠成。你不在唐朝，无法写出唐诗，这是艺术社会学的部分。

在读《长干行》时，我们感觉李白对自己角色的认定的一致性，从"妾发初覆额"，一直到"直至长风沙"。从头到尾都是一个非常期待丈夫归来的女性在叙说，一点没有露出马脚。如果透露出他的真实身份，读者会觉得怪怪的。转换角色这样去写诗，相当不容易，心理上恐怕都不敢这样去转换。这是《长干行》中有关李白的很重要的一点。

浪漫诗的极致

《蜀道难》比较难，不是这个路很难，而是这首诗真的比较难一点。我觉得中国诗歌——不止是唐诗——当中，大概运用技巧最复杂的就是《蜀道难》。技巧牵扯的东西很多，包括押韵、文法、结构。如果把《蜀道难》分段，用现代诗的方法做排列，就会发现这大概是中国文字结构上，长短句子变化最大的一首诗。我们说《诗经》是四，《楚辞》加入了三，后来四的二二形式变成了五，又变成了七。"妾发初覆额，折花门前剧，郎骑竹马来，绕床弄青梅"是在五的形式上发展，《蜀道难》有一、有三、有四、有五、有七、有九，中间的变化是阶梯式的发展。而且我们用现在的句型排列方法，不太容易了解这种诗。

噫吁嚱！危乎高哉！蜀道之难，难于上青天。蚕丛及鱼凫，开国何茫然！尔来四万八千岁，不与秦塞通人烟。西当太白有鸟道，可以横绝峨眉巅。地崩山摧壮士死，然后天梯石栈相钩连。上有六龙回日之高标，下有冲波逆折之回川。黄鹤之飞尚不得过，猿猱欲度愁攀援。青泥何盘盘！百步九折萦岩峦。扪参历井仰胁息，以手抚膺坐长叹。问君西游何时还？畏途巉岩不可攀。但见悲鸟号古木，雄飞雌从绕林间。又闻子规啼夜月，愁空山。蜀道之难，难于上青天！使人听此凋朱颜。连峰去天不盈尺，枯松倒挂倚绝壁。飞湍瀑流争喧豗，砯崖转石万壑雷。其险也如此，嗟尔远道之人胡为乎来哉！剑阁峥嵘而崔嵬，一夫当关，万夫莫开。所守或匪亲，化为狼与豺。朝避猛虎，夕避长蛇。磨牙吮血，杀人如麻。锦城虽云乐，不如早还家。蜀道之难，难于上青天，侧身西望长咨嗟。

我曾经试着用现代诗的方法去改写《蜀道难》，发现"噫吁嚱"是三个单音，就是三个"啊！啊！啊！"，不应该连在一起。这种形式《诗经》中没有，《楚辞》中也没有。汉乐府和其他唐诗中都没有，李白在语言的创造上真是大胆。这三个单音非常像贝多芬的《命运交响曲》开始时的几个重音。

音乐家傅聪一直认为他在诠释贝多芬的时候，最喜欢用的是李白的诗。贝多芬、肖邦是西方的音乐家，可是"钢琴诗人"傅聪有自己的母体文化，他接受过很好的古典文学训练，所以他常常用李白的诗诠释贝多芬。

西方人在傅聪的钢琴当中听到某一种热情，好像是贝多芬，又有一部分不完全是贝多芬，他们不知道这部分来自李白。

在我们的文学中，激情常常被压抑，会以比较含蓄的方法处理，李白是唯一把激情放出来的人，在《蜀道难》中最明显。"噫吁嚱"就像三个惊叹号，把情感一下释放出来。这种描述方法，在我们的文学传统里几乎没有出现过。从《诗经》下来，从没有出现过这种浪漫的文学手法。感叹词为什么会出现？是因为觉得情感饱满、洋溢到形式无法容纳，必须这样表达。这里只有声音的存在意义，没有文字的存在意义，"噫吁嚱"是三个没有内涵的字，只是声音。当对一个东西简直无言以对时，就"啊！"。

感叹之后，才可以写出有意思的字，也就是"危"、"高"。"危乎高哉"，"乎"和"哉"没有意思，是感叹词，真正有意思的只有"危"与"高"两个字。李白直接把我们带到这么危险的一条路上，让我们感觉到抬头看时那种高和危。整首诗先是三个单字，然后出现两个字，接下来是"蜀道之难难于上青天"。中国诗歌一直五就是五，七就是七，规格严整。《蜀道难》却一直在变化。"蜀道之难难于上青天"，通常断句在"难"，如果我断句，不会断在"难"。"蜀道之难难于上青天"，应该是一个连接，两个"难"一起出现的时候，有更大的连转性。

一个好的诗人不是在写文字，而是在写视觉上的那种感觉。在"高"、"危"的路上，无论从上往下看，还是从下往上看，两端的空间都非常大，视觉上就是拉长的感觉。如果没有前面的短句子，"蜀道之难难于上青天"这么长的句子出不来。李白先用三个字的短句子，然后用两个字加上两个感叹词，成为稍微长一点的句子作为衬托，再到"蜀道之难难于上青天"，形成一个强烈的对比。在视觉上也是对比，而且放大了。

"蚕丛及鱼凫"，这句诗很拗口，我是到了三星堆才知道什么叫"蚕丛"，什么叫"鱼凫"。蚕丛是一个王的名字，鱼凫也是一个王的名字，可是如果把典故拿掉，还是很有感觉。我一直把这一段当成人类文明的进化过程，"蚕丛"令我想到宇宙洪荒时的很多昆虫，"鱼"和"凫"，就是昆虫世界已经有鱼与鸟了。为什么我们说"诗无达诂"？如果有人注解说蚕丛是第一代皇帝，鱼凫是第二代皇帝的名字，其实没有什么意思。我还是希望大家感受文字自己的美丽。我们忽然被李白带进了洪荒，好像进入丛林当中。

李白开始追溯这一条路最早什么时候存在。"……开国何茫然！尔来四万八千岁……"他用一个抽象数字，来表示时间上的茫然。"开国何茫然"，也真的是很茫然，这里讲的开国，不仅是古蜀国，还有宇宙洪荒的开辟。人没有记忆，文字都没有记录的年代，叫作"开国何茫然，尔来四万八千岁，不与秦塞通人烟"。还有一个版本写作"始与秦塞通人烟"，都是说在漫长的岁月里与秦地没有来往。这也说明蜀文化的独立性。这首诗对解读三星堆的蜀文化有很大帮助。不过，文学毕竟是文学，李白只是在描述他自己进入这样一个奇险风景时的情感。"西当太白有鸟道，可以横绝峨眉巅。"太白山上有鸟可以飞过的道路，但人过不去，因为全是悬崖峭壁——"横绝"两个字用得极好。这里用鸟类的飞翔带出俯瞰的角度。太白山在陕西，峨眉山在四川，这些连绵不断的山峰阻绝了中原与巴蜀的来往，他用鸟的飞翔，来书写这一大片领域。李白的"设身处地"不仅可以将自己设身成妾，还可以设身成鸟。他忽然就变成了那只鸟，然后从鸟的视角来看宇宙中的风景。

"横绝"是讲鸟，通过这种书写，呈现出太白山与峨眉山的状态。这里面可以看到李白与庄子的关系，庄子写过"北冥有鱼"，然后那个鱼忽然异想天开要变成鸟，就变成大鹏飞起来了。庄子从心灵的自由出发，鼓励生命不断转换形式，李白也是如此。李白是一个诗人，他一下变成一个发愁的女人，一下又变成一只飞翔的鸟。在《蜀道难》当中，即使有第三人称的客观性，第一人称的主观性也常常表现出来。

"地崩山摧壮士死，然后天梯石栈相钩连。"念一下这个句子，感觉一下节奏吧。这是我们非常陌生的节奏，传统古典诗里很少有这种节奏。读"地崩山摧壮士死"时，节奏不会快，而"蜀道之难难于上青天"是快节奏，可以对比一下。下一句，"然后"、"天梯"、"石栈"都是两个字，二加二再加二，节奏一定会慢下来。通常是二加二再加三，可是这里李白把速度放慢了，如果用音乐形式来解读李白，把"然后"拿掉，直接接到"天梯石栈相钩连"，速度不会这么慢。

"天梯"、"石栈"是讲在悬崖峭壁上打木头桩做栈道。这里写的是开辟蜀道的过程。先是炸山、劈山，死掉很多人，然后在峭壁上一个个打桩，铺上木板连成栈道。《明皇幸蜀图》描绘的是唐明皇到四川去的景象，那张画里就有石栈，画面上可以看得很清楚，就是在峭壁上架出栈道。

"上有六龙回日之高标，下有冲波逆折之回川"，描写的是眩晕的感觉，他把视觉先拉到上，再拉到下，上面是巨大的天体运行。"六龙回日"用了典故，中国神话里认为是六条龙拉着太阳。"六龙回日之高标"，太阳一定是在最高的位置。"冲波逆折"，峡谷里面的水在冲。这是非常精彩的描述，整个视觉完全被放大了。

前面我们说到"然后天梯石栈相钩连"，已经在文字句法上对唐诗当中最常见的五、七句式产生了破坏，这里的"上有六龙回日之高标，下有冲波逆折之回川"又都是二二二的关系。这两个句子是从南朝的四六骈文变出来的。"关山难越，谁悲失路之人；萍水相逢，尽是他乡之客"就是这种四六句式。

再往下看："黄鹤之飞尚不得过，猿猱欲度愁攀援。"在语言的节奏上，李白似乎一直在给我们设置阻碍，读这首诗会觉得不顺，可又不知道原因何在。其实是因为节奏一直在发生变化，比如"黄鹤之飞尚不得过"是四四的关系，"猿猱欲度愁攀援"又回到了四三的关系。有时候节奏的变化只是一个字的差别，读起来却觉得有很多变化。下面又进入五言与七言，比如"青泥何盘盘"是五，"百步九折萦岩峦"又变成七。我们仿佛在跟着李白去爬山，走在坎坷的山路上。他的语言和节奏也是坎坷的，有很多的阻碍，让我们读起来不那么顺畅。因为他要想让我们体会爬山的艰难，那个艰难全部转成了语言上丰富的变化。

"猿猱欲度愁攀援"是七言,"青泥何盘盘"是五言,"然后天梯石栈相钩连"是九言,九言是七言的增加,有时候是四言去对抗五言,有时候是八言去对抗七言。《蜀道难》中的语言变化非常复杂,如果整个念一遍下来,马上就能感觉到。

下面还是以五言和七言为主调。"扪参历井仰胁息","参井"是星的名称,是描述在爬山时,到了晚上,看到满天的繁星,因为山很高,星星就像在你肋骨旁边。"以手抚膺坐长叹",这是客观的描述,用手拍拍自己的胸膛,赶快坐下来,因为两个脚都软了。李白交替用客观与主观两种描述方法,将我们带到爬山的惊险过程。

有人认为《蜀道难》是写唐玄宗逃难到四川的故事,"问君西游何时还"就好像问唐玄宗:你到西边来,什么时候回去啊?我不喜欢这种解读。一首诗有不同的层次,虽然这种解读是最通行的,但我觉得李白关心的不是现实,而是在描述生命的流浪与自我放逐。在他的诗中,生命从人的世界出走到自然的世界,体会到一种孤独感。我更愿意相信李白这是在问自己,这样的流浪、这样的彷徨什么时候会结束,什么时候找回自己,是一种对内心世界的叩问。希望大家在阅读诗的时候,可以用自己的生命去做更多的对话。

"问君西游何时还?畏途巉岩不可攀。""畏途"是讲风景里面最危险的路途,"巉岩"是最陡峭的崖壁,当然也可以引申为人世当中到处是小人陷害的危险的路。我不希望在解读这首诗时离开李白对自然的描述。李白应该不是那种纠缠于琐碎事情的人,当然历史上他曾被小人陷害过,可我总觉得他那么潇洒,也许爬山时就会忘掉这些。你去爬一座大山的时候,会感觉到仿佛在挑战一种精神,然后会把心中的污浊之气全部抛掉。在旅途当中读李白是最大的愉悦,在自我流浪的过程中,会体验到"但见悲鸟号古木,雄飞雌从绕林间"所描写的自然世界中苍老的古木和鸟凄厉的叫声。

"又闻子规啼夜月,愁空山。"在夜晚的月光下听到子规鸟的啼叫。古蜀国的皇帝死后化为鸟,也就是望帝,不断地叫,一直把春天叫回来。几句七言之后,又出现了三言。李白总是带给我们意外,我们无法预知他接下来的节奏,仿佛是行山时的峰回路转。很少有文学作品可以通过对语言与节奏的把握直接表现这样一个惊险的过程。

我们再回头看一下:"扪参历井仰胁息,以手抚膺坐长叹。问君西游何时还?畏途巉岩不可攀。但见悲鸟号古木,雄飞雌从绕林间。又闻子规啼夜月,愁空山。"这些诗句似乎进入了七言诗的规则当中,忽然又用"愁空山"把七言收住,进入另外一个不同的节奏,有点像交响诗,每一段带我们体验不同的风景。"又闻子规"是平铺直叙,"啼夜月"令人想到很多民谣。这里描述的是一个很苍凉的景象。"愁空山"与"啼夜月"刚好相对,所以这三个字并不突兀。在荒凉的山里,看到一轮月亮出来,听到鸟的叫声,在山路上时常会看到这种场景。我一直觉得教会我读李白的不是学校,而是山水。

"蜀道之难难于上青天,使人听此凋朱颜。"光是听叙述就已经使人变老了。"感此伤妾心,坐愁红颜老。"是说在时间的迁徙中一个女子慢慢老去的悲哀;现在讲的则是男性在山中经历的惊险,好像一听到那种惊险,整个青春都凋落、憔悴了。这里也是一个强烈的对比。我们说李白是一个浪漫诗人,依据的就是《蜀道难》这类诗的风格。

"连峰去天不盈尺",山峰与天接到一起,"枯松倒挂倚绝壁",绝壁枯松往下垂挂。我们刚刚被李白带着仰望了天,又往下看到悬崖峭壁上向下生长的松树,然后他开始描写峡谷里的水,"飞湍瀑流争喧豗,砯崖转石万壑雷"。如果大家去过太鲁阁,就可以理解诗里面描述的景象了。大山把水封住,水出不来,立雾溪像一把刀子,用水切割山。我们觉得立雾溪峡谷漂亮,是因为溪水在切割那山,好让自己有一条路走向海洋,水就变成激流。水碰到石头会转弯,在转弯的过程中不断切割,就变成"飞湍瀑流争喧豗,砯崖转石万壑雷"。

之后忽然出现"其险也如此",这五个字根本是散文而不是诗。这个时候李白跑出来了。不是说作者现身是大忌讳吗？可是真正有水准的文学家就是可以自由到这种程度，这个时候他觉得就是很想跑出来告诉你："你看多危险。"一般人写诗的时候绝对不敢如此。李白为什么要这样处理？他要产生诗句上的大变化，各种叙述方法都要用到。"嗟尔远道之人胡为乎来哉！"他的角色又转换了，"嗟尔"是感叹词"啊"，说远道之人，你们从那么远的地方来，为什么来这里呢？好像是山水在问人。"其险也如此"是李白说好危险，忽然一个"啊"，好像是荒山在问："你们这么远跑来干什么呢？怎么会跑到这个地方来呢？"大概没有其他的诗人可以在一首诗里做这么多角色转换。

"剑阁峥嵘而崔嵬"，又出现了新的句型。"剑阁"是极狭窄的山道，"峥嵘而崔嵬"，是描述它的险峻。下面"一夫当关，万夫莫开"，我们现在常常用的成语出现了。

李白创造了许多我们今天都在用的成语，他用很通俗的语言，直接把险要的感觉讲出来。从"其险也如此"到"嗟尔远道之人胡为乎来哉"，到"剑阁峥嵘而崔嵬"，再到"一夫当关，万夫莫开"，句型的变化有多大！现代诗都很少这么不对仗，文体如此错落。

"所守或匪亲，化为狼与豺。"又回到五言诗的形式。这是比较有叙述性的句子，说只要一个人守在剑阁，几万人都打不开这个城，因为旁边全是悬崖，只有一条路可走。"一夫当关，万夫莫开"，这个人非常重要，如果不是亲信在这里，那就完了，"化为狼与豺"是说他可能会变成对抗你的豺狼虎豹。武侠小说里总说"天下未乱蜀先乱"，因为在蜀地有一个人一叛变就完了，四川就独立了。四川一直保有这种山川形势上的特征。下面又出现了四个字的句子，"朝避猛虎"，早上躲避猛虎，"夕避长蛇"，晚上躲避长蛇，"磨牙吮血，杀人如麻"，不仅山路是危险的，还有这么多危险的动物，人还要与动物搏斗。"锦城虽云乐"，在出产锦缎的成都，虽然这么快乐，"不如早还家"。但回家的时候，因为想到"蜀道之难难于上青天"，所以"侧身西望长咨嗟"，还是要发出感叹。

这首诗大概是浪漫诗的极致，里面描述的心情跌宕起伏，汹涌澎湃，完全可以用贝多芬最好的交响曲来做对比。我们在读这首诗的时候，情绪一直被李白带着走，越来越高亢，这种带动又不是煽动性的，而是通过视觉与听觉把你直接带到山川中去，经历一个危险的过程。

盛放与孤独

读过《长干行》，读过《蜀道难》之后，再来看大家最熟悉的《月下独酌》。这可能是李白被翻译得最多的一首诗，也是他最有代表性的一首诗，在形式上一点都不复杂。

花间一壶酒，独酌无相亲。
举杯邀明月，对影成三人。
月既不解饮，影徒随我身。
暂伴月将影，行乐须及春。
我歌月徘徊，我舞影零乱。
醒时同交欢，醉后各分散。
永结无情游，相期邈云汉。

"花间一壶酒，独酌无相亲。"在盛放着的花当中有一壶酒，一个人孤独地喝酒，没有人陪伴。第一个意象是盛放的花，第二个意象是孤独。这两个意象是互相矛盾的，繁花盛开怎么会孤独呢？可是李白刚好是身在繁花盛开当中的孤独者，这就在美学上形成了非常特殊的感觉。贵游文学中也有一种自负。自负是孤独的，感觉到青春，感觉到美，感觉到华丽，又不屑于与世俗对话，这是贵游文学中常见的情绪表达。唐朝写王谢家族的诗最有名的是"旧时王谢堂前燕，飞入寻常百姓家"，也就是说南朝时富贵的王家与谢家堂下的燕子，是不到老百姓家去的——连燕子都这么自负；唐朝人的感伤是王家、谢家的燕子已经"没落"了，飞入了寻常百姓家。其中有贵游文学的传统，即身处繁华的自负与孤独。

"花间"是繁华，"独酌"是孤独，在最孤独的时候，人会渴望知己。如果在人世间无所盼望，与人世间的污浊没有办法对话，诗人宁可"举杯邀明月"，与月亮一起喝酒，或者与自己的影子一起喝酒。月亮与影子又是一个华贵与孤独的对比：与月亮喝酒是高贵的，与影子喝酒是悲哀的。华丽与孤独一直在彼此交错。在这首诗中，李白用对比的形式，使喝酒这个事件变成一种生命哲学。"对影成三人"，是月亮、影子与诗人自己，变成三种生命形式。最终却依然是悲哀的，因为"月既不解饮，影徒随我身"，月亮是不懂得喝酒的，只是一个寄托罢了；影子也不过是跟在身边，人怎么动，影子就怎么动。这里面有种找不到知己的绝望，在整个宇宙当中，他都没有找到真正可以一起喝酒的对象。孤独到"月既不解饮，影徒随我身"的时候，更为凄凉。

下面又发生了转折，"暂伴月将影"，不过是一个短暂的存在，何必在意是否有知己，就把月亮和影子当成朋友吧。不过是偶然交会，就不要在意是否是知己了，还是"暂伴月将影，行乐须及春"吧。李白又回到了华丽，生命总是要追求快乐的，要追求快乐就要趁年少青春。生命那么短，只有一次，为什么不好好地去享乐？李白的华丽、孤独、享乐主义，构成了他浪漫文学的基础。他完全是凄凉与孤独的，可是他又去调侃自己，说"行乐须及春"。

"我歌月徘徊"，唱歌的时候，月亮在慢慢移动；"我舞影零乱"，跳舞的时候，影子在地上零乱地动着。"零乱"两个字用得极好，在这里，"零乱"变成一种苍凉，好像很繁华，可是又很孤独，李白以此来描绘自己影子在地上的状况。他用这种方法将自己的心情表达出来。"我歌月徘徊"是比较抒情的感觉，"我舞影零乱"是比较悲怆的感觉，在这首诗里，这两句最令我感动。李白诗中有很多"我"，杜甫诗里很少有"我"。李白是一个把自己的生命作为观察主轴的诗人，以浪漫来对抗客观。

"醒时同交欢，醉后各分散"是对生命的最后总结，近于哲学上的感悟。人在没有喝醉以前，彼此认识，同时欢乐，醉了以后，就各自散开，这是在讲生命的状态。"醒"是理性，"醉"是感性。醒的时候有一种理性对生命的了解，要有人世间的应酬、应对，醉了以后也许就看到了生命更本质的部分。醒醉之间看人生，醒时看到的人生是人生的一部分，醉后看到的人生也是人生的一部分，李白在半醒半醉之间，总结出他对生命的感觉。

"永结无情游"，这非常接近庄子的态度。从庄子的角度，生命到最后是死亡。我自己也写过类似的句子："人与人之间，一是生离，一是死别，其实并没有第三种结局。"这种结论是比较哲学性的，比如我与父亲，我与朋友，我与我最喜欢的人，就是生离或者死别，真的没有第三种结局，李白在这里讲的"无情游"也是这个意思。所有的"情"不过是短暂的，因为死亡在前面等着。"相期邈云汉"，我们期待生命终结之后，也许有一天在渺茫的宇宙中还会有相遇的机会。"邈"是无限，在无限的时间当中，还有相遇的缘分吗？既然如此，不必去设定虚拟的情，人生不过是无情之游。无情之游好像是月亮与影子的关系、星辰与星辰的关系，彼此不过是按照自己的轨迹运转，如果碰到了，是一个意外，不碰到，那它本来就是如此。

这里我们也可以看到李白诗的一种完整性，就是文学抒情的能力，以及对生命的本质探讨的能力，全部在这首诗里面达到非常高的状态。我们谈论这首诗的时候，主要不是谈形式，因为它从头到尾就是五言，形式上很安静，最后带出了一个最完美的诗的内容。

从《长干行》，到《蜀道难》，再到《月下独酌》，可以看到三个不同的李白。作为创作者，李白不断超越自己、突破自己，不同的诗用不同的形式，脱口而出，纯乎天籁。为什么说李白不可学？因为他的诗出乎天性，几乎没有规则，他写诗，是生命最自然的状态。而杜甫是很刻意地锤炼诗句的。他们是两种完全不同的典型，过去教作诗都是教杜诗——杜诗可学。

那要向李白学什么？学生命的状态。学《蜀道难》的方法就是去爬山，到山里历险，在适当的时刻，真的写诗时，那个句子就会出来。如果只是在书房里读《蜀道难》，背诵、解析，是不可能写出《蜀道难》的。因为李白的诗不止是一个形式，而是生命直接爆发出来的力量。

长风破浪会有时，直挂云帆济沧海

《行路难》可以看作李白内心的表白，也是我非常喜欢的一首诗。

> 金樽清酒斗十千，玉盘珍羞直万钱。
> 停杯投箸不能食，拔剑四顾心茫然。
> 欲渡黄河冰塞川，将登太行雪满山。
> 闲来垂钓碧溪上，忽复乘舟梦日边。
> 行路难！行路难！多歧路，今安在？
> 长风破浪会有时，直挂云帆济沧海。

《蜀道难》与《行路难》可以放在一起读，两首诗写的都是李白所体验到的生命的荒凉与茫然。这首诗是很典型的贵游文学："金樽清酒斗十千，玉盘珍羞值万钱。""金樽"是黄金的酒杯，喝着清酒，一喝就上斗，多么豪华，多么奢侈，又是多么挥霍。"玉盘珍羞"，用玉做的盘子，盛放着最珍贵的食物。"羞"有时候写作食字边的"馐"。

刚经历过贵族的华丽，忽然就变成荒凉——"停杯投箸不能食"，忽然把杯子停下来，把筷子丢下，不想吃了。最豪华的菜放在面前，可是不想吃了，因为心里有一种哀伤。"拔剑四顾心茫然"，把墙上挂着的剑拔出来，四面看了一看，心里很茫然。我们不知道李白的悲哀是什么，要对抗的是什么，好像就是心里的一种荒凉。不知道大家会不会偶然有这样的心情，面对着最豪华的物质，有种很大的孤独感，你觉得生命没有意义或者虚无。李白的贵游文学与一般的贵游文学非常不同,更有深度。

李白的贵游文学不俗气,因为他有种"停杯投箸不能食,拔剑四顾心茫然"的荒凉感,会在拥有人世间最大的繁华时选择出走。李白会令我们想到悉达多太子,拥有最华丽的宫殿与最美丽的妃子,还是会出走。

"欲渡黄河冰塞川",讲的是生命的茫然。拔剑四顾,要到哪里去呢?往北走吧,往北走想渡过黄河,可是黄河已经结冰。那么往西走吧,"将登太行雪满山",想爬过太行山,可是满山都是大雪,似乎生命当中都是阻碍,都是困顿。李白会怎么面对呢?他用调侃的方式给了自己一个解放,"闲来垂钓碧溪上",不要这么悲壮,把生命看得悠闲一点吧,不要去做什么伟大的事业,就拿着钓鱼钩,在小溪边钓鱼吧。"忽复乘舟梦日边",钓着钓着累了,睡着了,梦到自己坐着船到了太阳的旁边。这是李白的浪漫。在无法解决现实中的阻碍与困顿时,他会做梦,用梦来把自己带到最美丽的世界。

人活着,现实的人生如此艰难,每一步走下去都是歧路,每一步走下去都是困顿,每一步走下去都是挫折。李白觉得他唯一的快乐是在酒中与梦中,一回到现实人生,就觉得到处都是陷阱。即使身处繁华,他心里面也是荒凉。

"行路难,行路难,多歧路,今安在?长风破浪会有时,直挂云帆济沧海。"但他很少悲哀到底,他会给生命一个巨大的希望,这是李白内在世界里的向往。"会有时"是说要有一个机遇。李白的诗里有种豪迈之气,因为他一直没有放弃对大空间的向往。对海洋的向往,对破浪的向往,对太阳的向往,是他生命的主调。但在现实中,他时常陷入困顿,想出走又无处可去,似乎走到哪里都是这样困顿的人生,只好回来寻找心灵的悠闲。

吴宫花草埋幽径,晋代衣冠成古丘

唐朝格式最严格的诗叫作"律诗"。什么是"律"?当然是纪律、规则。

《登金陵凤凰台》是李白很有代表性的律诗。

> 凤凰台上凤凰游,凤去台空江自流。
> 吴宫花草埋幽径,晋代衣冠成古丘。
> 三山半落青天外,二水中分白鹭洲。
> 总为浮云能蔽日,长安不见使人愁。

读完《蜀道难》,也许会觉得李白是一个不懂规则的人,因为他那么叛逆地去破坏规则。其实,真正懂得叛逆的人是懂得规则的人,不懂规则的叛逆叫作胡闹。在美学上,叛逆可以被理解为创新。

"凤凰台上凤凰游,凤去台空江自流。"一开始气势就好大。在南京,传说山上来了三只凤凰,凤凰飞走以后,那个地方就被命名为凤凰台。在这十四个字当中,李白的一贯规则已经出来了。凤凰是华丽的,是贵族的象征,全身的羽毛都是彩色的。"凤凰台上凤凰游",重复两次"凤凰",华丽性更高了。第二句开始出现他的茫然与悲哀——"凤去台空",长江兀自流去。

律诗的第三到第六句最为严格。"吴宫花草埋幽径,晋代衣冠成古丘。"完全对仗的两句。这是李白的厉害,他完全懂规则,只是有时候不用这个规则,这个规则只能讲一种话,可是他想讲很多种话,于是他就创造新规则。曾经建都在南京的吴,华丽的宫廷、花草已经埋在了荒凉的幽径底下,李白一直在把华丽与悲哀这两个元素做着对比。"晋代衣冠",东晋郭璞的衣冠冢在这里,已经成为了古丘。这里有一种缅怀,灿烂的吴代、晋代、繁花、一代精英,今天都是幽径与古丘。

"三山半落青天外,二水中分白鹭洲",是最明显的律诗结构,三与二对,山与水对,一个字扣一个字,简直没有一个字是意外。李白运用文字精准到如此程度。"三山半落"是远远看到三座山在天之外,然后"二水中分",全部是对仗,上面是青天,下面是白鹭。这是讲李白在南京看到长江中有一个沙洲,水被分成两条过去。把主词调一下,就是青天外面半落着三座山,白鹭洲分开了两条水。文字构成了一个画面。

"总为浮云能蔽日,长安不见使人愁。"最后两句再把意思收回来。律诗起头必须很大气,收尾必须收得有余韵,中间要讲规则,最体现功力的地方,就在三、四、五、六这四句。

最贵重的是生命的自我反省

《将进酒》是大家很熟悉的一首诗,如果说《蜀道难》应该到太鲁阁去读,这首诗则应该到餐会上读。

> 君不见,黄河之水天上来,奔流到海不复回!君不见,高堂明镜悲白发,朝如青丝暮成雪!人生得意须尽欢,莫使金樽空对月。天生我材必有用,千金散尽还复来。烹羊宰牛且为乐,会须一饮三百杯。岑夫子,丹丘生,将进酒,杯莫停。与君歌一曲,请君为我倾耳听。钟鼓馔玉不足贵,但愿长醉不复醒。古来圣贤皆寂寞,惟有饮者留其名。陈王昔时宴平乐,斗酒十千恣欢谑。主人何为言少钱,径须沽取对君酌。五花马,千金裘,呼儿将出换美酒,与尔同销万古愁。

人们在喝酒唱歌,非常吵闹,李白唱起来了。这首诗里面有很多现场即兴的感觉。"五花马,千金裘,呼儿将出换美酒。"喝到这里,大概没有钱了,就说外面还有一匹马,身上还有貂裘,就叫僮仆拿它去换美酒。"尔",说明有一个对象,在那个场合里,人很多,他是在向一个特别的人唱歌。这个人可能不是岑夫子,也不是丹丘生,这两个人在讲话,李白对他们说:"将进酒,君莫停。"——不要再讲话了,还是喝一点酒吧——"与君歌一曲,请君为我侧耳听。""岑夫子"、"丹丘生"、"五花马"、"千金裘",句子中三个字的组合都有非常明显的对象性。唐诗不是在书房里写就的诗，最大的特征是在生活中唱出来的，所以才可以与民众在心情上相呼应。

在《将进酒》中，李白从一开始就没有遵守规则，他用"君不见，黄河之水天上来"开头，"黄河之水天上来"是七个字，李白总是在五与七中间玩游戏，但他不是玩技巧，他真的有话要讲，形式的变化是跟着情感在走。"君不见，黄河之水天上来，奔流到海不复回。"也许应该把句子一直连到这里，天上来的黄河之水，气势汹涌澎湃，一直流到海里。唐诗中的空间都非常广阔，时间也非常辽远，李白四处流浪之后，生命中有一种豁达与豪迈。

"君不见，高堂明镜悲白发，朝如青丝暮成雪。""高堂"是指父母，父母对着镜子拔自己的白头发，头发早上还是黑色的，到了黄昏就已经像雪一样白了。浪漫的诗非常夸张，这之前是空间放大，现在是时间速度加快，用"朝"与"暮"来形容不过是一瞬间，生命就老去了。在生命老去的过程中，在无限的茫然中，才有了下面的结论："人生得意须尽欢。"

空间如此空旷，时间如此短促，我们活着为什么不好好尽欢？为什么要去做一些自己不想做的事？为什么不"人生得意须尽欢，莫使金樽空对月"？不要让自己的金酒杯空空的对着月亮，有酒就好好去享乐吧。在这里能看到贵游文学最明显的特点，那就是华丽，以及华丽背后的感伤。感觉到了时间的压迫性，要让生命去尽情享乐。李白有享乐主义倾向，可是他的享乐主义不是放纵，而是不要荒废生命。如果只有一次生命，如果时间如此短暂，如果母亲如此快速地衰老，至少要让自己的生命能够"天生我材必有用"。这个生命如此自信，觉得"千金散尽还复来"。

李白的厉害在于他的诗句已经不是诗句。"天生我材必有用，千金散尽还复来"，我们曾经在多少地方听过这两个句子，不知道李白的也都会说出这两个句子来。李白的生命形式已经影响到整个文化。我记得小时候看布袋戏，布偶出来就说"千金散尽还复来"这两句。李白的诗句已经化到民间文化中。

"烹羊宰牛且为乐，会须一饮三百杯。"非常直白，没有任何地方读不懂。这首诗直接唱给岑夫子、丹丘生听，对方就在现场，"岑夫子，丹丘生，将进酒，杯莫停"，很有节奏感，似乎李白在拿着筷子敲打酒杯。李白当时一定是喝得半醉，手舞足蹈，把生命经验直接唱了出来。

李白的缠绵与哀伤非常动人，"与君歌一曲"，好像邓丽君的歌名。这首诗里面有很多"君"、"我"、"尔"，有很明显的对话形式。李白似乎有一个关心的对象，他多次重复"君"字，这里是"请君为我倾耳听"。生命这么茫然，这么没有意义，这么哀伤，可是此刻有你有我，"请君为我倾耳听"是多么动人的感觉。这就是李白的深情，到最后生命其实就是"暂伴月将影"，在暂时的情感里栖身。

下面的句子简直像劝世歌："钟鼓馔玉不足贵，但愿长醉不愿醒。古来圣贤皆寂寞，惟有饮者留其名。"小时候我看到一个盲人抱着一个小孩弹月琴，唱的常常就是这种句子。民间的传唱歌曲中，李白的诗句是最多的。李白写贵游文学，会否定物质性的华贵。李白经历了丰富的物质生活之后，发现最贵重的可能是生命的自我反省，所以"但愿长醉不复醒"。李白常常用醒与醉来对比生命的美好形态。"醒时同交欢，醉后各分散。""醉"变成李白追求的一种生命的本质状态。

"古来圣贤皆寂寞"，"圣"与"贤"都是在追求生命向外的使命感，所以他们都是寂寞的。"惟有饮者留其名"，还是那个喝着酒的人，可以在民间留下一点声音吧。"陈王昔时宴平乐"，"陈王"就是写《洛神赋》的曹植，他在平乐观举办宴会的时候，"斗酒十千恣欢谑"。前面有"金樽清酒斗十千"，这里又出来"斗酒十千恣欢谑"——挥霍何必在意物质。

"主人何为言少钱"，不知道那一天谁请客，有一点不太愿意再拿钱出来请大家喝酒了。这句诗写得很直接。如果我到人家家里做客，主人叫我写一首诗，我还真不敢这样写。可是李白直接就唱出来了："主人何为言少钱，径须沽取对君酌。"你把酒买来吧，有多少酒都买来。这里面有一种豪迈，生命真是豁达豪迈到让人开心。结尾是"与尔同销万古愁"，为

第四讲 李白

了无解的孤独，我们一起来忘掉孤独。李白的美学风格非常清楚，他的美建立在生命的华丽上，与哀伤形成互动。这些诗句应该成为中华文化里最重要的东西，事实上也真是如此。

在台湾的布袋戏中类似的句子很多，常常忽然出来一句"古来圣贤皆寂寞"或"与尔同销万古愁"。文学怎么化解到通俗的民间文化当中，这是值得思考的问题。我会用两种方法来对待自己最喜欢的诗，一种方法是有时候与朋友在一起喝了酒，然后朗诵出来，还有个方法是自己一个人的时候用毛笔抄写——抄写是另外一个进入诗的方法。

诗存在于生活中

再看李白一首很漂亮的诗——《金陵酒肆留别》。

风吹柳花满店香，吴姬压酒唤客尝。
金陵子弟来相送，欲行不行各尽觞。
请君试问东流水，别意与之谁短长。

"风吹柳花满店香，吴姬压酒劝客尝。"开头就给人一种春天来临的感觉，春天来了，风吹着柳絮四处飞。"吴姬"是江南的女孩子，在管理酒店。"吴姬"是卖酒的，会与客人调笑，"压酒劝客尝"。李白的诗句有生活当中的喜悦与活泼。

"金陵子弟来相送"，大概是李白要离开南京的时候，当地的读书人来送。"欲行不行各尽觞"，应该走了，可是大家不走，还在那边喝酒，越喝越过瘾。"请君试问东流水，别意与之谁短长。"别人问："你这次走，离开我们会不会难过？"李白回答："你问问水，我与你们告别的心情，和水相比谁短谁长？"他是说他哀伤的长度比长江水还要长。

我很不喜欢翻译，李白的诗如果不翻译，直接去读，也很容易懂。我们的现代诗几乎没有一首可以这样唱出来。李白与杜甫的幸运，是在他们的时代，诗还属于大众文化，不是少部分人的特权。诗存在于生活中。

王维有告别之作，杜甫也有告别之作。告别是人生中的一个现象，告别时都有诗有歌。李白还写过"朝辞白帝彩云间，千里江陵一日还。两岸猿声啼不住，轻舟已过万重山"。整首诗全部讲速度，一泻千里的感觉：早上离开白帝城的时候，它还在一片白云之间，千里江陵一天就走完了，路过三峡时听到两岸的猿猴一直叫，船已经过了千万座山。真是大才气！绝句只有四句，非常难写，你必须把你的感觉精练地一下子释放出来。有人评论李白的诗说："顺风扬帆，瞬息千里，但道得眼前景色，便疑笔墨间亦有神助。"这个"神"就是那个时代的气度，以及李白生命的状态，使他写诗可以完全没有任何阻碍。

再看一下李白的《客中作》。

兰陵美酒郁金香，玉碗盛来琥珀光。
但使主人能醉客，不知何处是他乡。

"兰陵美酒郁金香"，"郁金香"是讲兰陵的美酒，"玉碗盛来琥珀光"，杯子是用昆仑玉做的，里面装的葡萄酒有琥珀色的光泽。从这里可以看到李白的生命状态，"郁金香"是什么？忧郁，黄金，芳香。他在形容什么？形容那个酒，酒给他的感觉是忧郁、黄金、芳香。最好的法国红葡萄酒令人想到的就是这三种感觉，因为里面有苦，有涩，有香，有黄金的光亮。重要的不是"但使主人能醉客，不知何处是他乡"，而是"郁金香"。

"诗仙"和"诗圣"

李白和杜甫刚好跨越中国诗歌的黄金时代，成为两个高峰，他们只相差十一岁，可是个性明显不同，我们称李白为"诗仙"，称杜甫为"诗圣"。

李白之所以被称为"诗仙",是因为在诗的国度里,他是一个不遵守人间规则的人。"仙"的定义非常有趣,李白本身建立起来的个人生命风范,不能够用世俗的道德标准去看待,比如李白的好酒,李白的游侠性格,李白对人间规则的叛逆。可以说李白把道家或老庄的生命哲学做了尽情发挥,变成一种典范。杜甫是"诗圣","圣"与儒家学说有关,儒家生命的最高理想是成为圣人,"圣"需要在人间完成。"仙"是个人化的自我解放,"圣"则是个人在群体生活当中的自我锤炼。

虽然同时分享了大唐盛世时的诗歌高峰,李白呈现出来的生命意境与杜甫呈现出来的生命意境非常不同。很多人喜欢争辩李白好还是杜甫好,其实生命里面常常充满两难,为什么一定非要选择其中一个?为什么不可以同时喜爱李白与杜甫?读书时,我很大一个困扰就是在李白和杜甫之间的矛盾与游移。

在青春期,很自然会喜欢李白。李白的生命里所呈现出的自由形态,他的《少年行》中的青春形式,在正统文学当中不被鼓励。在整个文化体制中,受鼓励或赞赏的是经过很多历练之后的成熟与稳重。青春的热情、冲动、勇气或冒险,在文化当中是被忽略的。早期思想家并非没有碰到这个部分,只是生命充满了两难,为了有所偏重,势必造成对某一部分的忽略。李白式的生命形态在我们的历史当中越来越少,尤其是宋之后。这样的生命形态,年轻、大胆、冒险。《蜀道难》把我们带到一个惊险的世界,对非规则世界发出感叹,这是我们很少有的体验。我们在成长与求知的过程里,一再听到"读万卷书行万里路",可是行万里路其实很难。大多数时候我们是在书房中,生命的真正历练其实非常少。

在青年时对李白的爱好就很容易理解了,因为那个时候很想背叛学校的教育,很想背叛家庭的规矩,很想像李白一样出走冒险。这未必是对李白绝对正确的理解,可是李白令人感觉到他的生命可以豁达到孤独地出走。那时候大家聚到一起,念的多是李白的诗句。今天对于杜甫的感动,是在进入中年的沧桑之后,开始明白他对人世间的悲悯,以及他把个人放入群体当中，对使命与责任的承担。

杜甫的社会性很强，李白根本没有社会性，"举杯邀明月，对影成三人"，月亮与影子都要解脱社会性。李白鼓励个人把社会性的部分切断，从独与天地精神往来的个人角度思考生命的意义和价值。儒家对于一个人生命的意义与价值，一定是放在群体当中考虑，比如孝与忠，是在家族与国家里完成自我，如果抽离了家族和国家，个人的意义无从讨论。李白不讨论这些问题，他就是一个决然的个人。"天生我材必有用"，"我"是一个孤立的个体，而杜甫的每一个动作、每一个行为都是把自己放到群体当中。

"圣"与"仙"是非常不同的两种形态。在中国的整个思想极度成熟，文学达到登峰的时刻，李白体现了老庄思想的最高完成，杜甫体现了孔孟哲学的最高完成。

宋朝就开始讨论到底李白、杜甫孰优孰劣，从文学的技巧上来讲，杜诗可以学，李白不能够学。李白才气纵横，杜甫有严格的规范，在杜甫诗的国度中有踪迹可循。

宋朝的苏辙认为李白这样的诗人完全不道德，说李白"白昼杀人，不以为非"，因为李白的诗句当中有"笑尽一杯酒，杀人都市中"。其实文学创作与艺术创作一样，很难用社会的功利去解读。任何一部好的文学作品，如果用社会功利去解读，都没有办法存留。比如莎士比亚的《罗密欧与朱丽叶》，两个十四五岁的小孩爱得天翻地覆，最后自杀。如果多想一点社会道德或者社会现实，可能会觉得这本书应该禁掉。宋朝开始就已经对李白的诗很害怕，因为李白诗里有很多对个人出走的鼓励，后来的教育都害怕这种态度。在《蜀道难》中，哪里有前人开好的路？《蜀道难》最令人感动的是你必须披荆斩棘自己开路，《蜀道难》的快乐正在于此。宋以后的教育体系害怕李白是因为李白的创造力。创造力常常被理解为毁灭力，因为太冒险了，太不遵循人间的规则。杜甫逐渐成为正统文学里的伟大代表者，而李白则备受争议。

有一天晚上，皓月当空，你一个人喝酒，感觉到生命的孤独与茫然，体会到李白的诗最美的部分；有一个寒冷的冬天的夜晚，在地下道里面，你看到一个乞丐在行乞，也许你会想到杜甫诗中最感人的部分，你会想起"朱门酒肉臭，路有冻死骨"。二者其实是不同的感动，我不觉得在皓月下喝酒的那个我，走到地下道看到乞丐就不会有悲悯之心。这中间并不冲突，而是生命的两种完成，一味争论李白与杜甫哪一个更好，是把文化弄得小家子气了。写李白写得最好的诗，是杜甫的诗；对杜甫怀念最深的诗，是李白写的，他们两人是很好的朋友，至少在创作领域彼此交汇，在生命领域各自发光。我们看不到他们对立的痕迹。从他们的作品中，可以很自然地看到他们之间的关系，以及他们对于对方生命的怀念与感动。

常常听到人说李白笑杜甫，杜甫笑李白，似乎很合理，因为这两个人太不一样了。按照幼稚简单的逻辑，不一样的人彼此会攻击、批评。其实不一样常常造成互相欣赏。杜甫一辈子都没有办法像李白这么潇洒，所以他最喜欢李白；而李白一辈子都没有办法像杜甫那样关心生活里的小事物，所以李白也喜欢杜甫。这里有种生命的互补。大唐盛世的迷人不止是李白生命的丰富，更是李白与杜甫一起构成的大丰富，因为他们如此不同，又是同一个花园里开出来的花朵。他们彼此也知道各自的定位都是对方不能取代的。如果没有了李白，历史上很多亮光就没有了，李白让人觉得生命还可以发亮。如果没有了杜甫，也会遗憾得不得了，因为杜甫是照到最角落的地方的光。我们从来没有发现有人在那个角落生活，可是杜甫看到了。

杜甫说李白"冠盖满京华，斯人独憔悴"，杜甫曾经看到李白在长安城行走，这个城市中这么多士绅崇拜他，可是这个人怎么这么孤独、这么憔悴。他非常清楚李白的孤独，但李白不会无缘无故地对杜甫说"我孤独啊，孤独啊"，他是从作品里读出来的，比如《月下独酌》中就有繁华里面的荒凉和孤独。杜甫也预言"千秋万岁名，寂寞身后事"，他觉得李白将来会名垂千古，那个时候李白还没有去世，杜甫已经确定他未来的声名。"寂寞身后事"，李白没有争现世的名利，潦倒以终。

杜甫与李白之间有一种知己情谊。历史上最让我感动的画面，是李白与杜甫在酒楼上坐下来喝酒，谈他们的生命理想。这种感情就是"永结无情游，相期邈云汉"。大约七百年后，在佛罗伦萨，达·芬奇与米开朗基罗两个人的对话关系，是历史上另一个令我深深感动的画面。李白与杜甫，达·芬奇与米开朗基罗，他们的相遇是不可思议的生命的撞击。从李白转到杜甫，不是从一个极端走向另外一个极端，更有趣的是在我们自己身上发现属于李白的部分和属于杜甫的部分。每一个生命里面都有这两个部分：对个体生命完成的追寻，让我们放歌山林；回到这世界上，对于最卑微的生命又有同情、悲悯。

杜甫有诗说："李白斗酒诗百篇，长安市上酒家眠，天子呼来不上船，自言臣是酒中仙。"他非常知道李白的豪迈，他也可以这样做，可是杜甫好像在生命的两难里，先选择了路边冻死的那些人，他想要去描述这些人，所以就暂时没有机会去描述李白那种豪情。这是生命的偏重，对诗人个人而言，他们也有生命的两难，在这个两难当中，他们选择了暂时要完成的角色。李白与杜甫都留下一个风范，但他们两人的风范是不一样的。

整整一千年当中，很多人在讨论李白、杜甫的优劣，这真是一个很大的精神浪费。文学的美不是生命的窄化，而是让生命开阔的过程。文学让生命可以包容更大更多，如果李白能够以一个"妾"的身份吟唱，如果李白化为飞跃山峰的鸟，我们还在讨论李白与杜甫的好坏，会是蛮滑稽的状态。我希望大家可以从这个角度来看李白与杜甫的相同与不同。相同或者不同与好坏无关，他们都是不可取代的，樟树与榕树哪种更好？它们是不同的生命，在自然世界里，一定要分好或不好，是荒谬的，人的世界也是如此。李白、杜甫的生命分别抵达了不同的巅峰状态，如果非要去比较优劣，会偏离对他们的真正认知。

柔情与阳刚

李白写过《长相思》这种非常柔情、抒情的诗，也写《关山月》这种充满阳刚气魄的诗。李白非常奇特，他有时让人觉得是一个满脸络腮胡的粗壮猛男，有时又变成一个细声细气的少女，他的角色转换实在有趣。以创作风格来讲，《关山月》与《长相思》很像两个人写出来的诗，里面的情感非常不一样，"天长路远魂飞苦"的缠绵与"明月出天山"的豪迈相差实在很远。

其实我们自己也是多元的，并非那么单一，可能是因为接受的教育，让我们越来越觉得自己只有一种面目。当我们被定型之后，也不敢去触碰另外的我。在精彩的唐朝，生命有机会释放自己，产生了活泼的生命形式。

下面这首《长相思》是非常美的思情诗，与《蜀道难》和《将进酒》都不一样。

> 长相思，在长安。络纬秋啼金井阑，微霜凄凄簟色寒。孤灯不明思欲绝，卷帷望月空长叹。美人如花隔云端，上有青冥之高天，下有渌水之波澜。天长地远魂飞苦，梦魂不到关山难。长相思，摧心肝。

"长相思，在长安。络纬秋啼金井阑……"，秋天的时候，昆虫在井边发出微微的叫声。"微霜凄凄簟色寒"，"簟"是竹子编的席子，秋天的时候，席子有冰凉的感觉，好像已经被霜打湿了。这首诗一开始的调子比较低微，不像《将进酒》《蜀道难》那么高亢。"孤灯不明思欲绝，卷帷望月空长叹。美人如花隔云端。上有青冥之长天，下有渌水之波澜。"这里又用到一点《蜀道难》里面的技法。

"天长路远魂飞苦"，这里的主题是魂。心灵在空明的境界中飞，飞在空茫的青冥长天上，也飞在清水的波澜之上，一片茫然之中有思绪一直在飞，天长地远地飞。这里讲的是思念。思念是文学很重要的主题，现代诗、现代散文也常常提到想念某一个人、爱恋某一个人，可是你怎么去表现？李白用了一个很特殊的方法，整个空间被扩大，然后描述在天长地远中飞的那个魂，好像有根细丝牵系着，可是"梦魂不到关山难"。

"长相思，摧心肝。"这一句多么直接、大胆。我常常觉得李白很惊人，他有很多句子来自民间，他不害怕俗，他敢用最平易的字。我觉得李白一定常常在酒楼上混，在那里他会听到不同阶层人的声音，这些人的声音不是从书房来的，也不是从学院来的。"长相思，摧心肝"，我们一点也不陌生，在很多的流行歌里面会看到这类直接大胆的描述。

《关山月》也是大家很熟悉的一首诗。

> 明月出天山，苍茫云海间。
> 长风几万里，吹度玉门关。
> 汉下白登道，胡窥青海湾。
> 由来征战地，不见有人还。
> 戍客望边色，思归多苦颜。
> 高楼当此夜，叹息未应闲。

唐代很多诗人都曾经跟着军队到塞外，出塞时看到的大风景，对他们的创作产生了很大影响。宋以后这种风格的诗句越来越少，文人不再有机会走出书房，无法与大空间进行对话。李白的这句诗是不是很容易令人联想到王维的"大漠孤烟直，长河落日圆"？一首诗的好，不见得是全部都好，有一个画面让人难忘就已经足够。

从"汉下白登道，胡窥青海湾"开始讲汉胡打仗。"由来征战地，不见有人还。戍客望边邑，思归多苦颜。"守卫边疆的军士叫"戍客"，他们每天都想回家，可是回不去。"高楼当此夜，叹息未应闲。"在这样的晚上，某一个地方的高楼上应该有人在那边叹息。这些内容在唐诗中经常出现，最惊人的还是开头四句显露出来的宏大气度。

只有唐朝的诗才会有这种气派，后人很想学，但很难学到位，会觉得太用力了，李白却真的毫不费力。如果不是身在那个大时代，只是努力发出大声音，就难免会空洞、凄厉。就像唱歌的人，如果高音拔不上去，勉强要唱的话会很尴尬。李白似乎只要用出三分力量，就已经很高了，因为他实在是气力饱满。

浮云游子意，落日故人情

唐朝人在送别时经常写诗，除了"风吹柳花满店香"，李白也写过以送别为主题的律诗，比如下面这首《送友人》。

青山横北郭，白水绕东城。
此地一为别，孤蓬万里征。
浮云游子意，落日故人情。
挥手自兹去，萧萧班马鸣。

一开始是风景的描述，他要送朋友，送到一个地方，看到北边有青山，还有围墙，东边有一条水绕过去，阳光照在水面上发出亮光，看起来就是"白水"。"青山"与"白水"、"横"与"绕"、"北"与"东"、"郭"与"城"，十个字当中每一个字都与另一个字形成对仗关系。"此地一为别，孤蓬万里征"，从这里告别以后，孤独的游子就要走万里的路。"孤蓬"，一个孤独的渺小的存在，可是要去走万里的路。

因为朋友要走了，是一个游子，要描写流浪，就用到浮云，李白觉得浮云很像一种浪子的感觉，所以是"浮云游子意"。与老朋友告别，有很深的眷恋，眷恋用什么来表达？用落日。太阳要落下去的时候，总是好像恋恋不舍,所以用落日来形容故人的情感——"落日故人情"。"浮云"对"落日","游子"对"故人","意"对"情",还是很工整的对仗。在水到渠成的语言模式中,唐诗的形式本身已经极其完美,李白就在这么完美的形式当中把内容传达出来。我们今天告别时的情感,不见得比李白差,可是我们的语言没有如此成熟,找不到这么好的句子,把这个感觉表达出来。

"挥手自兹去,萧萧班马鸣。"这个也是非常李白式的结尾。到最后,人的感伤眷恋到了极致,变成无情,就是"挥手自兹去"——我挥一挥衣袖吧,不愿意带走任何东西,不做任何的牵挂。在离开的时候,转身走的时候,视觉不见了,只是听到朋友的马还在那边凄凉地叫,有一点怜惜的感觉。

醉月频中圣,迷花不事君

孟浩然是唐朝的一个大诗人,李白与他是好朋友,写过一首《赠孟浩然》给他。

> 吾爱孟夫子,风流天下闻。
> 红颜弃轩冕,白首卧松云。
> 醉月频中圣,迷花不事君。
> 高山安可仰,徒此揖清芬。

在唐朝,朋友与朋友之间有一种投契,这种投契是出于对生命状态的欣赏。这首诗起头非常自然,就是"吾爱孟夫子",我也很希望用这样的句法去写我喜欢的一个朋友,可是我会很小心用这个字。李白却那么坦然。李白的个性就是如此,几乎从来不婉转。先点出来喜欢孟浩然,因为大家都知道他非常潇洒,活得很自在。"风流"是说有自己的见解,有个性和真性情。天下都知道这个人,不是因为他有权力,不是因为他有财富,而是因为他有个性,有真性情。

随后,李白解释了"风流天下闻"的原因:"红颜弃轩冕。"年轻的时候,孟浩然就已经决定不参加考试,不去做官,"轩"、"冕"分别是大房子与高帽子,当时很多人在追求宽阔的轩与堂皇的冕,因为它们代表了财富与权力。孟浩然却"红颜弃轩冕",追求青春生命的美,抛弃了名与利。"白首卧松云",现在他老了,头发也白了,自在地靠着松树,在山上隐居。"红颜"与"白首"是对仗,"弃"与"卧"是对仗,"轩冕"与"松云"也是对仗。李白在文学形式上是非常讲究的。"醉月频中圣",在有月亮的晚上不断喝酒,喝醉了。"迷花不事君",因为着迷于花的美丽,而不去伺候君王了。

李白在这里提供了生命的另外一种情操,这种情操不是世俗可以判定的。这类人在功利的社会、世俗的社会,可能一点地位都没有,可是他们会惊动朝野。李白也是如此。李白没有经过任何举人与进士的考试,他就是写诗、练仙、炼丹、练剑。贺知章很赏识他的才华,认为这是"谪仙"。后来经人举荐,唐玄宗让他供奉翰林。

以诗惊动朝野在今天是不可思议的事情,可是在唐代,诗的确有这种影响。诗人可以通过创作,实现个人生命的完成,使天下对他有一种尊重,所以"高山安可仰,徒此揖清芬"。李白把孟浩然比喻为一座我们要仰望的高山,留下一种大家传颂的芬芳。这首诗歌颂的完全是超离在世俗之外的生命情操。这首写给孟浩然的诗,里面有很大部分也是李白写给自己的。他看到这样的生命状态,也去歌颂这样的生命状态。杜甫这样的诗比较少,个人生命的完成不是杜甫关注的重点,他总是觉得在很多生命还在忍受巨大的饥饿或者说连温饱都没有的状况下,不忍心去写这种诗。杜甫不是不懂,可是他有另外一种关怀。李白与孟浩然有一种从人世间出走的生命情操。

忧伤与豁达

李白还写过一首送别诗，也写到了自己，是《宣州谢朓楼饯别校书叔云》。

弃我去者，昨日之日不可留；乱我心者，今日之日多烦忧。长风万里送秋雁，对此可以酣高楼。蓬莱文章建安骨，中间小谢又清发。俱怀逸兴壮思飞，欲上青天揽明月。抽刀断水水更流，举杯消愁愁更愁。人生在世不称意，明朝散发弄扁舟。

"弃我去者，昨日之日不可留"，离我而去的昨天，以前所有的日子，怎么留都留不住。这里说的是因为时间流逝引发的生命的茫然。"乱我心者，今日之日多烦忧"，让我心里烦乱与忧伤的是今天与今天以后的日子。这几乎就是在写日记，忽然就写出了自己最深的心事，而且句型非常特殊。"弃我去者"是四个字，"昨日之日"是四个字，"不可留"是三个字，运用了四四三的规则。这两句诗放到今天，依然非常精彩，依然可以说出我们时常会有的感受。

"长风万里送秋雁，对此可以酣高楼。"生命有如此多的忧伤，但并非无从解脱。只要长风吹来，看到大雁飞过，就觉得很开心，可以好好在楼上喝酒。李白的诗似乎充满矛盾，一般人大概会一路忧伤下来，可是李白不会，他一转，就豁达了。他的忧伤与豁达之间似乎没有界限。下面又开始使用典故，"蓬莱文章建安骨"，汉末的建安七子构成了一个文学主轴，这里李白讲建安七子，也讲他自己，有一点得意，有一点自负，觉得自己会在历史中留下声名，将来讲到唐朝，一定会说到李白。"中间小谢又清发"，李白在追悼建安七子与谢朓，也在讲他自己，他觉得他与他要告别的李云都有飘逸的胸怀，有雄壮的心灵，所以"俱怀逸兴壮思飞，欲上青天揽明月"。

在《将进酒》里面，我们感觉到他的忧郁与豪迈形成强烈的对比，这里也是一样，忧伤又一次涌上心头。"抽刀断水水更流"，这是个非常奇怪的比喻，你拿刀子去切那个水，不管怎么切，只要刀子拿开，水还是在流。他用这种形象化的方法描述自己的忧愁，他的忧愁如此难以消散。"举杯消愁愁更愁"，怎么喝酒，愁绪都无法飘散。"人生在世不称意"，活在人世间有这么多不如意，不如"明朝散发弄扁舟"——明天散掉头发好好去做一个渔夫吧！李云是去做官的，在李白的世界里，做官就是有轩有冕的人，大概会有很大的压力。"明朝散发弄扁舟"，好像是与现世当中的拘禁形成对比。"散发"不仅是散掉头发，更是散掉人世间的拘束，回复到自由状态。

我本楚狂人

《庐山谣寄卢侍御虚舟》也是李白非常重要的作品。

我本楚狂人，凤歌笑孔丘。手持绿玉杖，朝别黄鹤楼。五岳寻仙不辞远，一生好入名山游。庐山秀出南斗傍，屏风九叠云锦张，影落明湖青黛光。金阙前开二峰长，银河倒挂三石梁。香炉瀑布遥相望，回崖沓嶂凌苍苍。翠影红霞映朝日，鸟飞不到吴天长。登高壮观天地间，大江茫茫去不还。黄云万里动风色，白波九道流雪山。好为庐山谣，兴因庐山发。闲窥石镜清我心，谢公行处苍苔没。早服还丹无世情，琴心三叠道初成。遥见仙人彩云里，手把芙蓉朝玉京。先期汗漫九垓上，愿接卢敖游太清。

我比较喜欢开头："我本楚狂人，凤歌笑孔丘。"在我们的历史上似乎没有人敢笑孔丘，可是"我本楚狂人"这个"楚狂人"就可以。李白在这里用了一个很有趣的典故。《论语》中有"楚狂接舆"，有人认为其中的"接舆"是一个人的名字，也有人认为楚狂接舆的意思是一个疯疯癫癫的楚国人靠近孔子的车子，他唱着一首歌："凤兮凤兮，何德之衰？往者不可谏，来者犹可追。"狂人唱完歌以后，孔子想下车跟他讲话，觉得这个人不是普通的疯子，他是特别来点醒自己的。这是《论语》中一个很重要的典故。

后来有的书籍中，"丘"这个字都不敢用，用其他字代替，叫"避圣讳"。孔子太神圣了，所以连名字都不能讲。李白的世界里没有"圣讳"，他直接"凤歌笑孔丘"。李白在历史上最重要的意义，就是对正统文化的巨大颠覆。他很叛逆，对于权威特别不服气，别人觉得孔丘神圣不可触犯，可他觉得自己根本就是楚狂人，自己敢于狂歌，自己可以笑孔丘。这在我们的教育里太少了，年轻一代似乎很少接触叛逆性的文化，总是被权威的阴影所压住。

"手执绿玉杖，朝别黄鹤楼。"李白追求的不是儒家的终极，而是老庄的求仙，"绿玉杖"是仙人所用的手杖。"五岳寻仙不辞远，一生好入名山游。"李白是一个从人世间出走的角色，他不用人世间的定位，他要去追寻山水或者是道家的仙人。

这首诗开头这几句最为重要，因为从中我们可以了解它的思想背景。后面基本上是风景的描述，那个部分不是我特别希望在这里要讲的东西。

美到极致的感伤

李白的《清平调》大家也很熟悉。

（其一）
云想衣裳花想容，春风拂槛露华浓。
若非群玉山头见，会向瑶台月下逢。

(其二)

一枝红艳露凝香,云雨巫山枉断肠。

借问汉宫谁得似,可怜飞燕倚新妆。

(其三)

名花倾国两相欢,常得君王带笑看。

解释春风无限恨,沉香亭北倚阑干。

当时唐玄宗宠爱杨贵妃,在春天牡丹花开的时候,觉得这样一个景象应该要有新歌,就找李白以唐朝大曲《清平调》来写三首诗。这是李白奉命写的诗。通常我们会觉得艺术家奉命写的诗一定不好,而且皇帝对贵妃的喜爱与李白有什么关系?可是李白看到了牡丹,看到了这么美的女子,也被感动了。

"名花倾国两相欢",看到这么美的女子,看到这么美的花,"常得君王带笑看",唐玄宗已经有点呆呆的感觉了。看到美的东西看呆掉了,这个形容非常有趣,"带笑看"非常白话,可是又很生动。"解释春风无限恨",春风吹过去,好像里面含着一种无限的恨。恨谁呢?我觉得这是整首诗里最好的句子。这么美的花,这么美的人,这么有名的君王,喜悦里还是怀着哀伤。"沉香亭北倚阑干","沉香亭"是宫廷里牡丹花旁边的亭子,杨贵妃当时坐在亭子当中,靠在栏杆上看花。

因为这个"恨"字,李白还受到小人的中伤,毕竟是写给君王的一首诗。美到了极致的确会带给人感伤。李白的豪放与豁达背后一直有种感伤,这个感伤是时间本身的感伤。再美的事物,再伟大的功业,在李白的生命当中也是当春风吹过,时间会把一切美好冲淡。这是非常美的贵游文学。

第一首中的"云想衣裳花想容,春风拂槛露华浓"也是李白的名句。我觉得李白的诗最美的部分就是这种字的关系,你可以感觉到"露"是一个东西,"华"是一个东西,"浓"是一个东西,"露华浓"就是花在开放的时候花上露水的浓，其实是在讲色彩，讲香味，也是讲水的光泽。这些文字可以透露出李白对华美的追求。"若非群玉山头见，会向瑶台月下逢。"这当然是讲杨贵妃。如果不是在仙山上看到，大概也会在月下瑶台上相逢，描述杨贵妃美到不像是人间的样子，在仙界才能相逢。这是李白的应命之作，他竟然可以写到这种程度。

"一枝红艳露凝香"，"露凝香"是非常明显的李白风格，是讲花一枝红艳，也是在形容杨贵妃的美。"云雨巫山枉断肠"，这是比较大胆的一句，也是后来遭小人诬陷的口实，其实他还是在写美，以及情感的缠绵与眷恋带来的哀伤。"借问汉宫谁得似？可怜飞燕倚新妆。"如果这样美丽的女子在汉代会是谁呢？应该是赵飞燕吧！可以看到，在《清平调》中，李白把贵游文学的风格发挥到了极致。

思君若汶水，浩荡寄南征

进入杜甫的诗歌之前，我们先来看看李白的《沙丘城下寄杜甫》。

> 我来竟何事？高卧沙丘城。
> 城边有古树，日夕连秋声。
> 鲁酒不可醉，齐歌空复情。
> 思君若汶水，浩荡寄南征。

"我来竟何事？高卧沙丘城。"李白很奇怪，他写的诗开头永远这么直接。我觉得他的诗最大的秘密就是把主题写出来。这两句诗很平白地说：我到这里来干什么？怎么会在沙丘城待这么久？杜甫收到这首诗时，就知道是李白在沙丘城写给他的诗。李白的诗第一个字常常是"我"，杜甫很少用"我"，两个人的个性真是非常不同。

"城边有古树，日夕连秋声。"还是白描手法，小城旁边有一些古老的树木，白天晚上都有树木被风吹动的声音。"鲁酒不可醉，齐歌空复情。"这个地方在山东，古代齐国和鲁国的地方。鲁国的酒很有名，可是鲁国的酒好像老是喝不醉人；别人说齐国的歌也很有名，可是听了后觉得没有什么真正的内容与情感。这种描述透露的是李白的寂寞。为什么寂寞？因为他想念杜甫，他觉得虽然与杜甫相处时间不长，但好像是真正知心的来往。"思君若汶水"，想念到什么程度？就像那条汶水一样"浩荡寄南征"。杜甫这个时候在南方，河水不断往南流去，思念就像水一样一波一波地往南流去。

　　李白写给杜甫的这首诗翻译成白话，依然是一首很大胆的思念之诗。我之所以特地讲到这首诗，是希望不要再纠缠于他们二人的关系如何。我们看到，李白作品中对杜甫的情感是一个诗人对另外一个诗人的欣赏。

第五讲　杜甫

千秋万岁名,寂寞身后事

杜甫曾经梦到李白,他觉得有点不祥,不知道李白是不是死了。李白那个时候因为小人诬陷被放逐到夜郎,大概是今天的贵州、云南一带,很久都没有消息。那个地方瘴疠横行,所以杜甫有些担心,有些难过,也有些害怕。《梦李白》的两首诗里面可以看到杜甫对李白的情感之深。

(其一)
死别已吞声,生别常恻恻。
江南瘴疠地,逐客无消息。
故人入我梦,明我长相忆。
恐非平生魂,路远不可测。
魂来枫林青,魂返关塞黑。
君今在罗网,何以有羽翼?
落月满屋梁,犹疑照颜色。
水深波浪阔,无使蛟龙得。

(其二)
浮云终日行,游子久不至。
三夜频梦君,情亲见君意。
告归常局促,苦道来不易。

江湖多风波，舟楫恐失坠。
出门搔白首，若负平生志。
冠盖满京华，斯人独憔悴。
孰云网恢恢，将老身反累。
千秋万岁名，寂寞身后事。

"死别已吞声，生别常恻恻。"如果人有一天要面临死别，大概只有哭泣了。可是他与李白不是死别，而是活生生两个人告别，非常难过。"江南瘴疠地，逐客无消息。"李白被贬到南方去，非常容易生病，那么危险的地方，一点消息都没有。"故人入我梦，明我长相忆。"老朋友到我的梦里来，大概是知道我非常想念，来让我见一下。

他又担心李白到底是不是还活着，不然为什么会到他的梦里来，所以说"恐非平生魂"。这里面有杜甫对李白的深情厚谊，我自己写诗，也不敢随便写一个朋友的时候用到这么重的句子。"路远不可测"，道路这么遥远，也没有机会可以打探到消息。"魂来枫林青"，魂从南方来的时候，会看到一片青色的枫林。"魂返关塞黑"，到我的梦里来了之后，不是还要回去吗？你的梦魂回去的时候大概又要经过黑暗的关塞。这些都是在写李白的魂进入他的梦之后的超现实状态。第一首就讲到这里，下面我们看第二首。

"浮云终日行，游子久不至。"这里非常有趣，杜甫用到李白也曾经用过的典故——浮云与游子。李白是一个不断流浪的人，总是跑来跑去，有时候也写信说要来，可是又不来。"三夜频梦君，情亲见君意。"连着三个晚上梦到你，所以也知道你非常想念我。杜甫很有意思，这么深的情感，就是不用第一人称。"告归常局促，苦道来不易。"好像在梦里听到李白对他说过得很不好，生活困顿。下面就是杜甫的回答："江湖多风波，舟楫恐失坠。""江湖"是讲李白的魂好像在流浪，或者李白在被放逐的路上很危险，所以提醒他有很多小人，要小心一点。也是担心李白往南走的时候坐的船会不会出事。杜甫就是那种老在担心的人，他真是很像处女座，也许有一部分又是天秤座，老是想来想去。

"出门搔白首"，李白出门去的时候，摸了摸满头白发。"若负平生志"，好像违反了平生的一个志愿，这是讲李白，也是讲杜甫。他们都有一种潇洒与豁达的志愿，又常常陷在人世的困顿当中。

"冠盖满京华，斯人独憔悴。"看看这个繁华的城市，为什么只有李白这么憔悴？"孰云网恢恢，将老身反累。""网恢恢"就是法网恢恢，因为这个时候李白触犯了法律，在安史之乱的时候，李白与永王李璘在一起。杜甫的命还不错，投靠的皇子后来当了皇帝，就是唐肃宗。永王最后被当成反叛，李白也被流放夜郎。杜甫认为李白不用担心这些事情，不管现在是不是阶下囚，总会"千秋万岁名，寂寞身后事"。杜甫非常确认李白在历史上会留下声名，这是一个很重要的肯定与赞美。这么重要的判断竟然是在李白流放期间做出的，也就更为特别，可以看出杜甫对李白的情感之深，他甚至不从现世的法律去衡量，而是将文学创作的成就放在更高的层次上。

杜甫还给李白写过一首《不见》。

不见李生久，佯狂真可哀。
世人皆欲杀，吾意独怜才。
敏捷诗千首，飘零酒一杯。
匡山读书处，头白好归来。

"不见李生久，佯狂真可哀！"好久没有见到李白了，想想这个人真是疯疯癫癫的。"世人皆欲杀，吾意独怜才。"可见当时很多人讨厌李白，其实如果我们身边有这样一个人，我们大概也很怕——为什么他可以活得这么潇洒？杜甫说好像只有我觉得他的才华真是值得怜爱。杜甫为什么会这么说？因为李白"敏捷诗千首，飘零酒一杯"。多么漂亮的对仗，"诗千首"与"酒一杯"，"敏捷"与"飘零"，好像敏捷与飘零就可以概括李白的全部，落魄、流浪，又聪明到才华盖世。杜甫好像永远有一种写格言的意图，永远想劝勉别人，所以他又写道："匡山读书处，头白好归来。""匡山"是李白少年时读书的地方，杜甫觉得其实在那边终老是很好的，为什么不回到匡山去呢？在这首诗里可以看到杜甫对李白的深深怀念。

社会意识的觉醒

《丽人行》是杜甫很重要的诗歌作品。这首诗是歌行体，同李白的《长干行》一样都来源于民谣系统。

> 三月三日天气新，长安水边多丽人。
> 态浓意远淑且真，肌理细腻骨肉匀。
> 绣罗衣裳照暮春，蹙金孔雀银麒麟。
> 头上何所有？翠微盍叶垂鬓唇。
> 背后何所见？珠压腰衱稳称身。
> 就中云幕椒房亲，赐名大国虢与秦。
> 紫驼之峰出翠釜，水精之盘行素鳞。
> 犀筯厌饫久未下，鸾刀缕切空纷纶。
> 黄门飞鞚不动尘，御厨络绎送八珍。
> 箫鼓哀吟感鬼神，宾从杂遝实要津。
> 后来鞍马何逡巡，当轩下马入锦茵。
> 杨花雪落覆白蘋，青鸟飞去衔红巾。
> 炙手可热势绝伦，慎莫近前丞相嗔。

《丽人行》描绘的是女性在春天盛装出游的景象。杜甫写过很多"仿乐府"，他已经离开了贵游文学，开始追求比较平铺直叙的歌谣体。李白的诗里面有很多形式上的创造，对贵族的华丽生活多有涉及，杜甫这方面的因素相对比较少。越到后期，杜甫越是返璞归真，几乎不卖弄文字，华丽的东西都拿掉，非常平实。杜甫是写实文学的代表，李白则是浪漫文学的代表。

读过中国美术史的朋友对《丽人行》应该非常熟，唐代画家张萱的《虢国夫人游春图》讲的是同一个故事。可能画家张萱与诗人杜甫都在农历三月三日这一天，在长安的曲江边，看到贵族妇人盛装到水边游春。

"三月三日天气新，长安水边多丽人。"用"新"去形容天气，是因为沉闷的、寒冷的冬天过去了，天气终于转暖，长安城的曲江旁边有很多美丽的女子。"态浓意远淑且真"，"态浓"是化妆非常浓艳，唐朝女性涂的胭脂、贴的花黄，非常华丽，会在整个额头上画一只凤凰。"态浓"必须要"意远"，也就是精神层面上要够高远，才能平衡，才能美。美常常是两个相反事物之间的平衡。"态浓"、"意远"、"淑且真"，然后是"肌理细腻骨肉匀"，只有在唐代对女性的身体才会如此直接地描述，对于骨肉的均匀，用最直接的字。宋代以后很少看到这样的语言能力，可以看到唐诗对于人的身体的观察与描述多么健康。现代诗都很少用"肌理"去写女性的身体，无法像唐诗那样坦然地去面对。

下面开始讲衣服。"绣罗衣裳照暮春"，绣着非常美的纹样的罗衣，与暮春景致相映照。"蹙金孔雀银麒麟"，这是讲金子做的孔雀与银子做的麒麟形状的首饰。"头上何所有？翠微㔿叶垂鬓唇。"用翡翠做的㔿叶从鬓角垂下来。"背后何所见？珠压腰衱稳称身。"腰衱上镶有珍珠，走起路来特别稳，风吹不动。

"就中云幕椒房亲，赐名大国虢与秦。"所有漂亮的女子当中，最重要的是"皇后"（此处指杨贵妃）的亲姐妹，即虢国夫人和秦国夫人。皇宫里面开始送菜出来："紫驼之峰出翠釜"，用一个翡翠小锅，装了一个驼峰；"水精之盘行素鳞"，清蒸的鱼放在水晶盘子里。"犀箸厌饫久未下"，持犀牛角做的筷子，已经不想吃了，因为每天都在吃东西，多么没有意思。李白《行路难》中的"投箸"是心茫然，这里的"厌饫"是厌烦，对华丽的厌烦、对富贵的厌烦。"鸾刀缕切空纷纶",贵妇人已经吃到厌了,皇宫中的御厨还在绞尽脑汁想做最好的菜来给这些夫人们吃。杜甫在做对比,贵族富贵到这么好的菜都不想吃了,用人在那边忙着做让他们可以吃的菜。杜甫的社会意识慢慢出来了。

"黄门飞鞚不动尘","黄门"是管马的太监,为了让夫人们吃的东西安全卫生,所有的食物都从皇宫中送来,为了送到的时候保持热度和干净,特地选用训练有素的太监,马跑得很快,依然"不动尘"。"御厨络绎送八珍",一道一道菜送过来。旁边有人在演奏音乐,"箫管哀吟感鬼神,宾从杂遝实要津"。"津"是什么?就是曲江的渡口,他们要上船去玩,党政军要员全部到了。"后来鞍马何逡巡?当轩下马入锦茵",来晚的人顾盼一番之后,下马走上锦缎的铺毯。

"杨花雪落覆白蘋,青鸟飞去衔红巾",这两句诗影射杨家兄妹的不伦关系。"炙手可热势绝伦",这个家族炙手可热,声势到了最高点。然后杜甫开始与他最关心的人讲话,他最关心的人是谁?小老百姓。"慎莫近前丞相嗔",你们不要随便走到前面,小心丞相骂你。丞相是谁?杨国忠。杜甫描述华丽之后,最后还是落脚到对老百姓的同情,在这样一个富贵权势被垄断的社会中,百姓是最卑微的角色。杜甫与李白的不同,就是这种社会意识的觉醒。

记录时代的悲剧

李白的作品与他所处的历史与时间的关系不是那么大,我们在读李白的《将进酒》或《蜀道难》时,不会感觉到李白的诗与历史之间有密切的关系。当然他会有一个现实环境的背景,比如说我们猜测《蜀道难》可能是以唐玄宗到四川去为背景。可是李白在创作过程中,会把事件抽离掉。杜甫与李白个性极其不同,杜甫的每一首诗都有非常具体的事件,我觉得杜甫可以说是我们的诗人当中最具备纪录片导演个性的,他的诗有纪录片的功能,是见证历史的资料。纪录片最大的特征是不能加入自己太多的主观感受,这就是为什么李白的诗里面有很多"我",杜甫诗里几乎很少出现"我"——他总是用绝对客观的角度。

《兵车行》讲的是抓兵。古代不断发生战争,需要有人去打仗,因为战争会导致很多人的死亡,所以人们会逃兵,政府就去抓兵。杜甫看到了这个现象,就去描述这样一个画面。为什么杜甫的诗被称为"诗史"?因为他的诗写出了那个时代的历史。也许我们在读唐朝历史的时候,读不到《兵车行》所描述的画面,可是杜甫替我们保留了下来。

车辚辚,马萧萧,行人弓箭各在腰。
耶娘妻子走相送,尘埃不见咸阳桥。
牵衣顿足拦道哭,哭声直上干云霄。
道旁过者问行人,行人但云点行频。
或从十五北防河,便至四十西营田。
去时里正与裹头,归来头白还戍边。
边庭流血成海水,武皇开边意未已。
君不闻,汉家山东二百州,千村万落生荆杞。
纵有健妇把锄犁,禾生陇亩无东西。
况复秦兵耐苦战,被驱不异犬与鸡。
长者虽有问,役夫敢申恨?
且如今年冬,未休关西卒。
县官急索租,租税从何出?
信知生男恶,反是生女好。
生女犹得嫁比邻,生男埋没随百草。
君不见,青海头,古来白骨无人收。
新鬼烦冤旧鬼哭,天阴雨湿声啾啾。

"车辚辚，马萧萧，行人弓箭各在腰。"车子在赶路，马也在那边叫，一开始就带出街头的混乱局面。这首诗中的杜甫是一个旁观者，他挤在人群当中，描述自己看到的现象。他一定在现场，他的角度不是贵族的角度，而是老百姓的角度，他采取的视角永远是最卑微的老百姓的角度。"车辚辚，马萧萧，行人弓箭各在腰"点出了军队，下面讲"耶娘妻子走相送"。李白的诗里读不到"耶娘妻子"这样的字词，杜甫为什么被称为"诗圣"？因为他在群体的家族文化当中，最关心人的亲情。"尘埃不见咸阳桥"，人仰马翻，灰尘都起来了，灰尘大到连咸阳的桥都看不见了。

杜甫在一群小市民当中跑来跑去，有点像纪录片的拍摄者，拿着镜头拍了这些场景。"牵衣顿足拦道哭，哭声直上干云霄。"李白也从来不会说"牵衣顿足"，因为他不像杜甫那样活在人间，对杜甫来说人间的一切都是牵扯不断的。"牵衣顿足"，因为分别后大概这一辈子都见不到了。战争引发的恐惧感一下突显出来，一片哭声，简直都冲到天上去了。杜甫作为一个优秀的社会诗人，用纪录片的方法描述了一个时代开疆拓土的战争背后悲惨的事件。

唐代历史上我们看到的都是帝王的功业，帝王的功业背后却是人仰马翻、妻离子散的悲剧。杜甫记下了这些悲剧，让文学成为另外一种历史。他让我们看到帝王将相的功业以外，人民被战争所牵连的悲哀与痛苦。"道旁过者问行人"，这句诗很简单，一个过路的人，去问旁边的人。李白的诗总是"我我我"，杜甫的诗都是这种路边的人，"过者"与"行人"，都是过路的人。纪录片的特点就是高度的客观性。纪录片最好的拍摄方法，就是创作者始终没有出来。这句话变得很重要，到底发生了什么事？"行人但云点行频"，"点行"就是征兵、抓兵，政府抓兵抓得太频繁了，所以民间不堪其苦。《石壕吏》是另外一部纪录片。大哥刚抓完，二哥又被抓走了，第三个男孩接着又被抓走了。"频"才是关键，所以后面引发的问题很严重，为了开疆拓土，为了发展帝王的功业，已经忽略了民间生存的基本稳定性。

杜甫的客观性一直延续下去，下面的话可能都是行人讲的。"或从十五北防河"，路边的人说，你知道有的人十五岁就被抓到北边的河西去御敌，"便至四十西营田"，四十岁了还要到西边去从事屯垦，这完全是纪录片中的举证。杜甫不会从个人角度说，我不喜欢战争，而是用客观描述的方式揭露残酷的现实。"去时里正与裹头，归来头白还戍边。"走的时候里长要替他们绑一个头巾，表示说要从军了；回来的时候头发都已经白了。

杜甫用了一个非常惊人的手法，把历史里面的悲惨事件一一做了记录，没有他的记录，我们会说唐朝是一个伟大辉煌的时代；读了他的诗，会看到辉煌灿烂的背后，有这样的悲剧在发生。杜甫的反战，是站在关心人民老百姓生死的角度，而不是站在帝王功业的角度。

下面直接描写战争的悲惨，"边庭流血成海水"，因边疆的战争而流淌的血像海水一样四处漫延，"武皇开边意未已"，这里的武皇好像是讲汉朝的汉武帝，唐朝很多诗都不讲唐，而是讲汉，所以指的还是唐朝的皇帝。这是非常大胆的发言，相信唐朝的皇帝也不会看不出来，可是这些诗歌就在民间流传，变成对抗当时朝廷的巨大力量。

武皇不断开疆拓土，可是接下来的结果是，"君不闻，汉家山东二百州，千村万落生荆杞"。山东（华山以东）州县的农家村落已经没有人种田，男人都被抓去打仗，村落里面长满了野草荆棘。"纵有健妇把锄犁，禾生陇亩无东西。"这是非常写实的句子，即使有身体强健的女人可以接替男人去做锄田、犁田的工作，因为农业人口不够，稻禾乱长，也没有阡陌了。"况复秦兵耐苦战，被驱不异犬与鸡。"被抓去当兵，简直是被奴役到像狗、像鸡。李白永远在完全超越于现实之上的个人心灵世界行走，杜甫则落脚于实在的土地，让我们看到人世间最大的悲痛和具体的悲剧。

下面一句，杜甫从七言转到五言。他不像李白的变奏那么大，可是也有变化。"长者虽有问，役夫敢申恨？"作者问有没有人虐待，服兵役的人哪里敢讲一句话！人民的恐惧到了一定程度，即使有可以疏通的管道，下情也还是不能上达。然后开始举例:"且如今年冬,未休关西卒。"像今年冬天,关西这边还是没有停止征兵。"县官急索租,租税从何出?"当地的县官还要分派租税,可是人已经被抓去当兵了,根本就没人种田,怎么交租税呢?这里谈到了大唐帝国内部体制的败坏。

这里杜甫用这么白的句子,当然有特别用意。"租税从何出?"这种句子已经不像诗了。我在年轻的时候不喜欢杜甫,那个年龄很容易"为赋新词强说愁",总是希望句子要像诗,所以不太容易懂杜甫。到某一个年龄,会感觉到有杜甫这样的诗人,真是非常惊人。他关心人远胜过关心诗,这个句子才可以这样大胆地出来,他根本觉得诗好不好不是那么重要。"租税从何出?"是直接的问话,直接的抗议,直接的控诉——到底你要老百姓从哪里来交租税?要了解杜甫,就要了解历史,了解社会,要从个人对文艺文学的爱好,转到对社会的关怀,这不是年轻的时候可以懂的。当年喜欢文学的朋友们,曾经在酒楼喝了酒一起唱李白诗,今天多多少少都会喜欢杜甫,因为经历了生命中别的内容,会开始觉得杜甫伟大,也开始知道一个诗人要写出这样的句子,要有更大的关怀。

"信知生男恶,反是生女好。生女犹得嫁比邻,生男埋没随百草。"这是非常民间的语言,大家彼此劝说,不要再生男孩子了,生男孩子真是遭殃。生个女孩子,还可以在身边。这已经讲到民间最大的悲哀了。

杜甫用自己的文学为时代留下的见证非常惊人。大概是一九八〇年代,我在美国,有一段时间一直在读杜诗,我称它为我的"忏悔期",因为年轻的时候没有读懂杜甫,或者读懂了,可是没有深切的感受。在体会到一个社会中个人可以被政策体制压迫到那种状况的时候,我才开始发现杜甫的重要性。他可以把时代的悲剧全部阐述出来。

《兵车行》最后的结尾非常特别。"君不见,青海头,古来白骨无人收。新鬼烦冤旧鬼哭,天阴雨湿声啾啾。"你没有看到青海,打仗打得最厉害的地方,历来战争剩下的那些骨头,到现在也没有人收。新死掉的,心里面对生命充满没有完成的怨恨,旧的灵魂则在哭泣。"天阴雨湿声啾啾",

在下雨的天气里,鬼魂的悲怨似乎扑面而来。我一再希望大家能够用比较接近纪录片的方法,进入杜甫的世界。这里面有非常清楚的事件,这个事件不是官方记录,也不是官方报告,你会感觉到杜甫真正以民间立场去看待老百姓对抓兵这件事的反应。

《石壕吏》是我看过的所有类似纪录片的诗歌当中最让我感动的一首,杜甫完全采用了客观的角度。

> 暮投石壕村,有吏夜捉人。
> 老翁逾墙走,老妇出门看。
> 吏呼一何怒!妇啼一何苦。
> 听妇前致词,三男邺城戍。
> 一男附书至,二男新战死。
> 存者且偷生,死者长已矣!
> 室中更无人,惟有乳下孙。
> 有孙母未去,出入无完裙。
> 老妪力虽衰,请从吏夜归。
> 急应河阳役,犹得备晨炊。
> 夜久语声绝,如闻泣幽咽。
> 天明登前途,独与老翁别。

"暮投石壕村",纪录片一定要有时间、地点、事件。时间是"暮",黄昏的时候,"投"是投宿的意思。这个时候杜甫也在逃难,安史之乱发生了,他也是难民,他逃难的时候走到石壕村,然后拜托一个老百姓说:"我今天没有地方住,可不可以投宿在你家里面?"然后那一天他碰到了一个事件,"有吏夜捉人",晚上官吏来抓兵。他用十个字就已经把纪录片的主题说清楚了。纪录片的画面是:"老翁逾墙走,老妇出门看。"这家有一个老头,翻墙跑掉了,这个画面非常荒谬,因为年轻人都抓完了,抓兵要抓老人了。老太太就打开门去看,这么晚是谁来了。

杜甫用我们最容易了解的文字和语言,进入这个悲剧世界。"老妇出门看"以后,是"吏呼一何怒,妇啼一何苦"。抓兵的官吏发脾气骂人,说敲门敲了半天,怎么都不来开门。老太太一直在哭。这里用对仗非常清楚地表达官方与民间的立场。杜甫一句话都没有讲,只是在旁边看。下面"听妇前致词","听"是一个动词,如果是动词,前面应该有主词,谁在听?是杜甫听到老太太说了下面的话,从头到尾杜甫自己没有讲话,他只记录老太太说什么话。

在文学上这是非常难的技巧,一般人会忍不住要自己跳出来说话,说你看这些官吏多坏,或者骂他们。可是杜甫却让老太太说话,像一个录音机录下来。"三男邺城戍",我有三个男孩,都在山西省的邺城防守边疆。老太太的叙述完全是平铺直叙地交代事实,是一个母亲讲三个男孩被抓走当兵的事实。然后下面是非常惨的悲剧,"一男附书至",最近有一个男孩写信了,"二男新战死",说两个男孩已经在战争里死掉了。这是母亲在讲孩子的死亡。

读到这个地方会有很大的不忍,杜甫什么也没有讲,只是让母亲来讲。我最惊讶的是,"二男新战死"之后,老太太安慰自己说:"存者且偷生,死者长已矣!"活着就好好活着吧,死掉的已经死了,没有办法追究了。她在安慰自己,因为她没有别的办法,这个时候我们感觉到了强烈的悲剧性。这个人应该要呐喊、要控诉,可是没有,只是安慰自己说死了就死了,活着的好好活,大概只能祈祷剩下那个不要死吧。第一次读的时候非常震动,会有很大的感动,如果慢慢去分析,会发现杜甫写诗的手法非常惊人,他的诗里面有一种力量。一个好的艺术家,在最悲惨的事件上是不准自己流泪的。当你流泪的时候,会看不清楚事实,而看不清楚事实,作品就不会感动人。著名摄影家尤金·史密斯在日本拍工业污染造成的人的病变的时候,就告诉自己,你不能流泪。他说一个摄影家流泪的时候,他的镜头是模糊的,他其实是要求自己有高度的节制。

第五讲 杜甫

老太太又开始讲,"室中更无人",老太太开始说谎了,她隐瞒了一个事实,就是已经逃走的老翁。因为她知道三个男孩被抓完后,现在要抓她的丈夫了。真的要进来查吗?"惟有乳下孙",还有一个在吃奶的孙子,总不能把他抓去当兵吧。这里面透露了民间的悲痛,不能够违抗官吏,可是又必须想办法躲过灾难,只能用这样的方法。"有孙母未去,出入无完裙。"我觉得这里面有老太太的狡猾,这个孙子有妈妈,这个妈妈可能是死去的二男的太太,因为她还没有改嫁,还在他们家里面。为什么我说她狡猾?因为她说家里太穷了,儿媳已经没有裙子穿,没有办法出来。这样一来,大概这个官吏就不好意思进去查了。这首诗透露出唐代的繁华背后,人民疾苦到了非常惊人的地步。那个时候在美国读到这首诗,我非常震动,好几次读不下去,因为忽然感觉到这个诗人在描述现象的过程里面用心这么重,可是又完全不动声色,大概只有最好的纪录片可以这样去面对如此残忍的事实。

接下来我们看到更大的悲剧,这个老太太必须要有建议,因为官吏来抓兵抓不到总要有一个交代。她说:"老妪力虽衰,请从吏夜归。"意思是"我已经是老太婆了,已经没有力气了,可是我跟你去军队里服兵役吧"。她想救她的先生,就想出了这个主意。大概官吏觉得抓一个老太太回去干什么,她就开始说服他:"急应河阳役,犹得备晨炊。"意思是"我知道河阳仗打得很急,需要人工,我还可以帮军队煮早饭"。

杜甫的"三吏"、"三别",大概是中国历史上最沉重的悲剧,《石壕吏》我觉得是里面最令人痛的一首诗。看到这首诗,才可以看到大部分的老百姓在历史当中过着什么样的日子。杜甫用这种方法,带出一个民间妇人的语言。"夜久语声绝,惟闻泣幽咽。"夜已经很深了,讲话的声音慢慢没有了,低声哭泣的声音慢慢远去。杜甫觉得对于一个历史的悲剧,已经没有话可以讲。"天明登前途,独与老翁别。"天亮了,要继续赶路,老太太已经走了,告别的时候只有老翁。

在这首诗里,杜甫一句话都没有讲,只是叙述事件。可是读完这首诗,心里面会有一种很大的悲痛，觉得民间怎么会是这个样子。文学带来的压力，留在整个历史当中，会变成一种良心。一个搞政治的人，读到这首诗的时候，也要想想看，为什么民间的诗会是这样？《石壕吏》是很惊人的一首诗，大概是杜甫诗里的极致。它的力量其实比《兵车行》大，因为《兵车行》还有很多有关战争的叙述，《石壕吏》连战争都没有碰到，只讲抓兵，讲战争让民间一个家庭破碎的过程，这个家庭里男孩子都不在了，老父亲逃走，老母亲最后也被抓去当兵。他只是在讲一个现象，所以张力更强。

在杜甫诗里面，如果要我选，我通常第一首就会选《石壕吏》。有这样一首诗在那边，真应该向杜甫好好鞠一个躬，历史上太少人去做这样的记录，太少人有这样一种人道主义的关怀。这首诗被翻译成各种语言，在一九七〇年代美国反越战的时候，这首诗常常被提出来证明战争的可怕。现在的战争也许与那时不完全相同，但杜甫诗中描述的悲剧今天依然可以发生，翻译成任何语言，都会让人感动。

杜甫就是直接陈述事实，后来我用这个方法写了一个五百行的长诗叫《母亲》。那个时候在美国碰到了一个"文革"时期出来的女性，她给我讲了她母亲的故事，我就仿照杜甫的手法写了这首诗。可是我那个时候真的没有办法像杜甫那样沉得住气。听到一个悲惨的故事，你会动怒，会动情，可是这种诗要非常安静，才能够写好。从"暮投石壕村"一直到"独与老翁别"，如果把一个个画面连起来，可以看到从黄昏到天亮这个时间段里所发生的一个历史事件，这个历史事件完全是一部纪录片。杜甫的诗散发出来的力量非常强，杜甫可以和李白分庭抗礼，正是因为他的诗中有这种特别的力量。他的力量非常沧桑，也非常苍凉，会让你看到一个诗人在介入现实之后的巨大痛苦。

杜甫自己也是难民，这一点非常重要。我们在李白的诗里看不到"耶娘妻子"，看不到"牵衣顿足"，可是杜甫的诗最动人的部分就是"耶娘妻子"与"牵衣顿足"。这些是中国文化中隐藏在深层的、非常重要的一个部分。中国人对生活的要求并不高，其实就是很平凡、很卑微的生活，如

第五讲 杜甫

果连这个要求都得不到满足,就会有巨大的控诉产生。杜甫的诗,反映了这些中国文化中最深的东西,他的作品(如"三吏"、"三别")被称为"诗史",就是诗歌记录了历史。从这些作品中,可以很清楚地感受到杜甫对人的关心。

下面想和大家分享一首诗——《茅屋为秋风所破歌》。

> 八月秋高风怒号,卷我屋上三重茅。茅飞渡江洒江郊,高者挂罥长林梢,下者飘转沉塘坳。南村群童欺我老无力,忍能对面为盗贼。公然抱茅入竹去,唇焦口燥呼不得,归来倚杖自叹息。俄顷风定云墨色,秋天漠漠向昏黑。布衾多年冷似铁,娇儿恶卧踏里裂。床头屋漏无干处,雨脚如麻未断绝。自经丧乱少睡眠,长夜沾湿何由彻!安得广厦千万间,大庇天下寒士俱欢颜!风雨不动安如山。呜呼!何时眼前突兀见此屋,吾庐独破受冻死亦足!

我常常选这首诗,是因为这样才可以表达我对杜甫的一个忏悔。这是我读大学时最烦的一首杜甫的诗。这首诗叙述的情节很简单。杜甫在安史之乱以后来到四川成都,盖了几间破茅草房。八月时江边的风很大,上面的茅草被吹走了,吹走以后到处飘,南村的小孩们就跑来抢这个茅草。杜甫当时年纪很大了,就在那边骂他们,追着打他们,要他们把茅草还给自己。

那时候我觉得为了几根茅草这样吵,杜甫实在是很滑稽的一个样子,口干舌燥,一路去追这些小孩子,小孩子又跑得特别快,他也追不回那个茅草,就站在那里,痛恨"群童欺我老无力",可是后面一转,好像很八股地说"安得广厦千万间,大庇天下寒士俱欢颜"。那个时候我就觉得杜甫有一种天真,他的人道主义最后天真地直接在诗里写出来了。

我很喜欢的日本导演黑泽明,年轻的时候拍过《七武士》、《罗生门》,对人性剖析很深。他到晚年的时候,大家都很"讨厌"他,觉得曾经的大师怎么变得这么简单,在电影《梦》里面讲环保、反战,让人觉得简直有点幼稚。其实一个人到了七八十岁,大概就觉得该讲的话干脆就直接讲,不想再绕弯了。今天看来,杜甫的这首诗,贯穿其中的还是他一向坚持的那种精神,就是讲民间最卑微的生活。我不会想象自己去跟几个小孩子抢茅草,因为我没有在那个处境当中。可是杜甫真的有这样的经历,他体会到了生存的卑微与生命的苍凉。李白不会写这样的诗,李白的世界是长风几万里吹过去,他怎么会去讲那几根茅草?他们两个人看到的东西完全不同。杜甫让我感动的地方刚好在这里。他看到了像蚂蚁一样的生存,卑微地、肮脏地、污秽地、邋遢地活着的生命状态,他觉得那么多人这样活着,怎么可以不去看这样的生活?既然有老百姓这样过日子,他就去描述这样的日子。

  这首诗里他用了很接近民歌的叙事方式,"八月秋高风怒号",八月的风吹起来,里面没有用难字。"卷我屋上三重茅",把他屋子上一层一层的茅草全部吹走了,"茅飞渡江洒江郊",茅草飞起来,有的飘到江水当中,有的停在江边。"高者挂罥长林梢,下者飘转沉塘坳",有的是挂在树上,有的飘到了池塘当中。写诗的朋友很少会想到有一天要去写茅草,写屋子上的茅草被吹走,被吹到哪里,这样的题材简直太不诗意了。我们没有办法想象这样的题材可以写到这么动人。杜甫很耐心地告诉我们,茅草怎么被吹走,挂在哪里。如果不是一个真的有所关怀的人,不可能注意到这些细节。

  "南村群童欺我老无力",南村跑来的一群顽童,欺负他年纪大没有力气。这里又有他的主观,你会觉得杜甫一定是一个小孩子很讨厌的人。我记得我们小时候每一次去偷芭乐,一个缠小脚的老太太就拿一个棍子跑出来打我们,我们一看到她撒腿就跑。童年的时候有很多这种记忆。杜甫是从他自己的角度出发写儿童,他觉得这些小孩子很坏,直接写这些小孩子很坏,像纪录片一样真实地写下来。"忍能对面为盗贼,公然抱茅入竹去。"我就在你们面前,风把我屋顶的茅草吹下来,你们竟然就敢抢我的茅草。

你可以感觉到杜甫真的很生气，简直不能忍受了，觉得小孩子这么坏，竟然当着面就抢他的东西，抱起一堆茅草就躲到竹林当中去。这句诗勾画出了非常生动的画面，只是这个画面与李白的画面实在太不一样，李白是又和月亮喝酒，又和影子喝酒，杜甫呈现的却是最琐碎、最卑微的生活细节。

"唇焦口燥呼不得"，你看他骂了很久，口也干了，唇也焦了，用的都是非常民间的字。最后也没办法，骂了半天，小孩子还是跑了，所以"归来倚杖自叹息"。这是农村里面被小孩子欺负的老先生最常见的下场，靠着竹子，自己哀叹自己。哀叹之后，他开始描述当时看到的风景："俄顷风定云墨色，秋天漠漠向昏黑。"秋天已经来了，天已经黑了。"布衾多年冷似铁"，身上盖的那床被子，因为太旧，再加上也没有好好地洗，已经冷得像铁一样。"娇儿恶卧踏里裂"，这里又开始埋怨他的孩子，孩子不好好睡觉，乱蹬，所以里子都裂了。他好像把生活里所有不快乐的琐碎小事全部想了起来。我记得小时候常常站在一个眷村门口，听到一个太太在那边骂小孩，会一下骂出好几年间发生的事情。我觉得杜甫很有趣，他描述的悲哀是小市民才有的悲哀，一件衣服也要讲一下。"床头屋漏无干处"，又想到自己家里面的屋子，都已经漏雨了，一下雨就会漏水，衣服也常常会被淋湿。"雨脚如麻未断绝，自经丧乱少睡眠"，"丧乱"是讲安史之乱，自那之后，睡觉一直不安稳，好像老是会被惊醒，这是一个逃过难的人的焦虑不安。"长夜沾湿何由彻"，没有办法一整夜睡得踏实，一觉到天明。

下面忽然讲"安得广厦千万间，大庇天下寒士俱欢颜"，杜甫的人道主义就在这里发生。他从自己的悲哀、自己的卑微与自己的穷困中走了出来，忽然了解到，刚才那些小孩抢我的茅草，不是跟我一样，都是因为贫穷吗？好像没有人错，他贫穷，小孩子也贫穷，如果不贫穷，怎么会去抢人家的茅草？这个时候他的视野开始扩大，最后想到的是人能不能有一个富有的环境，谁能够使老百姓过上比较安乐的日子，房子能不能多一点，让大家都有屋子住。"风雨不动安如山"，有什么样的风雨来，都不会摧毁这样的房子。"呜呼！何时眼前突兀见此屋"，你觉得杜甫似乎已经有一点疯了，这个人在贫穷当中，好像忽然出现幻象，眼前真的有了很多房子，穷人都可以进去住，好像一下变成住在理想国里面一样。

黑泽明一直拍黑白片，《罗生门》、《七武士》、《生之欲》、《天堂与地狱》，后来他自杀过一次，被救活以后，拍了第一部彩色片《电车狂》。讲一个白痴的小孩子，每天幻想自己开电车，开到贫民窟。里面一段一段讲贫民窟的故事，其中有一个穷乞丐后来疯了，忽然发现他眼前出现一片巴洛克的皇宫。这与杜甫描述的感觉非常像，人在高度贫穷以及巨大绝望当中，会出现幻境。"呜呼！何时眼前突兀见此屋"中的"呜呼"是非常绝望的叫声。"吾庐独破受冻死亦足！"那时候我的房子是破烂的，只能挨饿受冻死掉，都觉得没有关系。这个时候我们明白了杜甫为什么被称为"圣"。杜甫的确有一个大的觉悟，他忽然觉得他骂的那些小孩子其实是无辜的。他希望如果这是因为贫穷，那么就只让他自己贫穷吧，不要这么多人贫穷。"吾庐独破受冻死亦足！"这个结尾转得非常奇特。他一下觉得房子破不破没有关系了，这是从大的人道关怀的角度开始对前面进行反省。如果没有前面那种一个老翁骂小孩子的场景，后面不会这么感人。

在诗歌的创作手法上，杜甫在这首诗中运用了对比。前面他就是一个让人讨厌的老头子，在那边骂来骂去。记得我在大学的时候不喜欢这首诗，就是因为觉得前面那个杜甫很讨厌，没有耐心仔细读下去，也就没有机会看到后面的杜甫。后面他忽然转调，开始觉得自己刚才那种表现是因为不了解什么叫贫穷，他开始意识到整个民间穷苦到了何种程度。

《茅屋为秋风所破歌》因为其人道主义的角度，后来非常受中国文人的喜爱，很多书法家都写过，最著名的是元朝一个大书法家鲜于枢写的，以书法来讲非常漂亮。鲜于枢不是汉人，他喜欢汉文化，他写杜甫诗的时候，线条拉出去的感觉，可以看出有宋朝黄庭坚的书法基础，又发展出很开阔的一种力量。台北故宫收藏了这件作品，里面的笔法很类似魏碑。

《兵车行》与《石壕吏》是两首最能够体现杜甫"诗圣"与"诗史"位置的代表之作，从中你可以看到他的社会关怀。当然杜甫绝对不止于此。

作为一名优秀的诗人,李白可以在技巧上有很大的跌宕与变化,同时又很懂艺术的规则,杜甫也是一样。我们对今天看到的所有一切穷困受苦,都有很大的关怀与悲悯,并不说明我们一定会变成诗人。什么是诗人?是能掌握文字与语言的人。诗人必须用文字和语言来表现出自身所看到和感受到的,并且能感动他人。

在文学史上,希望大家注意到这些诗人的基础定位是对文字语言惊人的掌握能力。通常讲杜甫的律诗,《登高》会被当作格律最严的例证。

风急天高猿啸哀,渚清沙白鸟飞回。
无边落木萧萧下,不尽长江滚滚来。
万里悲秋常作客,百年多病独登台。
艰难苦恨繁霜鬓,潦倒新停浊酒杯。

"风急天高猿啸哀,渚清沙白鸟飞回。"一开始就是对仗,"风急"与"渚清","风急天高"都是往上面发展,好像是高音,之后的"渚清沙白"都是往低回。前一句是垂直线,后一句是水平线。这边是"猿啸哀",猿很尖锐的凄厉叫声;这边是"鸟飞回",鸟飞回来。一个是上升的力量,一个是下降的力量,美学上的对仗非常明显。下面的句子大家都很熟悉:"无边落木萧萧下,不尽长江滚滚来。"又是对仗。"万里悲秋常作客,百年多病独登台。艰难苦恨繁霜鬓,潦倒新停浊酒杯。"还是对仗。整首诗八个句子全部是对仗,这不能不说是律诗的极致。非常惊人,比李白还惊人。

人世间不可解的忧愁

谈到杜甫晚年的诗歌,请大家看一下《观公孙大娘弟子舞剑器行》。

昔有佳人公孙氏,一舞剑器动四方。

观者如山色沮丧，天地为之久低昂。
㸌如羿射九日落，矫如群帝骖龙翔。
来如雷霆收震怒，罢如江海凝清光。
绛唇珠袖两寂寞，晚有弟子传芬芳。
临颍美人在白帝，妙舞此曲神扬扬。
与余问答既有以，感时抚事增惋伤。
先帝侍女八千人，公孙剑器初第一。
五十年间似反掌，风尘澒洞昏王室。
梨园弟子散如烟，女乐馀姿映寒日。
金粟堆前木已拱，瞿唐石城草萧瑟。
玳筵急管曲复终，乐极哀来月东出。
老夫不知其所往，足茧荒山转愁疾。

公孙大娘是当时一个以舞剑器闻名的舞蹈家。杜甫看到公孙大娘舞剑时七岁，他回忆起当时看到的舞剑过程，并做了一些形容。这其中有艺术性的描述，"观者如山色沮丧"，就是大家在看她舞剑的时候，都被剑气逼到好像抬不起头来一样。"天地为之久低昂"，好像天地都发生了变化。"㸌如羿射九日落"，"㸌"是讲光线，就是公孙大娘在舞剑的时候发出的亮光，好像神话里后羿射下了九个太阳。这里杜甫用了一个非常漂亮的神话典故，把光线的感觉描述出来。接下来说舞剑的线条很美。"矫如群帝骖龙翔"，好像天上的诸神驾着龙拉的车在飞翔，是在讲线条的飞扬感觉。

看舞蹈的时候也有声音方面的感受，"来如雷霆收震怒，罢如江海凝清光"。这两个句子是非常明显的对仗，力量来的时候好像雷霆，停下来的时候好像"江海凝清光"，仿佛江与海上只剩下一道光。仅仅看这四句："㸌如羿射九日落，矫如群帝骖龙翔。来如雷霆收震怒，罢如江海凝清光。"已经是对于抽象行为的非常精致的描述，用来形容贝多芬的音乐也很恰当。杜甫在这里讲的是感觉上的动与静、大与小、明亮与黑暗之间的对比，可以看到杜甫诗中很强烈的意象感。

唐诗的好处就在意象的处理，在叙事空间中，意象会一直交错出现。比如说，接下来杜甫开始讲公孙大娘"绛唇珠袖两寂寞，晚有弟子传芬芳"，从公孙大娘转到了对她弟子的描绘。"临颖美人在白帝"，就是在四川这个地方，"……妙舞此曲神扬扬。与余问答既有以，感时抚事增惋伤"，讲到当年先帝时代，很豪华，是盛世，安史之乱后，大唐帝国开始衰落。"先帝侍女八千人"，那个时候陪侍皇帝的宫女有八千人之多，"公孙剑器数第一"，公孙大娘的剑舞技艺在所有宫女中排名第一。

"五十年间似反掌，风尘澒洞昏王室。梨园弟子散如烟，女乐馀姿映寒日。""梨园"就是唐玄宗的"国家歌舞团"，有上千人，因为安史之乱，皇室没落，梨园崩溃，所以"梨园弟子散如烟"，到民间自己想办法求生活。这是讲帝国由繁华到没落的过程。"金粟堆南木已拱，瞿唐石城草萧瑟。玳筵急管曲复终，乐极哀来月东出。"杜甫比李白小十一岁，对于安史之乱以后的败落有更多感受，自然就写到这种乐极哀来的感觉。"老夫不知其所往"，自己年纪也大了，不知道应该到哪里去，"足茧荒山转愁疾"，在荒山里走来走去，走到脚都生茧了，还在发愁。

杜甫的愁与李白的愁很不一样，李白的愁是生命本质上的哀伤，杜甫的愁是因为他感觉到繁华盛世已经过去了，民间的疾苦时时在扰动他的心灵。我们自己也可以感受到两种不同的忧愁：有一种是觉得心情烦乱，生命有一种茫然；有一种忧愁可能是到了医院，看到有人生病，或者看到路边有人穷困。对于李白来说，忧愁是在人生现象里不可解的一种本质的忧愁；对于杜甫来讲，是在人世间跑来跑去，怎么奔忙都觉得无法解决的忧愁。"仙"的愁与"圣"的愁是两种不同的愁绪。

离乱与还乡

杜甫所处的时代，与李白所处的时代有一点不同，杜甫对安史之乱以后皇室的败落特别有感觉。《春望》是大家很熟悉的一首诗。

　　国破山河在，城春草木深。
　　感时花溅泪，恨别鸟惊心。
　　烽火连三月，家书抵万金。
　　白头搔更短，浑欲不胜簪。

　　这首诗我们太熟了，也许不觉得在创作上有多么了不起，一个人在战乱当中，感觉到江山还在，所谓的国，也就是我们今天讲的政治上的组织，已经破掉了，可是山河还在。城市当中的春天来了，这个时候诗人看到花开，于是哭了；然后听到春天的鸟在叫，有一种惊心的感觉。因为战乱中有这么多人死去了，还有这么多人世间的生离死别。并不复杂的文字，却凝聚了时代的抽象力量。这首诗中有多么好的对仗！"花"与"鸟"，"惊"与"溅"，"泪"与"心"。

　　之后，杜甫又从抽象的叙事跳到白描："烽火连三月，家书抵万金。白头搔更短，浑欲不胜簪。"杜甫总是给人留下一个形象，就是盛年已过，老在那边抓着越来越少的白头发的一个老人。杜甫给人的感觉，是现世当中的哀伤，与李白的潇洒很不一样。

　　开始被杜甫打动的时候，也就知道自己到了哪一个年龄阶段。李白与杜甫提供的生命经验真的非常不同，我很高兴杜甫会在某一个年龄那里等着，让人对很多原来不屑一顾的卑微人生产生悲悯。

　　台北故宫博物院印的宋版杜诗，字好大好大。我眼睛老花以后，开始喜欢读这种字很大的版本。因为杜甫的诗在历史上太有名了，很多书法家用不同的书体来写，但我觉得，杜甫的诗不适合用太漂亮的书体去书写。我喜欢用魏碑字体去写杜诗，我觉得杜诗给我的感觉就是应该用魏碑写，很笨拙、很木讷、很朴素，没有任何线条的美在里面。用不是很容易看懂的书法写杜甫的诗，会有一点遗憾。我总觉得杜甫希望他的诗可以很直接，太漂亮的书法不适合他。

《述怀》是杜甫自己的逃难记录。

去年潼关破，妻子隔绝久；
今夏草木长，脱身得西走。
麻鞋见天子，衣袖露两肘；
朝廷愍生还，亲故伤老丑。
涕泪受拾遗，流离主恩厚；
柴门虽得去，未忍即开口。
寄书问三川，不知家在否。
比闻同罹祸，杀戮到鸡狗。
山中漏茅屋，谁复依户牖？
摧颓苍松根，地冷骨未朽。
几人全性命？尽室岂相偶？
嶔岑猛虎场，郁结回我首。
自寄一封书，今已十月后。
反畏消息来，寸心亦何有？
汉运初中兴，生平老耽酒。
沉思欢会处，恐作穷独叟。

"去年潼关破"，安史之乱的叛军破了潼关后，杜甫开始逃难，在战乱当中，他和妻子两个人忽然分离了。"妻子隔绝久"，不知道太太与孩子到哪里去了。现在我们已经很少会有这种经验。我常常听母亲讲，在抗日战争的时候，她要从洛阳逃回西安，火车上全是人，她挤不进去，就把我的哥哥姐姐从窗户丢进去，她想就算自己上不去，孩子还可以到后方去。孩子丢到人家头上，里面的人又把孩子丢出来。小时候听到妈妈讲这些，会觉得好笑，现在想起来真的是很恐怖的经验。

"今夏草木长，脱身得西走。"今年夏天草木都长起来的时候，他才得以脱身，能够往西走。杜甫这个时候从西安往甘肃逃，因为唐肃宗在甘肃继位。"麻鞋见天子"，因为在逃难，就用草与麻编了一双鞋子，见到皇帝的时候穿着麻鞋，"衣袖露两肘"，衣服已经破到两个肘都露出来。一个大臣见到皇帝的时候，还穿着麻鞋，衣服是破的。杜甫的诗里，透露的全是战乱中的悲剧，他对逃难的描写细致入微。李白也经历了安史之乱，可是李白的诗中没有这样的描写。

"朝廷愍生还，亲故伤老丑。涕泪受拾遗，流离主恩厚。"朝廷很悲悯，杜甫接受了一个官位，也就是"拾遗"，所以我们今天称杜甫为"杜拾遗"，他很感动，哭着接受了朝廷的恩典。在流离失所当中，皇帝对他还很有恩，"受拾遗"就表示有薪水了，虽然这个时候薪俸可能很微薄。"柴门虽得去，未忍即开口。"日子还是很难过，过得很不好。

"寄书问三川，不知家在否。"赶紧询问家人的消息，战乱中亲人流离，这是最要紧的事情了。"比闻同罹祸，杀戮到鸡狗。"听到大家讲到战乱中的灾祸，连鸡和狗都被杀了，何况是人呢？"山中漏茅屋，谁复依户牖。"住在这个地方，山里面的茅屋都是漏雨的，哪一家还会有窗户这些东西呢？

整首诗都在讲逃难的情形："摧颓苍松根，地冷骨未朽。几人全性命，尽室岂相偶。嵚岑猛虎场，郁结回我首。自寄一封书，今已十月后。"有一封信可能要到十个月以后才收得到。"反畏消息来，寸心亦何有。"收到信以后，反而很害怕知道信里到底写什么，因为很可能是报丧。大概没有这样的经历的人，很难了解这种矛盾的心情。"汉运初中兴，生平老耽酒。沉思欢会处，恐作穷独叟。"杜甫就是这样描写了自己作为难民的经历与心情。

杜甫不管怎么说，还是一位官员，还可以"受拾遗"，一般的百姓可能更惨。杜甫在写《石壕吏》的时候，是在关照比他的境况还要惨的人。因为有官位，在逃难当中，多多少少还是受到保护的。可是《石壕吏》中描写到的老太太、老翁，一点屏障都没有。当杜甫特别为这些普通百姓讲话的时候，就将自身的经验扩大出去了。

五言古诗《北征》很长，我们只讲其中的几句。

皇帝二载秋，闰八月初吉。杜子将北征，苍茫问家室。维时遭艰虞，朝野无暇日。顾惭恩私被，诏许归蓬荜。拜辞诣阙下，怵惕久未出。虽乏谏诤姿，恐君有遗失。君诚中兴主，经纬固密勿。东胡反未已，臣甫愤所切。挥涕恋行在，道途犹恍惚。乾坤含疮痍，忧虞何时毕！靡靡逾阡陌，人烟眇萧瑟。所遇多被伤，呻吟更流血。回首凤翔县，旌旗晚明灭。前登寒山重，屡得饮马窟。邠郊入地底，泾水中荡潏。猛虎立我前，苍崖吼时裂。菊垂今秋花，石戴古车辙。青云动高兴，幽事亦可悦。山果多琐细，罗生杂橡栗。或红如丹砂，或黑如点漆。雨露之所濡，甘苦齐结实。缅思桃源内，益叹身世拙。坡陀望鄜畤，岩谷互出没。我行已水滨，我仆犹木末。鸱鸟鸣黄桑，野鼠拱乱穴。夜深经战场，寒月照白骨。潼关百万师，往者散何卒？遂令半秦民，残害为异物。况我堕胡尘，及归尽华发。经年至茅屋，妻子衣百结。恸哭松声回，悲泉共幽咽。平生所娇儿，颜色白胜雪。见爷背面啼，垢腻脚不袜。床前两小女，补绽才过膝。海图坼波涛，旧绣移曲折。天吴及紫凤，颠倒在裋褐。老夫情怀恶，呕泄卧数日。那无囊中帛，救汝寒凛栗。粉黛亦解包，衾裯稍罗列。瘦妻面复光，痴女头自栉。学母无不为，晓妆随手抹。移时施朱铅，狼藉画眉阔。生还对童稚，似欲忘饥渴。问事竞挽须，谁能即嗔喝？翻思在贼愁，甘受杂乱聒。新归且慰意，生理焉得说？至尊尚蒙尘，几日休练卒？仰观天色改，坐觉妖氛豁。阴风西北来，惨澹随回纥。其王愿助顺，其俗善驰突。送兵五千人，驱马一万匹。此辈少为贵，四方服勇决。所用皆鹰腾，破敌过箭疾。圣心颇虚伫，时议气欲夺。伊洛指掌收，西京不足拔。官军请深入，蓄锐伺俱发。此举开青徐，旋瞻略恒碣。昊天积霜露，正气有肃杀。祸转亡胡岁，势成擒胡月。胡命其能久，皇纲未宜绝。忆昨狼狈初，事与古先别。奸臣竟菹醢，同恶随荡析。不闻夏殷衰，中自诛褒妲。周汉获再兴，宣光果明哲。桓桓陈将军，仗钺奋忠烈。微尔人尽非，于今国犹活。凄凉大同殿，寂寞白兽闼。都人望翠华，佳气向金阙。园陵固有神，扫洒数不缺。煌煌太宗业，树立甚宏达。

我年轻时候最不喜欢的杜甫的句子，就是下面说到的这些，像"妻子衣百结"，太太、孩子的衣服已经一个个破洞了；"垢腻脚不袜"，没有水可以洗澡，所以整个人很邋遢。这首诗里写逃难逃到最后，终于见到孩子了，"平生所娇儿"，平常最疼的这个男孩，或者这个女孩，"颜色白胜雪"，皮肤很白，漂亮得不得了，可是孩子们看到爸爸，"见爷背面啼"，不愿意叫爸爸，背过脸去哭，因为"垢腻脚不袜"，脏得一塌糊涂，脚上连袜子都没有。"床前两小女，补绽才过膝。"在床前的两个小女儿，身上补的一块一块的，"海图坼波涛，旧绣移曲折。天吴及紫凤，颠倒在裋褐。"旧的官服已经被拆开来做了小孩子的衣服。他做过官，现在已经完全落难。

这些部分，在年轻的时候真的没有办法懂，会觉得好烦，怎么脚上有没有袜子也讲半天。年轻的时候常常觉得诗应该很华美，经历过生命中的一些事情之后，会觉得大概生活里面最难写的就是这些细节了。在我童年的时候，也是逃难安定下来的感觉，在一个异乡落脚，家里六个小孩，真不晓得妈妈是怎么带大的。想到这些，会忽然想到杜甫诗中描写的心情。

《闻官军收河南河北》是杜甫常常被引用的一首诗，可以看到他的技巧，也可以了解他的心情。

剑外忽传收蓟北，初闻涕泪满衣裳。
却看妻子愁何在，漫卷诗书喜欲狂。
白日放歌须纵酒，青春作伴好还乡。

即从巴峡穿巫峡，便下襄阳向洛阳。

安史之乱以后，官军打败了安禄山的军队，收回了河北北部。"剑外"就是剑阁以南，剑阁在四川，正是当时杜甫所在的地方。"初闻涕泪满衣裳"，逃难逃了这么久，希望国家安定，知道官军已经收复了河北，不禁大哭起来，满身都是泪。"却看妻子愁何在"，妻子从逃难以来老是在发愁，现在看看她怎么样呢？忧愁无影无踪了。"漫卷诗书喜欲狂"，随手卷起书本，高兴得几乎发狂。

"白日放歌须纵酒，青春作伴好还乡。"这个句子有一点像李白的风格了，我们会发现不是杜甫写不出李白那种肆意浪漫的诗，是因为杜甫后来的遭遇，让他实在是没有心情写这样的诗。杜甫快乐的时候，也懂得人活着应该好好唱唱歌，好好喝喝酒，应该青春作伴，回到故乡。"即从巴峡穿巫峡，便下襄阳向洛阳。"这两句诗非常有名，里面用了四个地名，让时间感得到了加强，表现出他想回家的急迫心情。这很像四个蒙太奇画面，充满了速度感。可以看出杜甫惊人的诗歌技巧，他用这种方式把内心的迫不及待一下表现出来。这首诗是律诗，"白日放歌须纵酒，青春作伴好还乡"是非常明显的对仗，"白"与"青"，"放歌"与"作伴"，"须纵酒"与"好还乡"，全部是对仗的关系。

晚年自伤

《乾元中寓居同谷县作歌七首》是杜甫晚年的作品，写了七段悲剧。

（其一）

有客有客字子美，白头乱发垂过耳。岁拾橡栗随狙公，天寒日暮山谷里。中原无书归不得，手脚冻皴皮肉死。呜呼一歌兮歌已哀，悲风为我从天来！

（其二）

长镵长镵白木柄，我生托子以为命！黄独无苗山雪盛，短衣数挽不掩胫。此时与子空归来，男呻女吟四壁静。呜呼二歌兮歌始放，闾里为我色惆怅！

（其三）

有弟有弟在远方，三人各瘦何人强？生别展转不相见，胡尘暗天道路长。东飞驾鹅后鹙鸧，安得送我置汝旁！呜呼三歌兮三发，汝归何处收兄骨？

（其四）

有妹有妹在钟离，良人早殁诸孤痴。长淮浪高蛟龙怒，十年不见来何时？扁舟欲往箭满眼，杳杳南国多旌旗。呜呼四歌兮歌四奏，林猿为我啼清昼！

（其五）

四山多风溪水急，寒雨飒飒枯树湿。黄蒿古城云不开，白狐跳梁黄狐立。我生何为在穷谷？中夜起坐万感集！呜呼五歌兮歌正长，魂招不来归故乡！

（其六）

南有龙兮在山湫，古木巃嵷枝相樛。木叶黄落龙正蛰，蝮蛇东来水上游。我行怪此安敢出，拔剑欲斩且复休。呜呼六歌兮歌思迟，溪壑为我回春姿！

（其七）

男儿生不成名身已老，三年饥走荒山道。长安卿相多少年，富贵

第五讲　杜甫　155

应须致身早。山中儒生旧相识,但话宿昔伤怀抱。呜呼七歌兮悄终曲,仰视皇天白日速!"

"有客有客字子美",子美就是杜甫自己。"白头乱发垂过耳",他开始描述自己"糟老头"的形象。"岁拾橡栗随狙公,天寒日暮山谷里。中原无书归不得,手脚冻皴皮肉死。"因为没有收到从洛阳捎来的信,所以不能回去,冬天手脚都冻裂了。"呜呼一歌兮歌已哀,悲风为我从天来!"写的是他晚年自伤的感觉。

第二首是"长镵长镵白木柄",每天拿着一个圆锹在那边挖地,"我生托子以为命",他必须要种田才能够活下去。"黄精无苗山雪盛,短衣数挽不掩胫。"衣服短短的在冬天连足踝都盖不住。"此时与子空归来,男呻女吟四壁静。呜呼二歌兮歌始放,闾里为我色惆怅!"悲哀的背后是贫穷,他当然是在为自己悲哀,同时也是对民间生活的讨论。

第三首诗用了歌曲形式,用到重复的方式。有家人,可是没有办法见面。"有弟有弟在远方,三人各瘦何人强?"说三个人都够瘦的,哪一个好一点呢?这是说亲人们都一样,大家都在过苦日子。"生别展转不相见,胡尘暗天道路长。"活生生的不能在一起过日子,因为战乱彼此在不同的地方。

后面还有一首专门写妹妹的:"有妹有妹在钟离,良人早殁诸孤痴。"妹妹嫁了人,妹妹的丈夫很早就死掉了。

第六讲　白居易

惟歌生民病，愿得天子知

　　白居易非常关注民间，高高在上的执政者是不太了解普通百姓如何生活的。关于白居易的写作，有一个很有名的故事，他写完诗以后，要拿去念给不识字的老太太听，只要老太太有任何字听不懂，他就开始改。白居易对自己的创作对象有清晰的界定，写的东西要让一个不识字的老太太听懂，是他作为一个知识分子的心愿所在。他觉得他的文学如果只满足上层阶级，没有意义。白居易的写作理想是成为民间的发声者，成为民间的代言人。大家在读白居易的一些诗的时候，会觉得他在努力避开一些生僻的字。所谓"非求宫律高，不务文字奇"，是他检验自己的方法。

　　《卖炭翁》是白居易非常著名的一首诗。

　　　　卖炭翁，伐薪烧炭南山中。满面尘灰烟火色，两鬓苍苍十指黑。卖炭得钱何所营？身上衣裳口中食。可怜身上衣正单，心忧炭贱愿天寒。夜来城外一尺雪，晓驾炭车辗冰辙。牛困人饥日已高，市南门外泥中歇。翩翩两骑来是谁？黄衣使者白衫儿。手把文书口称敕，回车叱牛牵向北。一车炭，千余斤，宫使驱将惜不得。半匹红绡一丈绫，系向牛头充炭直。

　　一开头是"卖炭翁，伐薪烧炭南山中"，有一点像民歌，一个卖炭的人，砍下树，然后在山里面烧成炭。"满面尘灰烟火色"，烧炭当然是一件辛苦的事情。"两鬓苍苍十指黑",形容他的头发已经斑白,十个指头都是黑的。这样一个辛勤劳动的老人,"卖炭得钱何所营?身上衣裳口中食"。卖炭得来的钱能够做什么呢?也不过就是吃饱饭,有衣穿。

这几乎是比汉乐府还要浅白的文字,我觉得白居易选择这种书写方式,是他作为知识分子的自觉,是对把玩文字的一种惭愧。托尔斯泰曾经为创作了《战争与和平》而困扰,他觉得现实中有的人连生活都难以维持,而他的文学没有关照到这些。我称其为一个知识分子的自觉与自我道德批判,里面有一种不安。我们不能说在文学史上这一定是正确的选择,因为文字修辞也是重要的。但当知识分子有这样的自觉时,是一个时代中非常感动人的一件事情。

我相信当时的很多诗人一定会责备他:这怎么叫诗?"身上衣裳口中食",如果是讲究修辞的人,可能会写得非常美,这刚好是白居易努力回避的状态。为了修辞上的美,也许用到典故,要查了工具书才知道那是什么意思。白居易其实在有意把自己作为革命的对象。文学上的反省,最了不起的不是批判别人,而是批判自己。白居易觉得自己过去写了那么美的诗,好像对整个社会一点好处都没有,所以转回头来,想写一些百姓可以听懂的事情。

"可怜身上衣正单,心忧炭贱愿天寒。"这里写到老翁的矛盾心理。他觉得自己身上衣服很单薄,没有棉衣穿,天气冷了日子就很难过;可是心里又担忧,如果炭卖不出去怎么办,就一直祈祷天再冷一点吧,天冷一点炭才会好卖。作为诗人的白居易,只有真正置身于底层,设身处地,才会懂得这种矛盾和痛苦。没有这种饥寒交迫的经历,就不会了解这种矛盾。

"夜来城外一尺雪,晓驾炭车辗冰辙。"晚上城外面下了一尺高的雪,终于有机会卖炭了。破晓时分老翁就驾着炭车,在雪地当中压着冰驶过。这当然在讲劳动的辛苦。"牛困人饥日已高",沿路卖炭,卖到牛都疲困了,人也饿得不得了,还没有吃饭,太阳已经很高了。"市南门外泥中歇",在城市南边的泥泞当中休息一下。正在休息的时候,"翩翩两骑来是谁?"

忽然看到两匹马非常潇洒地跑来,是谁呢?"黄衣使者白衫儿",原来是皇帝的侍从。"手把文书口称敕",拿着皇帝的命令,"回车叱牛牵向北",一句话不多说,就把牛车往北牵。"一车炭,千余斤,宫使驱将惜不得。"就这样,一车炭被带走了,宫使没有任何惋惜,好像对于老百姓来说失去这一车炭不是什么大事。"半匹红纱一丈绫,系向牛头充炭直。"官家在征收民间财物的时候,会拿一块红绫绑在牛头上,就冲抵价值了。

在读到白居易的像《卖炭翁》这种诗的时候,我们大概才了解到"古文运动"绝不应该当成文学运动来看。这首诗描写了一个社会悲惨现象,而这个现象,很可能在我们读文学、读历史的时候从来没有触碰过,我们也觉得历史上不曾发生过这样的事。白居易这些知识分子出于一种自觉,开始用自己的良心去做记录,要让人们知道当时底层人的生存状况。

唐代的官吏在被贬下放的时候,会接触到民间,对他自己的出身产生惭愧。如果这种感觉可以唤起社会里面的良知,是一个非常好的启蒙运动。事实上,这种景象并没有发生。在唐代,权贵阶级与下层阶级之间的对立非常严重,到宋代好了一点,也还是没有得到彻底的改善。知识分子在这种状况下,始终在游离。有时候知识分子会趋附于上层阶级去压迫老百姓,不要忘记,拿着红绫把牛头绑一绑就可以"口称敕",也都是知识分子制订出来的政策。有时候,知识分子帮助老百姓去对抗权贵的压迫。社会里就出现了两种不同的知识分子,两种不同的行为方式。

在韩愈悼念柳宗元的文章里,为什么会那么强烈地歌颂他?因为他觉得这样的知识分子太少了,是应该被标举的。韩愈所谈的道德理念,从《祭十二郎文》,到《送孟东野序》、《送李愿归盘谷序》,到《柳子厚墓志铭》,以及柳宗元写的《捕蛇者说》,然后到白居易写的《卖炭翁》,一种关注百姓的社会思想慢慢完整起来。这些知识分子努力让自己接近可能他们已经有一点远离的民间。韩愈因为出身很苦,比较了解民间;柳宗元是世家子弟,可能一开始并不了解,最后他们都有了不同程度的自觉。白居易也是如此。这群人构成了唐代非常重要的道德自觉的力量。

在文学史上，现在大家熟悉的白居易，还是写《长恨歌》、《琵琶行》的那个风流倜傥的诗人。这两首诗在文学上的成就非常高。可是我们要知道，为什么白居易到了晚年，那么希望这些诗不要再流传了，他希望能够流传的是《新丰折臂翁》或者《卖炭翁》。我想这里面有一种心痛，一个社会上如果有这样一群贫苦的人存在，还要吟唱《长恨歌》，他会觉得不安。后来白居易与元稹共同推行社会道德的自觉运动，希望文学能够走向非常浅白的道路，能够真正与社会改革结合起来。我在年轻的时候，读到这种"文以载道"的文学的时候，甚至是反感的，觉得里面有很多八股教条。可是今天却常常会觉得这些中国历史上重要的文学家，他们对自己的反省与批判非常动人。知识分子最可贵的一部分，是对自己道德不完美的检查。有时候我们常常会误认为道德是拿来批判别人的，其实不是。韩愈、柳宗元、白居易，都对自我进行了反省与批判。

柳宗元写过一篇《钴鉧潭记》。他去看山水，觉得山水好美，有一家人实在受不了税赋了，要把潭上的田地卖给他。柳宗元就买了下来，修建台子，用来中秋节赏月。这是一种很诚实的描写，对于这种状况，他可以做的无非如是。柳宗元是世家子弟，通常一个文人在清风明月下欣赏山林的时候，不会记得这块地原来是老百姓用来生活的，柳宗元了不起的地方就是他很诚实，把这些都记录下来：他喜欢山水，但拥有山水的人已经活不下去了，然后他有了山水。那么柳宗元属于哪一个阶层呢？他对抗权贵被贬了官，可是在当地，他还是一个权贵。他买了当地老百姓的地，他问自己是不是应该喜欢这个地方，决定永远住在这里，不再回京城了。这里有很多伏笔。这类知识分子很想改换自己，中间又充满矛盾。

爱山水没有错，而如果因为爱山水，去买老百姓的地，则会使老百姓失去祖居的地。其间的矛盾在柳宗元的文章里表达得特别清楚。我希望大家在看白居易、柳宗元的作品时，都可以看到他们的矛盾，这也刚好展现了他们的可爱之处。比如，在《捕蛇者说》中，柳宗元就透露了自己的无奈，面对庞大的国家机器和顽固的体制，个人的力量实在微薄。

文学大概在这里尽到了一定的责任,所以我希望大家先了解白居易这一方面的创作。白居易写了很多"新乐府"。汉代的乐府负责到民间收集民歌,记录下来呈给皇帝,让皇帝了解民情。乐府中保留了很多民间生活的真实细节。魏晋以后,乐府的传统中断了,唐以后曾经有一种"仿乐府",李白、杜甫都写过。白居易希望"新乐府"能够"系于意,不系于文",就是说能够真正把意思传达出来,而不要在意文辞修饰。这与"古文运动"的主旨关系密切,他说"其言直而切",就是非常直接、切中要害,直接把话讲出来。他已经感觉到文学被装饰得太厉害,真正的主题被掩盖了。他的目的非常清楚:"欲闻之者深戒也。"听到的人,能够真正去改正一些事情,就像《卖炭翁》,他绝不希望人们只是把它当成文学作品来欣赏,而是希望读过以后能够废掉不合理的制度。他希望"为君、为臣、为民、为物、为事而作,不为文而作",什么都可以,就是不要为文而文。白居易对"文"这个字深恶痛绝,因为他觉得"文"已经变成修饰,没有真正为重要的思想服务。

白居易对自己的文学创作有一种期待,比如他写过一首《寄唐生》:

贾谊哭时事,阮籍哭路岐。唐生今亦哭,异代同其悲。唐生者何人?五十寒且饥。不悲口无食,不悲身无衣。所悲忠与义,悲甚则哭之。太尉击贼日,尚书叱盗时。大夫死凶寇,谏议谪蛮夷。每见如此事,声发涕辄随。往往闻其风,俗士犹或非。怜君头半白,其志竟不衰。我亦君之徒,郁郁何所为?不能发声哭,转作乐府诗。篇篇无空文,句句必尽规。功高虞人箴,痛甚骚人辞。非求宫律高,不务文字奇。惟歌生民病,愿得天子知。未得天子知,甘受时人嗤。药良气味苦,琴淡音声稀。不惧权豪怒,亦任亲朋讥。人竟无奈何,呼作狂男儿。每逢群动息,或遇云雾披。但自高声歌,庶几天听卑。歌哭虽异名,所感则同归。寄君三十章,与君为哭词。

"非求宫律高，不务文字奇，惟歌生民病，愿得天子知。"这与"古文运动"之间有某些呼应关系，他觉得"欲予何所为，不能发声苦"，心里面的郁闷，如何能够转换为乐府诗篇？"篇篇无空文，句句必尽规"。他认为文学里的格律、形式、文字都不重要，不要去追求这些，这些已经腐烂不堪了，真正要关心的只有三个字"生民病"，也就是老百姓的痛苦。"未得天子知，甘受时人嗤"，如果写出这样的东西天子看了没有感觉，他愿意被大家嘲笑。这是非常大胆的言论。皇帝看了都不懂吗？没有感觉吗？这些人后来为什么被贬官？可能皇帝根本没有看到，他就已经被贬了。事实上，是整个利益集团而不仅仅是一个皇帝在压迫百姓，所以这群文人就不断地在政治上受到压迫。

"药良气味苦"，这样的东西是好的，可以改革社会，大家可能都不愿意吃，因为它就像药一样苦。"瑟淡音声稀"，这个瑟不华丽，不会让大家觉得很美。"不惧权豪怒，亦任亲朋讥。"韩愈为柳宗元写的墓志铭中，也有类似的诗句，写这样的诗要不惧权贵豪门，不怕朋友亲戚嘲笑。在那个时代，所谓知识分子的良知与自觉，要面临如此大的压力。

从上面《寄唐生》这首诗里面，可以很明显地看到白居易对自己的勉励，在灾难与被贬的痛苦中，他还在提醒自己是为什么做这些事情，而且无怨无悔。

《新丰折臂翁》也是白居易很有名的一首诗。他的诗都有一个"诫"，怕读者看不懂，告诉读者写这首诗的目的是什么。这首诗就是不要再为了开疆拓土而打仗了，说国家多么强盛伟大，还是看看老百姓受到什么苦吧。

新丰老翁八十八，头鬓眉须皆似雪。玄孙扶向店前行，左臂凭肩右臂折。问翁臂折来几年，兼问致折何因缘。翁云贯属新丰县，生逢圣代无征战。惯听梨园歌管声，不识旗枪与弓箭。无何天宝大征兵，户有三丁点一丁。点得驱将何处去，五月万里云南行。闻道云南有泸水，椒花落时瘴烟起。大军徒涉水如汤，未过十人二三死。村南村北

第六讲 白居易 163

哭声哀,儿别爷娘夫别妻。皆云前后征蛮者,千万人行无一回。是时翁年二十四,兵部牒中有名字。夜深不敢使人知,偷将大石捶折臂。张弓簸旗俱不堪,从兹始免征云南。骨碎筋伤非不苦,且图拣退归乡土。此臂折来六十年,一肢虽废一身全。至今风雨阴寒夜,直到天明痛不眠。痛不眠,终不悔,且喜老身今独在。不然当时泸水头,身死魂孤骨不收。应作云南望乡鬼,万人冢上哭呦呦。老人言,君听取。君不闻开元宰相宋开府,不赏边功防黩武。又不闻天宝宰相杨国忠,欲求恩幸立边功。边功未立生人怨,请问新丰折臂翁。

"新丰老翁八十八,头鬓眉须皆似雪。"八十八岁的老翁头发、眉毛都已经白了。"玄孙扶向店前行",孙子扶着他往前面的商店走,文字非常简单——白居易根本不用难的字眼。"左臂凭肩右臂折",左边的手臂扶在玄孙肩上,右边的手臂折断了。白居易"问翁臂折来几年",即你这个手臂断了有多少年,"兼问致折何因缘",到底什么原因导致手臂折断。

"翁云",这个老先生说。大家会回想到杜甫的《石壕吏》,都是用民间的语言。诗人已经觉得他的话不能替代民间的话,民间的话最实在也最感人。"翁云贯属新丰县",他们家住在新丰县,"生逢圣代无征战",他生在没有打仗的承平时代,"惯听梨园歌管声",从小就听着民间的戏曲长大,"不识旗枪与弓箭",不太懂得怎么射箭或者拿枪。"无何天宝大征兵",天宝年间忽然大征兵,"户有三丁点一丁",一家有三个男孩就有一个男孩要被征兵。这已经比杜甫描写的景况要好很多,杜甫写的是"……三男邺城戍。一男附书至,二男新战死",因为那个时候已经到了战争沸点,连法律都不遵守了。

"点得驱将何处去?五月万里云南行。"这些人被征了兵以后到哪里去?五月非常热的时候,往云南走。"闻道云南有泸水,椒花落时瘴烟起。"当时北方人对云南根本不了解,有很多传说。"大军徒涉水如汤,未过十人二三死。"光是过泸水的时候,十个人当中就有两三个人死掉了。"村南村北哭声哀,儿别爷娘夫别妻。"抓兵时,村南村北都是一片哭声,儿子告别爸爸妈妈,丈夫告别妻子。"皆云前后征蛮者,千万人行无一回。"千万人走,没有一两个人能回来。

"是时翁年二十四,兵部牒中有名字。"那年老翁二十四岁,兵部的征兵手册里面有他的名字,所以"夜深不敢使人知,偷将大石捶折臂",夜晚的时候不敢让别人知道,偷偷拿一块大石头把自己的手臂砸碎。这在当时是触犯法律的事——白居易在用报告文学的方法讲战争在民间引发的恐惧。"张弓簸旗俱不堪,从兹始免征云南。"这样才避免了到云南去。"骨碎筋伤非不苦",骨头碎了,筋受伤了,当然很痛苦,"且图拣退归乡土",至少觉得自己还能够活着,就算残废了,还在家乡。"此臂折来六十年,一肢虽废一身全。"这六十年间,一只手臂废掉了,至少一身保全。想想被抓兵的人,大概都死掉了,都没有回来。"至今风雨阴寒夜,直到天明痛不眠。"现在一下雨,手臂是酸痛的,"痛不眠,终不悔",可他还是不后悔,因为"且喜老身今独在。不然当时泸水头,身死魂飞骨不收。应作云南望乡鬼,万人冢上哭呦呦。"

我们可以看到白居易开始批评政治,他从老人折臂这件事情入手,开始批评整个国家的制度,谈到天宝年间的宰相杨国忠,"又不闻天宝宰相杨国忠,欲求恩幸立边功",为了让皇帝宠幸他,为了掌握权力,不惜发动战争。"边功未立生人怨,请问新丰折臂翁!"战功还没立,就引起民间这么大的怨恨,你应该来问问新丰这个折臂翁。

一个巨大的知识分子自觉运动开始兴起,普通百姓,不管是捕蛇的人、折臂的人,还是卖炭的人,变成了中国文学的主角。知识分子成为普通百姓的代言人。在《新丰折臂翁》中,白居易只是在后面出来讲了几句话,大部分是老人在讲。诗人只是替那些没有发言权的人去代言,我比较希望大家可以了解这个部分,这与"古文运动"的本质精神相关。

《买花》这首诗经常被人提到。

> 帝城春欲暮，喧喧车马度。
> 共道牡丹时，相随买花去。
> 贵贱无常价，酬直看花数：
> 灼灼百朵红，戋戋五束素。
> 上张幄幕庇，旁织巴篱护。
> 水洒复泥封，移来色如故。
> 家家习为俗，人人迷不悟。
> 有一田舍翁，偶来买花处。
> 低头独长叹，此叹无人喻：
> 一丛深色花，十户中人赋！

贵族喜欢牡丹，牡丹没有固定的价格，有时候贵，有时候便宜。爱花这件事情没有什么不好，可是诗人慢慢感觉到一种社会阶级之间的对立。因为"有一田舍翁"，忽然出来了一个农民。过去中国的诗里很少出现这种人，白居易的诗里却出现了。"有一田舍翁，偶来买花处。低头独长叹，此叹无人喻。"所有买花的人都不知道他为什么叹气。他说："一丛深色花，十户中人赋。"这样一丛花的价钱等于十户中等人家的赋税。这当然是在讲社会阶级之间的对立。

白居易的意图已经越来越明显，他就是想使他的文学变成重要的社会批判力量。原来阅读文学的人都是试图要读到美，他现在要写的，可能是让读者心里不安。当然白居易不能希望每一个人读完以后立刻会有改变，他只是希望可以形成另外的一个不同的文学发展方向。白居易中年以后，明显地使自己的文学变成一种革命力量。他在做文学革命，他已经不在意人家说他的诗好或不好。很多人读这样的诗，会觉得意识形态色彩太强了，文字很浅白，没有文学性。重要的是，从着力于"新乐府"，他就声明所重视的已经不再是文字，而是内在的意涵能否令大家有一点觉悟与反省。《卖炭翁》当中有"翩翩两骑来是谁……手持文书口称敕"，"敕"只有皇帝可以用，这个时候白居易非常大胆地在直接批判皇帝，拿着"敕书"的人，就可以把民间的财富随便抢走，这简直是把官家当强盗来看待，里面的批判性非常强。当然白居易这么直接去批判皇室，一定会有后果的，很多人都是靠着皇室权威吃饭，他得罪了利益集团，最后当然就被贬官。

《上阳白发人》谈的是旷男怨女的孤独。

> 上阳人，上阳人，红颜暗老白发新。绿衣监使守宫门，一闭上阳多少春。玄宗末岁初选入，入时十六今六十。同时采择百余人，零落年深残此身。忆昔吞悲别亲族，扶入车中不教哭。皆云入内便承恩，脸似芙蓉胸似玉。未容君王得见面，已被杨妃遥侧目。妒令潜配上阳宫，一生遂向空房宿。宿空房，秋夜长，夜长无寐天不明。耿耿残灯背壁影，萧萧暗雨打窗声。春日迟，日迟独坐天难暮。宫莺百啭愁厌闻，梁燕双栖老休妒。莺归燕去长悄然，春往秋来不记年。唯向深宫望明月，东西四五百回圆。今日宫中年最老，大家遥赐尚书号。小头鞵履窄衣裳，青黛点眉眉细长。外人不见见应笑，天宝末年时世妆。上阳人，苦最多。少亦苦，老亦苦，少苦老苦两如何！君不见昔时吕向《美人赋》，又不见今日上阳白发歌！

"上阳人，上阳人，红颜暗老白发新。绿衣监使守宫门，一闭上阳多少春。玄宗末岁初选入，入时十六今六十。"这里描写的场景是我们在美术史中常常讲到的张萱、周昉的那些作品里时常看到的，每次看到，就会感觉到一选选三千人进宫，十六岁选进去，到六十岁都没有见到皇帝，一辈子就没有了。这些女子从红颜到白发，不过是帝王的牺牲者。从来没有人敢讲，可是白居易讲了，他觉得生命怎么可以这样被糟蹋，皇室的排场与妃嫔的制度使每一个制度当中的少女受到很大的伤害。他说："同时采择百余人，零落年深残此身。"当时与她一起选过来的那上百人，这些年也都老了，有的死掉了，与家人没有机会见面，也可能一辈子都见不到皇帝,在冷宫里面住着。

　　十六岁被选中入宫,告别家人,"扶入车中不教哭",怎么能哭?这是荣耀。白居易从百姓的角度开始批判皇家的荣耀。"皆云入内便承恩",大家都和她说你不能哭,一到皇宫,就要开始接受皇帝的宠幸。"脸似芙蓉胸似玉",这是描写青春的美;"未容君王得见面",事实上根本没有机会见到君王,"已被杨妃遥侧目",那个时候被专宠的杨贵妃看一眼,就被发配到上阳宫去了。"妒令潜配上阳宫,一生遂向空房宿。"她的一生就在一间空房子里住着,"宿空房,秋夜长,夜长无寐天不明。耿耿残灯背壁影,萧萧暗雨打窗声。春日迟,日迟独坐天难暮。宫莺百啭愁厌闻,梁燕双栖老休妒。莺归燕去长悄然,春往秋来不记年。"

　　我们看到白居易很了不起的一点,他有一种对人真正的同情。我们常常觉得同情就是我们在高高在上的位置去施舍一些给我们觉得可怜的对象。我觉得这是世俗对同情的一个误解,白居易的同情是他把自己变成那个人,他写《卖炭翁》时就变成卖炭翁,写《新丰折臂翁》就变成折臂翁,现在他写这个他应该很不了解的十六岁就进宫,然后被打入冷宫的女子一生的惆怅,竟然这么女性化。在《琵琶行》里,他碰到一个人老色衰的妓女,忽然说:"同是天涯沦落人,相逢何必曾相识。"以一个当时的官吏来讲,对一个年老色衰的妓女讲这种话,绝对是感同身受。我管这种情况叫"同情",一个好的文学家让自己设身处地,才是真正的同情。他不是高高在上,所以你会感觉到好像他就是一个宫女,备受冷落,青春一直这样过去,没有任何其他可能。死一般地活着,任岁月无情地走过,从十六岁走到六十岁。

　　结尾部分说:"上阳人,苦最多。少亦苦,老亦苦。少苦老苦两如何!君不见昔时吕向《美人赋》,又不见今日上阳白发歌!"白居易在做对比,过去吕向写过《美人赋》,讽刺"密采艳色"的做法,现在白居易希望大家看一看他写的上阳宫人白发歌。从这一观点出发,他才会为自己写过《长恨歌》而惭愧,他觉得那样的文字没有办法让他心安。当他认识了这群女子之后，更觉得真正应该写的文学也许是《上阳白发人》。文学不是锦上添花，而是雪中送炭。文学有另外一个职责是真正使人类的灾难、苦难、孤独和寂寞被人听到，而不是仅仅去歌功颂德。

文学中有对生命的丰富关怀

这里面当然牵扯到白居易自己对文学的定位。他用很直接的表达方式去写民间受到赋税压迫活不下去的哀伤，当时的人对白居易的乐府争议非常大。如果白居易认为他前面的诗没有意义，是不是我们今天应该不去读他前面的作品？我们会发现文学真的是两个矛盾同时在调整，文学本身绝对有对生命丰富的关怀。当我们读到白居易写的《买花》，会觉得是不是我们在家里插花都应该愧疚。这一类所谓的乐府诗，比较倾向于社会道德层面的评价，很容易使我们最后下这样的结论。

可是我觉得必须把两部分结合起来，作为一个诗人的白居易才完整。我的意思是说，白居易的同情在《琵琶行》里也扩大了，在《长恨歌》里也扩大了。文学关心的层面非常多，一个手臂折断的人的悲哀，一个从没有见到君王的白发宫女的悲哀，当然值得同情，可是悲哀还有其他不同层次，《琵琶行》中"老大嫁作商人妇"的妓女，弹着琵琶叙述自己的故事，也是一种悲哀。

白居易的确是一个很优秀的文学家。他怀念朋友"刘十九"，两人很久没有见面了，就作了一首《问刘十九》给他。

> 绿蚁新醅酒，红泥小火炉。
> 晚来天欲雪，能饮一杯无？

刚刚酿好的酒上面，浮着一层绿色的东西，像绿色的蚂蚁一样。生上炉子热热酒吧，冬天很冷，要下雪了，你要不要过来喝一杯酒？只有二十个字,把对朋友的思念写得淋漓尽致。诗中的颜色非常美丽,绿蚁对红泥,新醅酒对小火炉,又有冷与暖之间的对照——这么有色彩感!文字用到这么完美,可是又这么简洁。

  白居易会不会觉得这首诗对于百姓没有什么好处,也要删掉?我在读白居易的时候非常矛盾,替他矛盾,也替自己矛盾。在家里,也常常觉得有那么好的茶叶,不如泡一壶茶,找一个朋友来,看到白居易的文学理论,会觉得这样子是不是太贵族了,太文人气了。白居易自己也懂这是生活里面小小的品位和情调。我们不能因为读了《卖炭翁》、《新丰折臂翁》,就觉得这些部分应该完全从生活里面消失。也许我们会发现卖炭翁、折臂翁的生活里未尝没有这种情调,他们也会烧个小火炉,烤点鱿鱼,几个朋友一起来喝一点酒。读白居易的文学点评,可能会把文学理论变得僵化,我当然不希望大家了解了"古文运动",立刻走出去说:"好,我要革命了。"我觉得"古文运动"最了不起的地方是对于自己的道德自觉,对自己在社会里的定位有多一重的思考,也会在专业领域,或者在生活当中对人有更多一点的同情。我想这是非常可贵的。

  我故意把白居易某些大家很熟悉的绝句与他的乐府诗做对比,从中可以看到两个白居易。有些诗句几乎不能想象是白居易写的。今天我们在任何时候读这样的诗,唱这样的歌,都觉得真是美好的东西。比如说这首《花非花》:

  花非花,雾非雾。夜半来,天明去。来如春梦不多时,去似朝云无觅处。

  他觉得生命不是那么清楚,也不是那么确定,对于生命有一种幻灭、一种怅然、一种对华丽不可把握的感觉。他可能在讲青春吧,因为他不是在讲花,不是在讲雾,也不是在讲梦。我觉得文学到了最精练的时候是最好的。这有一点像象征派的诗,很像李商隐的风格。白居易很讨厌自己写这种诗，他觉得他应该去写折臂翁，不应该写这种诗。这种矛盾更突显了白居易的丰富，他两面都有，社会意识与道德主张这么强的诗人，竟然有如此浪漫的部分。

我很喜欢跟朋友讲白居易，我觉得白居易的矛盾是我们心里的矛盾，我爱美，爱美不见得与社会道德感冲突。也许正是因为爱美，刚好希望社会有正义与公理，因为美包含在公理与正义当中，公理与正义的推展也包含着美的共同完成。一个人如果有性情上的美作为基础，在任何职位上，他要做的东西都是对的。柳宗元是世家子弟，他爱美，他觉得身为世家子弟，不要依靠父辈去做官，可以好好读书考试。等到做官了，他批判时政。被下放的时候，他也会考虑到身边有一个朋友，母亲很老，不应该被贬到那么偏远的地区。这就是人性。有对于美的基础认同，每一步做起来都是人性的本质。

我特别希望大家可以同时读白居易的两类作品。把"花非花，雾非雾"放在《新丰折臂翁》旁边，真的像两个诗人写的东西。白居易内心有一种痛苦，他觉得自己怎么会去写这样的诗。路上还有人被冻死、饿死，这是一种出于良知的惭愧。同时他又懂得美，他如果不懂美，不会把琵琶写到这么好。历史上没有一个人写音乐写到这么好，他后来强迫自己不要去听那样的东西，他觉得如果卖炭翁遭遇如此悲惨，他应该到街头去看这些人的生活。他有一点强迫自己进入一个令他痛苦的世界。

《慈乌夜啼》用各种象征去诠释生命里的各种可能，我们今天的诗人未必能够写出这么好的生命感觉。

慈乌失其母，哑哑吐哀音。
昼夜不飞去，经年守故林。
夜夜夜半啼，闻者为沾襟。
声中如告诉，未尽反哺心。
百鸟岂无母，尔独哀怨深。

> 应是母慈重，使尔悲不任。
> 昔有吴起者，母殁丧不临。
> 嗟哉斯徒辈，其心不如禽。
> 慈乌复慈乌，鸟中之曾参。

"慈乌失其母，哑哑吐哀音。"这是写鸟失去母亲以后的悲哀。"昼夜不飞去，经年守故林。夜夜夜半啼，闻者为沾襟。声中如告诉，未尽反哺心。百鸟岂无母，尔独哀怨深。应是母慈重，使尔悲不任。昔有吴起者，母殁丧不临。嗟哉斯徒辈，其心不如禽。慈乌复慈乌，鸟中之曾参。"写得非常直白，我们看到白居易的诗越来越有一种道德意图，觉得一首诗应该清楚地传达意义，即使写鸟，也要写到鸟对于母亲的反哺没有完成的哀伤，如果是人，连这点都做不到，连禽兽都不如。读《慈乌夜啼》与读"花非花，雾非雾"，是非常不同的感觉。

白居易越来越觉得文学应该直接让人家知道，看完以后可以做什么，譬如说可以去孝顺。我不完全赞成他这样的说法。我觉得文学的功能在社会里是非常多重的。如果文学只有这个部分很危险，有可能真的变成教条。文学是人类很奇特的行为，必须真实，如果强迫大家读完这首诗以后必须孝顺母亲，这些人可能心里没有那个感觉，要做给人家看的时候，又变成假的。我觉得"花非花，雾非雾，夜半来，天明去"开启了另外一个美学领域，这个领域开了以后，人对于人的爱，对于生命的尊重，已经不是母亲不母亲的问题，而是对于一朵花都会尊重，都会疼惜，这是文学真正的力量。

在个人的生命当中，这两者之间怎么平衡是非常重要的部分。我敬佩白居易后来的极端，可是我并不完全赞成。如果要求文学艺术必须直接对社会有所改善，有可能带来不好的后果，尤其在穷困和没有人性的年代。这里面的一个关键，是白居易真正道德上有觉醒后才写《卖炭翁》，如果没有道德的觉醒，《卖炭翁》会变成样板戏。真正的道德自觉不应该是样板，应该是真正从每一个知识分子内心出来的自觉。一旦变成样板是蛮可怕的，因为会作假。讲清楚这一点，我才敢和大家一起读白居易的《长恨歌》、《琵琶行》。

《长恨歌》——本事

写《长恨歌》时候的白居易年纪不大，大概三十岁左右，在陕西做一个小官，听到别人讲五十年前唐明皇与杨贵妃是经过这一带到四川去的。

安禄山造反之后，战争发生。有一天早上，皇宫的宫门打开，有一队人马往西去。老百姓都不知道发生了什么事，原来是密报来了，说潼关已经破了，京城即将不保。皇帝匆匆忙忙带着重要的大臣、贵妃，由三军护卫出了城。到了马嵬坡，军队发生了政变，要求杨家的权力受到约束，杨贵妃被赐死。这样一个事件，在当地一直在传述，五十年之后，白居易写了《长恨歌》。

汉皇重色思倾国，御宇多年求不得。杨家有女初长成，养在深闺人未识。天生丽质难自弃，一朝选在君王侧。回眸一笑百媚生，六宫粉黛无颜色。春寒赐浴华清池，温泉水滑洗凝脂。侍儿扶起娇无力，始是新承恩泽时。云鬓花颜金步摇，芙蓉帐暖度春宵。春宵苦短日高起，从此君王不早朝。承欢侍宴无闲暇，春从春游夜专夜。后宫佳丽三千人，三千宠爱在一身。金屋妆成娇侍夜，玉楼宴罢醉和春。姊妹弟兄皆列土，可怜光彩生门户。遂令天下父母心，不重生男重生女。

骊宫高处入青云，仙乐风飘处处闻。缓歌慢舞凝丝竹，尽日君王看不足。渔阳鼙鼓动地来，惊破霓裳羽衣曲。九重城阙烟尘生，千乘万骑西南行。翠华摇摇行复止，西出都门百余里。六军不发无奈何，宛转蛾眉马前死。花钿委地无人收，翠翘金雀玉搔头。君王掩面救不得，回看血泪相和流。黄埃散漫风萧索，云栈萦纡登剑阁。峨嵋山下少人行,旌旗无光日色薄。蜀江水碧蜀山青,圣主朝朝暮暮情。行宫见月伤心色,夜雨闻铃肠断声。天旋地转回龙驭,到此踌躇不能去。马嵬坡下泥土中,不见玉颜空死处。君臣相顾尽沾衣,东望都门信马归。

归来池苑皆依旧,太液芙蓉未央柳。芙蓉如面柳如眉,对此如何不泪垂。春风桃李花开日,秋雨梧桐叶落时。西宫南内多秋草,落叶满阶红不扫。梨园弟子白发新,椒房阿监青娥老。夕殿萤飞思悄然,孤灯挑尽未成眠。迟迟钟鼓初长夜,耿耿星河欲曙天。鸳鸯瓦冷霜华重,翡翠衾寒谁与共。悠悠生死别经年,魂魄不曾来入梦。

临邛道士鸿都客,能以精诚致魂魄。为感君王辗转思,遂教方士殷勤觅。排空驭气奔如电,升天入地求之遍。上穷碧落下黄泉,两处茫茫皆不见。忽闻海上有仙山,山在虚无缥缈间。楼阁玲珑五云起,其中绰约多仙子。中有一人字太真,雪肤花貌参差是。金阙西厢叩玉扃,转教小玉报双成。闻道汉家天子使,九华帐里梦魂惊。揽衣推枕起徘徊,珠箔银屏迤逦开。云鬓半偏新睡觉,花冠不整下堂来。风吹仙袂飘飘举,犹似霓裳羽衣舞。玉容寂寞泪阑干,梨花一枝春带雨。

含情凝睇谢君王,一别音容两渺茫。昭阳殿里恩爱绝,蓬莱宫中日月长。回头下望人寰处,不见长安见尘雾。惟将旧物表深情,钿合金钗寄将去。钗留一股合一扇,钗擘黄金合分钿。但教心似金钿坚,天上人间会相见。临别殷勤重寄词,词中有誓两心知。七月七日长生殿,夜半无人私语时。在天愿作比翼鸟,在地愿为连理枝。天长地久有时尽,此恨绵绵无绝期。

从《诗经》、《楚辞》以降,中国很少有长篇史诗。《长恨歌》、《琵琶行》的重要性在于让我们看到中国人善于写精简短诗的风气被白居易改变了。白居易在中国文学史上之所以不容错过,其中一个很大的原因也在于此。《长恨歌》中那种大篇章进行历史叙事的能力非常惊人。一个写"松下问童子,言师采药去"这种精简绝句的诗人,不一定能够写出这种长篇史诗。希腊有长篇史诗，印度也有，中国很少有史诗传统，我想这与文字结构有关，与文字本身的涵盖力量有关。我觉得直到今天，《长恨歌》、《琵琶行》还是非常重要的文学范本，因为这两首诗能够押韵，有诗的节奏、结构，还能清楚地叙事。

"汉皇重色思倾国"，唐朝人讲皇帝的时候，不直接讲唐朝的皇帝，而是比喻成汉朝的皇帝。"思"在讲唐明皇，这个皇帝非常爱美丽的女子，"重色"，所以"思倾国"，每天在思念有倾国倾城美貌的女子。"御宇多年求不得"，这个皇帝统治天下这么多年，老是找不到他满意的。与《上阳白发人》做对比，会感觉到蛮有趣：他写过对美的寻找，又写了这种寻找里的残酷。

"杨家有女初长成，养在深闺人未识。"用字非常漂亮，让人感觉到用任何语言去写少女的青春，都没有"初长成"好，好像在发芽一样。生命的美刚刚透露出来的那种新鲜的气息，几乎扑面而来。我相信其他任何一个人写，都很可能用很多文字去形容少女的美。白居易不是，就是简单的"初长成"，这三个字实在太美了。五官长得好不好都不重要，只是生命一种清新的力量。她一直在家里面住着，也没有人知道她美。

白居易如果只有社会意识，是写《新丰折臂翁》、《卖炭翁》的状态，不会懂得欣赏这种美。无论如何，《长恨歌》、《琵琶行》是非常值得传诵的文学作品，用字的准确，对于画面的精彩形容，对于人的同情，都值得好好欣赏。《长恨歌》如果是从白居易写《卖炭翁》的角度去写，可能会变成另外一首诗。折臂翁为什么折臂？因为天宝年间要征兵。如果折臂翁是主角，唐明皇就是最大的祸因。我们看到白居易在写《长恨歌》的时候，他的同情甚至扩大到了唐明皇身上，他感觉到一个男子在爱情上的不能完成，是非常大的哀伤。

《长恨歌》读起来非常感人，会令人忘掉唐明皇是皇帝。唐明皇本身也非常矛盾。如果从道德、伦理和社会习俗去讲，他有许多可以被批判的部分。这个"养在深闺人未识"的美丽女子，嫁给了唐明皇的儿子寿王,成为寿王妃。在家族宴会当中,唐明皇看到儿媳妇这么美,硬是抢过来。这背后隐藏了很多让我们非常惊讶的事情,白居易在写这个故事的时候,把这些东西全都去除了。他单纯写一个男子被一个美人惊动以后的专注——我不知道这与"花非花,雾非雾"的美学精神有没有关系。从历史上去看唐明皇与从美学上看唐明皇,可能是两个很不同的角色。从历史上去看唐明皇,他有很多值得批判的地方;从美学上去看,就觉得他留下来的那种美的崇高性让人非常感动。我想这种矛盾在唐代发生在很多人的身上。

  白居易把发生在五十年前的事,用非常完整的结构叙述出来。第一大段大概在讲女子美的长成。"天生丽质难自弃",真正的美是你自己要遗弃都不行的,她不觉得自己美,可是那个美会惊动人间。春天花的开放也是如此,花的开放会使人对美有无法言喻的一种亲近。如果是一个意识形态强烈的诗人,很可能会觉得那是一个祸水。白居易就写她真的是美,美没有罪过,青春的美的绽放,像花一样的绽放,让人感动。"一朝选在君王侧",也许错误只是后来到了"君王侧",如果没有这些,美只是天生丽质。

  "回眸一笑百媚生,六宫粉黛无颜色。"这是在形容女子的美。我们今天也经常讲"回眸一笑",很多人并不知道这是白居易创造的诗句。回眸一笑里面有动作,有旋转,有委婉,有很多好像要消失,可是又刹那出现的美。白居易绝对是一个好诗人,虽然他后来不赞成大家重视文字、修辞和形式,可是他绝对懂这些。"回眸"中的"回"字,本身有曲线的意义在里面。回眸一笑,不呆板,有更生动的感觉。

  一个好的艺术家,在形象塑造上是非常懂得如何表现笑的,"回眸一笑百媚生",虽然用"百媚生"去形容笑,可还是没有办法让人了解到底有多美,后面是"六宫粉黛无颜色",皇宫里面所有美丽的女子,每一个都很美,她们全部黯然失色了,白居易用这种方式突显了一个发亮的生命状态。我们在这里可以看到写《新丰折臂翁》和《卖炭翁》的白居易非常

懂美。这是他与一般社会意识强的诗人很不同的地方。为什么样板戏不耐看？因为没有这个部分。这是诗人心里面的真实感觉，他对美的事物是有所追求的。

中国文化一直缺乏对女性身体的描述，在儒家的道德教育下，对女性身体的描述等同于罪恶，唯一的例外大概就是唐朝。"春寒赐浴华清池"，在春天寒冷的时候，皇帝赐她去华清池泡温泉。"温泉水滑洗凝脂"，我们看到了文学史上非常少有的对女性肉体的直接描述，"凝脂"这两个字，大概不是会被经常运用的，也很少会被男子拿来形容女子的身体。用温泉的水滑去形容女性肉体的某一种质感，尤其是唐代那种比较饱满丰盈的身体，用字到了精准的程度。这是中国历史上比较少有的一次对女性身体的描写，是很健康的描述。我说"健康"，是说没有让人感觉到淫欲，就是美，就是在讲皮肤的感觉。

如果有过泡温泉的经验，就会记得在寒冷的季节里，身体泡完以后，从温泉池出来，坐在那边跟朋友聊天的时候，身上冒着烟的感觉。这是身体健康的状态。不是说白居易看到了杨贵妃从温泉里出来的样子，我相信是因为他自己常常泡温泉，所以有身体上的感觉。一个好的创作者要有自己的生命经验，这个经验包括到民间去，了解民间的经验，也包括感官上的经验。一个从来没有泡过温泉的人，大概很难写出"温泉水滑洗凝脂"。

这都是我觉得《长恨歌》一开始就非常动人的部分。"侍儿扶起娇无力"，我们在中国美术史里讲到唐朝的时候，常常说不太能够想象为什么唐朝的女人这么胖，可是这么娇。照理讲她应该很壮，可是她同时又很娇弱。她的身体非常胖，非常圆，眉眼和手，还有嘴角的部分非常细腻。在造型美术上，这很奇特，唐朝综合了雄壮与纤细两种精神。

大家可以回忆一下，唐代那种非常胖的女子，整个又很娇弱，这种感觉不是做作出来的——那么胖，还要故意在那边好像站不起来，当然很讨厌。她是因为泡完温泉身上有一点软。白居易对女性身体的形容，表现出一种慵懒的美，刚好也是唐代女性最常有的美学感觉。再去对比"始是新承恩泽时",这里面有性的暗示,在古代"承恩泽"就是与皇帝发生关系。

我觉得唐代对肉体与感官健康面对的态度在中国历史上也很少见,到宋以后这些内容都隐讳不见了,到明朝以后简直到了很可怕的状态。唐代对身体有比较健康的描述,这一段对女子肉体的直接描述,以及皇帝对她的宠爱,都写得比较直接。

"云鬓花颜金步摇,芙蓉帐暖度春宵。"一个受宠爱的妃子,梳着唐代的那种高发髻。什么叫"金步摇"?古代一种插在头发上,垂下来的黄金首饰,走路的时候会随着身体摇动。女子的美前面写过了,现在在讲女子的被宠爱,所以讲到了"云鬓花颜金步摇",避开了五官和身体,美是女子自己本身的,宠爱是外面加上的东西。"芙蓉帐暖度春宵",用芙蓉花的花色染出来的薄薄的纱帐,这里面当然是在描述性,讲他们每一天晚上相爱的过程。下面是:"春宵苦短日高起,从此君王不早朝。"

大家一定要注意到这里面的结构,真是了不起,白居易其实一直在转,一步一步地推。我们都知道杨贵妃与唐明皇的故事,可是我们去写的时候,可能会遗漏很多细节,白居易却是关注细节,从这个杨家女孩长成,到她很美,被选到皇帝的身边,到她回眸一笑,得到了皇帝的宠爱,到赐浴华清池,到承恩泽,到云鬓花颜被打扮起来,到芙蓉帐暖度春宵,到君王耽溺于她的美,从此早上都不愿意去上朝了,一步一步讲下来。

我刚才提到"同情"这个词,意思是说,从批判的角度与从同情的角度写,这首诗会非常不一样。当我们看到"春宵苦短日高起",会有同情的原因是什么?因为可能每一个人都有类似的感受,你一旦发现美、感觉到美的时候,你会耽溺,你会眷恋那种美。白居易没有批判这种眷恋,相反他觉得这种眷恋是可以了解的。我用同情这个词,是说他可以了解这种美,所以他才写到"春宵苦短日高起"。我们现在常常对新婚的朋友说春宵苦短之类的,都是从这里来。我们非常了解人在欢爱的眷恋当中的耽溺之深,可惜他是君王。如果他不是君王呢?如果他只是一个普通男子,也许我们会称之为深情男子。他是君王,就牵涉到另外一些问题。

在这里，白居易用同情的方法，尽量把君王的角色慢慢拿掉，而变成一个很中立的男子的角色，所以"从此君王不早朝"有一点像李白写的"长得君王带笑看"，都是耽溺，都是对美的眷恋。唐明皇认识杨贵妃的时候，是在中年以后。他是一个经过政变取得权力，功业彪炳的帝王。他是一个有才能的男子，把国家治理得非常好，历史上称为"开元之治"。这种人物常常在中年以后会有一种幻灭感，会觉得我做了这么多事情意义何在。其实这些人是爱美的，唐明皇又是一个很好的鼓手，在梨园里面打鼓，是一个艺术家。他感觉到自己君王的部分满足了，可是艺术家的部分没有满足，就想追求浪漫的那个部分。他中年以后碰到十六岁的杨贵妃的美时的惊动，常常会在这一类人身上看到。

毕加索在六十岁左右碰到安琪拉的时候，也是这种感觉。碰到一个年轻的女孩，他一下子吓呆了，在超级市场像呆子一样跟着她跑，完全忘掉他自己不应该这么失态。男子在某一个年龄，他的身体感觉到她，因为身体的转换是非常明显的，而那个明显的转换里，他想抓激情的东西。唐明皇在杨贵妃的身上想要抓住青春的激情，这个恋爱当然一定是一发不可收拾。你看《失乐园》也知道，到这个年龄这样去追求激情，大概是蛮麻烦的。

下面是对他们欢爱的形容："承欢侍宴无闲暇。""承欢"是承皇帝之欢，"侍宴"是陪侍君王饮宴，这是讲杨贵妃的忙碌。"承欢侍宴无闲暇，春从春游夜专夜。"两个"春"两个"夜"，好诗人才会写出这种句子，不是那么容易解释，就是春天两人相携游玩，夜晚连绵不断。"春从春游夜专夜"，每一个夜晚都是跟这个女人在一起。我有一个朋友结婚，我就送他这个句子。

"后宫佳丽三千人，三千宠爱在一身。"非常形象，我们可以感觉到白居易在形容一个被宠爱的女子的美，以及她受的这种专宠。同时我们开始看到一个在恋爱激情中的男子迷失的感觉。原来唐玄宗绝对是一个聪明的皇帝，可是一下昏了头了——爱会让人昏头，如果他不昏头，也不会在历

第六讲　白居易　179

史上留下这么动人的浪漫故事。我们那么爱读《长恨歌》的故事,大概也觉得自己不够昏头。文学非常有趣,常常会让你感觉到你到底喜欢什么。这首诗在日本流传很广,到樱花季节,很多人坐在树下,拿着酒,唱出来的都是翻译成日文的《长恨歌》,喜欢得不得了。日本人日常生活非常规矩、理性,所以他们忽然看到唐明皇可以不要规矩就很欣赏。"金屋妆成娇侍夜",因为他是皇帝,可以用纯黄金的东西打造房子,来宠爱这个妃子。"金屋妆成娇侍夜,玉楼宴罢醉和春。"非常漂亮的两个对仗句子,用金玉堆砌出来一个华美的世界。

更严重的是"姊妹弟兄皆列土",哥哥杨国忠是宰相,杨贵妃的三个姐妹分别被封为韩国夫人、虢国夫人、秦国夫人。有一幅画名为《虢国夫人游春图》,现在在辽宁博物馆,里面描绘了虢国夫人进宫的时候竟然是骑着皇帝的马,而且穿男装,可以看出这个家族受宠到何种程度。这里也谈到一个帝王因为在爱里面陶醉,已经失去了帝王的身份。白居易并没有批判,而是有一点觉得:生命大概会有这样的时刻吧。我觉得这就是同情,不要把这当成他为唐明皇说话,不是,同情真正的意思是说,你觉得如果当时是这样,你会不会也做同样的事。这个同情并不是说我要去可怜他,而是了解到生命的状态里面有一种无奈。白居易作为诗人,他写折臂翁的成功,写卖炭翁的成功,与他写《长恨歌》的成功一样,都来源于他的同情。他会变成那个角色来发言,这是好文学的基础,好的文学不能永远是你自己在批判,你必须设身处地成为这个人。"……可怜光彩生门户。遂令天下父母心,不重生男重生女"。这件事使得所有的人都慨叹,不要再生男孩,生一个女孩子,你看多么光宗耀祖。

下面一大段整个在讲政变的发生,从宠爱,从这种欢乐,急速转成战争悲剧的发生,所以下面这一段非常难写。大家在阅读时,可以注意他怎样转。"骊宫高处入青云,仙乐风飘处处闻。"在讲宫廷里面的享乐,每天歌舞的感觉。"缓歌慢舞凝丝竹,尽日君王看不足。"每天都在唱歌,每天都在跳舞,皇帝每天坐在这个妃子旁边,好像都看不够,觉得她这么美。

在这样的一种发呆状态当中，忽然"渔阳鼙鼓动地来"，安禄山的军队的鼓声起来了。白居易用前面宫廷里的缓歌慢舞去对比军队的战鼓，两个都是声音。缓和的声调忽然变成战鼓的声音。"惊破霓裳羽衣曲"，《霓裳羽衣》是当时特别为杨贵妃编的一首最美的舞蹈音乐。"九重城阙烟尘生"，战争开始了。"千乘万骑西南行"，这就是我前面提到的，有一天早上，城门忽然打开，一队人往四川逃难，百姓都不知道发生什么事，政变是一刹那发生的。

"翠华摇摇行复止，西出都门百余里。六军不发无奈何，宛转蛾眉马前死。"我去乾陵的时候，路上经过一个地方叫马嵬，就是我们讲的马嵬坡，我在那个地方停了下来，看了杨贵妃的坟墓，旁边好多诗，文人们在讲他们对这个事情的看法。当时这里发生了政变，所谓政变就是"六军不发"，所有的军队说你必须要处理这个案件，国家发生这么大的变化，都是因为你专宠杨氏。所以杨贵妃就变成了一个替死者。那个时候唐玄宗本身被威胁了，所有的军队不听命令，手上拿着武器，他可以被处死。"宛转"是在讲曲线，也是在讲女子死前的一种委屈，这个女子只是因为长得美，她什么也没有做，最后政变的时候死亡的重心竟然落在她身上，她被拖出去绞死的时候，那种心里的委屈就用"宛转"来形容。"蛾眉"是唐代女子的妆容，把眉毛剔掉，在额头上画两条短短的眉形，哀伤很容易表现在额头这个位置。

"花钿委地无人收"，头上戴的那些黄金珠宝，丢在地上，都没有人收，因为军队匆匆忙忙又逃难了。刚才是"云鬓花颜金步摇"，现在是"花钿委地无人收，翠翘金雀玉搔头"，三句诗都是写头上戴的首饰。当年作为受宠爱见证的物品，都还在她身上，可是她已经死亡。这里可以看到诗人的笔法转得非常好。下面一句很动人："君王掩面救不得，回看血泪相和流。"这一句把唐明皇的形象救回来了，至少你还看到他掩面救不得的无奈与心里面的痛。如果是一首存心批判唐明皇的诗，绝对不会用这种句子。我们读到这里，忽然有一种震动，感觉到这个男子还是有他的深情，只是完全不知道怎么办了，也无奈了，因为这是一场政变。

下面就讲军队继续走了，继续走的时候，你会看到白居易描述风景，其实不是风景，是唐明皇的心情："黄埃散漫风萧索，云栈萦纡登剑阁。"到四川去要爬山，一层层地绕来绕去，在《明皇幸蜀图》里，整个右上角的队伍慢慢下到山谷，再盘上去，然后进到四川，就是过蜀道。那个地方叫剑阁，是"一夫当关，万夫莫开"的地方。李白的《蜀道难》就是写这一段路程。这一段路程好像在讲风景，可是又在讲皇帝所爱的女子死了以后，他心情上的落寞痛苦，所以"萦纡"好像在讲山路的盘旋，又在讲他自己的柔肠寸断；好像在讲黄埃漫漫，又在讲他自己心情上的寂寞与寥落。这一段很精彩，他是写风景，又在写心情，两者交织在一起。

"峨嵋山下少人行，旌旗无光日色薄。"这是在讲很沉默的逃难队伍慢慢走，然后心情黯淡的感觉。下面很明显直接讲到了皇帝的心情，已经到了四川了，可是"蜀江水碧蜀山青"，看到四川的山，看到四川的水，"圣主朝朝暮暮情"。这些地方都把唐玄宗的形象救回来了，你会觉得这个君王真是有情意，好像在政治的无奈里，他还有这么大的爱与思念。如果没有这些句子，我绝对不相信唐明皇后来在历史上是一个让大家觉得可以变成戏剧里的男主角的人，他可能会变成一个蛮让人家讨厌的人，又抢儿媳妇做太太，又把国家弄得乱七八糟。经过白居易这个诗人的处理，会觉得对皇帝真的有很多同情。"行宫见月伤心色"在讲住在四川的行宫当中，看到月亮时伤心的感觉。"夜雨闻铃肠断声"，晚上下着雨，听到铃声时心情的悲哀。

下面一段就讲皇帝又回长安了。"天旋地转回龙驭"，就是要起驾回宫，重新回到长安去。"至此踌躇不能去"，是讲马嵬坡，好像马嵬坡这个地方构成了他很大一个心情上的纠结。"马嵬坡下泥土中，不见玉颜空死处。"已经找不到当年死掉的这个美丽女子了。"君臣相顾尽沾衣，东望都门信马归。"所有的人想到那件事情都哭了，然后皇帝有一点落寞，有一点迷失，离长安城已经很近，就让马随便地走回家去。

如果是叙事诗的话，叙述到这里应该做一个总结。可是我们看到后面几乎还有一大半，在那一大半里面，我们很明显看到皇帝的真情，他在寻找，在思念。

《长恨歌》——梦寻

真正的情感、真情，会使他不相信那个人死掉了，或者他相信那个人死掉，在另外一个不同的空间存在着，这是白居易这首诗最了不起的地方。如果刚才我们读到这里，叙事诗结束了，无法构成这首诗给予我们的这么大的感动力量。下面我们看到这些大段表白，使得唐玄宗变成历史上这么有深情的人，我们真的不知道唐明皇到底是不是这个样子，可这是白居易推测出来的一个帝王的深情。我觉得这里面有白居易自己渴望的人世间最美好的情感。

"归来池苑皆依旧"，回来以后皇宫还是皇宫，皇宫的水池、皇宫的花园还是同以前一样，"太液芙蓉未央柳"。皇宫里面的水池叫"太液"，旁边长满了芙蓉花，未央宫旁边长着柳树，可是他看到芙蓉，看到柳树，想到的是"芙蓉如面柳如眉"，所有的花、所有的柳条都变成了那个女子的形容的幻化。当你真正爱一个人的时候，你会发现所有世间的东西都与她有牵连，这里写思念写到这么好。

"春风桃李花开日，秋雨梧桐叶落时。"春天桃花、李花在开，秋天下雨梧桐的叶子在掉落。"西宫南内多秋草，落叶满阶红不扫。"感觉到处都是萧条的，好像叶子都在落，而这些花掉落下来，他也没有心情去扫。"梨园弟子白发新"，唐明皇在世的时候，有一千个人编制的大的"国家管弦乐队"，叫作梨园，里面唱歌的、跳舞的，所有的这些人，当时都很年轻，现在再看到，发现他们头发都白了。"椒房阿监青娥老"，当初服侍过杨贵妃的太监以及宫女也都已经老了，皇后住的宫殿叫作"椒房"，杨贵妃并不是皇后，可是他用"椒房"来形容这个女子住的宫殿。

第六讲　白居易　183

"夕殿萤飞思悄然，孤灯挑尽未成眠。迟迟钟鼓初长夜，耿耿星河欲曙天。"四句都在讲一个睡不着的男子，你已经不觉得他是帝王了，他只是在后宫里面的一个老人，一个曾经有过繁华的老人。他看到萤火虫在那边飞，把灯挑起来，自己睡不着觉，听到钟鼓在敲初夜，看到天上的星河在沉落，这是在讲他心情上的寥落。"鸳鸯瓦冷霜华重，翡翠衾寒谁与共。"鸳鸯瓦上面都是寒冷的霜，曾经一起盖过的翡翠色的被子，今天谁可以一起来睡？"悠悠生死别经年，魂魄不曾来入梦。"已经死了，好像连魂魄都不曾来入梦——他期待人死了之后，梦魂中至少还可以相见。

　　有这么强的思念，开始想寻找，所以下面一大段就开始做法。来了一个道士，这个道士开始做法帮助唐明皇去找。"临邛道士鸿都客，能以精诚致魂魄。"只要你真的有这份精诚，爱恋一个人、思念一个人很诚恳，是可以使魂魄出现的。这些部分经过白居易的书写，变成一个非常美的故事，也使大家读着读着越来越觉得不是在读唐明皇、杨贵妃的故事，而是在读我们自己心里对于那个美好情感的相信，我们大概都盼望着自己曾经爱过的生命是永远存在的。"为感君王辗转思，遂教方士殷勤觅。"因为感动于这个君王这样子辗转反侧去思念一个女子，有人就叫道士来努力地寻找。"排空驭气奔如电，升天入地求之遍。"讲这个道士做法如何在天上、地下到处寻找。"上穷碧落下黄泉，两处茫茫皆不见。"过去人相信成仙的到碧落，做鬼以后入黄泉，可是"两处茫茫皆不见"，到处寻找都没找到。

　　这些句子不完全是写迷信的做法，你会觉得他在形容一种寻找。所以我刚才讲说前一段是思念，这一段是在讲寻找，一个个人的生命的寻找。

　　"忽闻海上有仙山，山在虚无缥缈间。楼阁玲珑五云起，其中绰约多仙子。"他在绝望当中忽然发现还有一个地方没有找到，是海上的仙山，仙山里面有非常多美丽的仙子，这里用"绰约"，女性的美又开始出来。"中有一人字太真"，杨贵妃的字在这里点出来了，忽然有了一个希望。"雪肤花貌参差是。金阙西厢叩玉扃，转教小玉报双成。闻道汉家天子使。"这个仙山里的女子，忽然听到汉家的天子派来使者要见她。白居易非常厉害，他从皇帝的主观转到了杨贵妃的主观。"九华帐里梦魂惊",正在睡觉的太真,忽然被惊醒了。"揽衣推枕起徘徊",写得非常好,我们可以看到一个女子睡觉时被惊醒了,把衣服披起来,然后把枕头推开,站了起来。她出来见客,"珠箔银屏迤逦开"在讲她走过那些珠帘、屏风。女子睡觉的地方有很多遮掩的东西,屏风、帐子之类,她离开了她的卧房,要走出来了,空间感用得极好。"云鬓半偏新睡觉,花冠不整下堂来。"因为好像在睡觉,还没有办法打扮自己,有一点衣冠不整就下来了。

"风吹仙袂飘飘举",风吹过来,仙人的衣服轻轻地飘起来,还很像当年她跳霓裳羽衣舞的样子。这是一个非常有趣的对比,一个死去的灵魂,她的衣服飘起来的样子,刚好对比了她在年华最盛、最被宠爱的时候跳霓裳羽衣舞的状况。"玉容寂寞泪阑干",我们可以感觉到这么美的一个女子死去以后的寂寞。她一脸都是泪水,"梨花一枝春带雨",白居易形容那个感觉,就像春天来的时候梨花上面都是雨珠。这是了不起的诗人,我们到现在都在用他的形容,也想不出更好的句子,看到一个女子哭,你就只好说"梨花带雨"。可以看到一个文学创作者影响多大,他创造了一个形容词,而这个形容词一千年以来都在用。你现在觉得这种形容已经俗不可耐,可是也想不到更好的方法。

后面做了一个结束,这个结束真是感人,所有人读到以后,现实政治的部分全部忘掉,原谅了这一对男女,觉得他们真是深情至此。"含情凝睇谢君王",忍住眼泪,还是觉得有这么多的深情去谢,这个"谢"用得很漂亮,一生当中这样被宠爱过,好像要去谢一次。其实她可以怨恨的——那个时候怎么不救我?可是这里白居易用了一个深情的写法。我觉得这首诗非常矛盾,如果放到另外一个人手上,可以完全变成另外一首诗。"一别音容两渺茫",两个人再也不能相见了。"昭阳殿里恩爱绝",以前在昭阳殿里面那种受宠已经没有了,"蓬莱宫中日月长",现在住在仙人住的蓬莱宫中,日月这样一直过去。"回头下望人寰处",回头有时候也会想看看人间到底怎么样,"不见长安见尘雾",好像是被阻挡了,已经到了仙界

第六讲 白居易 185

了,在仙界想要回头去看当年牵连过的生命中那些繁华,以及爱她的男子,可是什么也看不见,长安看不见,只看到一片尘雾而已。"唯将旧物表深情",今天汉家的天子已经派了使者来,应该有一个表达,她就把以前皇帝给她的东西"钿合金钗寄将去"。她把黄金的钗分开来,皇帝留一半,她留一半。这等于是一个信物的表达,也让这个使者能够说他真的见到太真了。"钗留一股合一扇,钗擘黄金合分钿。"这里面除了表旧情以外,有更多的叮咛,"但教心似金钿坚",如果我们爱恋的心情能够像黄金一样坚固,"天上人间会相见"。

白居易已经远远离开了这两个人的故事,而变成去描述人间的至情至信。我们每一个人大概都有这样的期待,也都感觉到生命里面如果有过这样的爱恋,大概生命是可以没有遗憾的。从一个叙事开始,最后变成一个理想性的抒发。我们最后并不见得一定要坚持这个男子是不是唐明皇,也不见得坚持这个女子是不是杨贵妃,白居易只是借他们的故事在讲人世间不可磨灭的真情所在,这才是这首诗感动了这么多人的最重要的原因。

"临别殷勤重寄词",使者要走了,告别的时候,她一直讲一直讲,"词中有誓两心知"。她说有一件事情一定要跟皇帝讲,因为曾经在"七月七日长生殿,夜半无人私语时",在一个完全没有其他人的状况里面,他们曾经发过誓,说"在天愿作比翼鸟,在地愿为连理枝"。她现在要传达的是,当旁边都没有人的时候,君王的意义不在了,贵妃的意义也不在了,就是真情相见。她希望对方知道,那一天的誓言,她记得,她相信对方也记得,所以"天长地久有时尽,此恨绵绵无绝期"。

这样一首完整的长诗,从事件的叙述交代,一直转下来,变成心情上的升华,我想当然是文学里面的极品。特别是在中国文学里,我们这么缺乏这种大篇章的描述,更会特别的珍惜。我们今天要去写这种大规格的故事,非常不容易,一直到现在,即使经过胡适之的革命以后,徐志摩、朱自清都还是写比较短小的诗,这种长的叙事诗,中间有一个事件又可以升华的非常少。

《琵琶行》——音乐

我觉得,《琵琶行》对于诗歌用字用句的讲究可能超过了《长恨歌》。《琵琶行》最了不起的地方是它完全在讲一种音乐性的传达,技巧上非常难。我们都有经验,比如去听一个音乐会,回来要向一个人讲的时候,大概没有几句话可以讲,可是白居易在叙述过程中是一步一步推的,结构很严谨。离开了事件以后,去做结构的铺排更困难。这首诗的确可以作为写诗的范本,因为它可以帮助所有的阅读者去思考和反省,我们听音乐的时候怎么没有听到这么多细节,怎么无法这么精密地铺展开来。

我们可以看到,白居易不止在诗歌上有才华,在艺术其他部分也很有才华,比如音乐上的才华,他可以用这么细密的方法去描述一个人弹奏音乐的过程。

元和十年,予左迁九江郡司马。明年秋,送客湓浦口,闻舟中夜弹琵琶者,听其音,铮铮然有京都声。问其人,本长安倡女,尝学琵琶于穆、曹二善才,年长色衰,委身为贾人妇。遂命酒,使快弹数曲。曲罢,悯默。自叙少小时欢乐事,今漂沦憔悴,转徙于江湖间。予出官二年,恬然自安,感斯人言,是夕始觉有迁谪意。因为长句,歌以赠之。凡六百一十六言,命曰《琵琶行》。

浔阳江头夜送客,枫叶荻花秋瑟瑟。主人下马客在船,举酒欲饮无管弦。醉不成欢惨将别,别时茫茫江浸月。忽闻水上琵琶声,主人忘归客不发。寻声暗问弹者谁?琵琶声停欲语迟。移船相近邀相见,添酒回灯重开宴。千呼万唤始出来,犹抱琵琶半遮面。转轴拨弦三两声,未成曲调先有情。弦弦掩抑声声思,似诉平生不得志。低眉信手续续弹,说尽心中无限事。轻拢慢捻抹复挑,初为霓裳后六幺。大弦嘈嘈如急雨,小弦切切如私语。嘈嘈切切错杂弹,大珠小珠落玉盘。

间关莺语花底滑，幽咽泉流冰下难。冰泉冷涩弦凝绝，凝绝不通声渐歇。别有幽愁暗恨生，此时无声胜有声。银瓶乍破水浆迸，铁骑突出刀枪鸣。曲终收拨当心画，四弦一声如裂帛。东船西舫悄无言，惟见江心秋月白。

沉吟放拨插弦中，整顿衣裳起敛容。自言本是京城女，家在虾蟆陵下住。十三学得琵琶成，名属教坊第一部。曲罢曾教善才服，妆成每被秋娘妒。五陵少年争缠头，一曲红绡不知数。钿头银篦击节碎，血色罗裙翻酒污。今年欢笑复明年，秋月春风等闲度。弟走从军阿姨死，暮去朝来颜色故。门前冷落车马稀，老大嫁作商人妇。商人重利轻别离，前月浮梁买茶去。去来江口守空船，绕船月明江水寒。夜深忽梦少年事，梦啼妆泪红阑干。

我闻琵琶已叹息，又闻此语重唧唧。同是天涯沦落人，相逢何必曾相识。我从去岁辞帝京，谪居卧病浔阳城。浔阳地僻无音乐，终岁不闻丝竹声。住近湓城地低湿，黄芦苦竹绕宅生。其间旦暮闻何物？杜鹃啼血猿哀鸣。春江花朝秋月夜，往往取酒还独倾。岂无山歌与村笛？呕哑嘲哳难为听。今夜闻君琵琶语，如听仙乐耳暂明。莫辞更坐弹一曲，为君翻作《琵琶行》。

感我此言良久立，却坐促弦弦转急。凄凄不似向前声，满座重闻皆掩泣。座中泣下谁最多？江州司马青衫湿。

这首诗的序写得非常好："元和十年，予左迁九江郡司马。""左迁"是贬官的意思，传统文学当中右是升，左是降，所以"左迁"就是下放的意思。他到了江西，在九江郡做司马。"明年秋，送客湓浦口"，第二年，在那个地方他有朋友要走了，所以他去送客。这首诗一开始就讲"浔阳江头夜送客"，他是在送客人走的时候，偶然遇到了一件事情，所以与《长恨歌》不同，《长恨歌》是一个历史里面有叙事的故事。在送客时，"闻舟中夜弹琵琶声"，晚上听到了弹琵琶的过程，"听其音，铮铮然有京都声"，他听到这个声音,觉得不像是地方戏曲,好像是京城流行的歌。白居易听到"有京都声",因为他自己也是从京城来,当然会有一种熟悉的感觉,也有一点好奇,"问其人,本长安倡女",原来是长安的歌妓。"尝学琵琶于穆、曹二善才",穆、曹是两个人的姓,"善才"在这里指善于弹奏琵琶的乐师。她曾经向穆姓和曹姓的"善才"学过琵琶,说明她的技艺是经过正统训练的。

"年长色衰,委身为贾人妇。"年纪大了,已经没有那么红了,就嫁给商人做太太。"遂命酒,使快弹数曲",他就让她喝一点酒然后弹琵琶。"曲罢,悯默。"字用得很精简,"悯"与"默",很复杂,好像有同情,"悯"是悲悯、同情,"默"是沉默,有一点讲不出话来,因为白居易在这里听到的不止是琵琶,更听到一个生命从繁华到没落的感伤。从繁华到没落是这个女子的感伤,也是他的,他自己也在被贬官。

"自叙少小时欢乐事,今漂沦憔悴",小的时候曾经很快乐,也在繁华里红过的,现在到处漂流,生活过得不是很好,"转徙于江湖间"。"予出官二年,恬然自安","出官"就是被贬官了,两年来他被贬官,都没有难过过,没有心情不好过,"恬然自安",每天都过很开心,觉得贬就贬,也没有什么关系,为什么一定要在京城做官,所以都蛮开心的。可是"感斯人言,是夕,始觉有迁谪意",这一天很奇怪,白居易听了琵琶,听到这样一个女子的讲话,才感觉到自己真的是在落魄中。这其实很有趣,我们看到白居易因为一个女子的心情,而影响到他自己的心情,这部分大概也是我刚才提到的,一个好诗人很重要的一点是同情,因为他感同身受了,所以感觉到这个女子与他的命运的相同点。"因为长句",所以就写了这么长的一首诗,"歌以赠之",这首诗是送给这个歌妓的。唐代的知识分子与官吏,他有另外一种生活,使他们常常会与民间的人有一个接触的机会。最后是"凡六百一十六言,命曰《琵琶行》"。

我想大家对这首诗很熟,大概在中学课本里面都读过。一开始叙述他送客的这个部分:"浔阳江头夜送客,枫叶荻花秋瑟瑟。主人下马客在船,举酒欲饮无管弦。醉不成欢惨将别,别时茫茫江浸月。"两个朋友的告别已经很哀伤,而且在秋天,一片萧条、落寞的景象,也没有音乐,也没有旁边演奏的队伍,他感到孤独、感到寂寞,同时又在喝酒,喝醉了酒,想要打发愁绪,可是也高兴不起来,因为好朋友要告别。

　　白居易在讲情绪,在讲"惨将别",可是他的镜头转到了江面上的月光。我曾经与学生一起把这首诗变成电影的脚本,把每一个画面画出来,觉得完全可以拍成现代电影。"醉不成欢惨将别"是在讲两个人心情很难过,可是白居易没对这两个人有特写,反而把镜头移开去拍江水上的"别时茫茫江浸月",月光变成了情绪的延长。这是非常了不起的手法。到这里的时候,他觉得与朋友应该告别了,酒也喝了,难过也难过了,船应该要走了。可是忽然一转,"忽闻水上琵琶声",这个琵琶使他们又暂时不要告别,"主人忘归客不发",送客的人也忘了回家,应该走的人也忘了要出发,就在那边听起琵琶来了。这是很有趣的一个情节转折。在《长恨歌》当中,情节是事件的情节,可是在《琵琶行》当中,心情本身变成了一个情节。"寻声暗问弹者谁",他们就去找那个声音,想问是谁在弹琵琶。"琵琶声停欲语迟",结果琵琶声音就停了。他们再去找那个船,然后"移船相近邀相见",把船慢慢靠近,邀请说要不要过来见一下面,"添酒回灯重开宴"。本来不是要走了吗?大概灯也灭了,准备要告别了,现在又添酒,又把灯点起来。本来好像就要结局的诗,忽然又变成开始。这绝对是精彩的手法。白居易在诗歌上的结构能力,是非常强的。如果大家希望学写诗,学白居易这两首诗是最好的方法,你可以学结构,学他怎么转,因为"转"是诗里面最不容易的东西。

　　大家在那边一直邀请,说你弹一个琵琶给我们听,她"千呼万唤始出来"。这个不急不是这个弹琵琶的女子不急,是白居易不急。你在读这首诗的时候,一直觉得你很想知道到底是谁在弹琵琶,这个人什么样子。但这首诗的结构有一个空间感,一层一层的层次感,可以铺叙开来,不会一下子慌张地就跳到不应该跳到的地方。"犹抱琵琶半遮面",拿着琵琶出来的时候，还看不清楚她整个的脸。大概她有一点害羞，有一点觉得惊慌，不知道为什么这一群人要叫她出来弹琵琶给他们听。我们现在常常用这个成语，是因为这个形容非常漂亮。

下面这一段非常精彩，开始讲音乐了，"转轴拨弦三两声"，她坐下来以后，可能还不知道要干什么，可是音乐家习惯地就会转轴——琵琶上面调音的部分叫作轴。"转轴拨弦三两声"，当当当几声，有一点像我们听交响乐的时候，会看到乐手在试音，那时指挥还没有出来，那个时候是最美的。这也是张爱玲讲过的，张爱玲说音乐里面最好听的就是那一段，因为乐手在找感觉。"未成曲调先有情"，真正好的音乐家，这个时候情感已经出来了，会在不成曲调的音节里面传达出最好的音乐感，这个绝对是精彩的句子。"弦弦掩抑声声思"，每一个弦好像都被压抑着，我们知道左手要压着弦，所以其实是在讲这个动作。可是因为"掩抑"本身有另外一个意思，是心情上压抑，所以"弦弦掩抑"就变成"声声思"，每一个声音好像都有特别的意思、特别的感觉。白居易把很多形象化的意思表达出来，所以我极佩服这首诗。我们常常看一个人在弹奏，也感动，可是不知道怎么去形容。白居易写了这么多细节，包括转轴，包括拨弦，包括掩抑的这个弦，他都谈到，一步一步慢慢地来谈。"弦弦掩抑声声思，似诉平生不得志。"好像她不仅在演奏艺术，同时也在艺术里传达心情上的哀伤与这一生的回忆。好的艺术一定如此，好的艺术一定是一生的巨大回忆，所以变成"低眉信手续续弹"，低着头随随便便弹一弹，"说尽心中无限事"，好像已经把很多的心事都说出来了。

下面用到的完全是弹琴的技巧，"轻拢慢捻抹复挑"，"拢"、"捻"、"抹"、"挑"，是四个弹琴的手的姿势，有一种谱叫工尺谱，是古谱，不是现在的五线谱，里面有手的姿势。大家可以看一下《红楼梦》，里面就写到，在弹琴的时候，要讲究指法，这与西方的弹奏乐器不太一样，非常讲究手指本身的变化。比如说弹古琴的时候右边在弹，左手在按，所以你会听到"嗡"的声音。一般讲起来大概有七八种不同的技法，这里的"轻拢

第六讲 白居易 191

慢捻抹复挑",其实就在讲技法。白居易是真的懂弹琴的,对于这种指法他是了解的,我们也就看到一个女子在弹琵琶的时候,手指在上面转的那种感觉,以及右手手指的转与左手的按,中间配合的关系。"初为霓裳后六幺",大家刚才已经知道《霓裳羽衣曲》是唐代盛世最重要的一部音乐,《六幺》是胡人的音乐,它是一个翻译过来的词,有人翻译成"绿腰",有人翻成"六幺",是当时的一种舞。《韩熙载夜宴图》里面有一个王屋山跳舞的场景,她那个舞据考证就是六幺舞。

下面就开始形容这些音乐:"大弦嘈嘈如急雨,小弦切切如私语。"诗人开始提到大弦、小弦之间高音、低音部位的变化。用文字形容声音是非常难的事情,这里把"急雨"与"私语"放在一起是用联想,好像下得很急的雨声,或者是两个人的私语。同时又有对声音的形容,就是"嘈嘈切切"的声音。白居易同时用诗歌的声音、形象和联想切入,这是非常困难的事情。这一段在《琵琶行》里面最常被大家拿来举例的原因,是因为里面交错了好几种技法,又联想,又直接形容,同时又把声音演奏出来给你看。

"嘈嘈切切错杂弹",当大弦与小弦一起"错杂弹"的时候,各种声音的变化是最复杂的。我想大家都听过琵琶曲,比如《霸王卸甲》或者《十面埋伏》,你会发现都是从慢到快,就是我们讲的这一段的感觉。那种急切与高音、低音部位都一起来的时候,白居易用"大珠小珠落玉盘"去形容,当然是文学史上的绝唱,他就是用这样的方法,把音乐形容到如此精准的地步。

下面还是在追踪音乐的发展,"间关莺语花底滑",这一句不是很容易懂,你会感觉到春天来了,莺的叫声,一种鸟的非常细密的叫声,好像是花底下一些青苔的滋蔓,你会感觉到这里面有好多复杂的东西。白居易在用大自然去形容声音在交错的杂弹之后,忽然又变成很安静的一种力量。那个慢慢在流动的声音,若有若无的感觉。"幽咽泉流冰下难",好像是泉水在暗流底下慢慢地流动,连声音都没有,我们这里可以看到他从极动的声音转到描写到极静的声音，从非常高亢的声音转到对于最细密的声音的描写。当音乐静下来，你会特别静，你会很仔细专注去听，声音慢慢走，你的整个心情会被它带动。音乐里最难演奏的是这个时候，不好的音乐家这个时候压不住场，如果是好的音乐家的演奏，这种时候底下就开始静下来，开始能够真正感觉到从极动转入极静，从极高音转入极低音状态里的最美的声音。

接下来"水泉冷涩弦凝绝"，好像是在下大雪的天气，最冷的天气，连水都冻起来了，水冻成冰以后，原来流动的泉水不再流动，连声音都没有，那个弦也没有声音了。水会被冻住，声音好像也会被冻住。"凝绝不通声渐歇"，在最凝绝的时候，最冷的时候，最没有声音的状况里面，"别有幽愁暗恨生"，又变成另外一种美。我们在交响曲里面听到非常大的乐队的合奏，最后有一个大提琴很慢地拉，甚至好像没有声音的状况，那个时候大概是最美的，所以白居易才会总结出这一句："此时无声胜有声。"真正懂音乐的人，大概要听的是这个"空白"的声音。音乐里有很大一部分是回忆，是若有若无，好像听到了，好像又抓不住，是生命里面最难得的感觉。你可以看到白居易用了很长一段——"间关莺语花底滑，幽咽泉流水下滩。水泉冷涩弦凝绝，凝绝不通声渐歇。别有幽愁暗恨生……"，去准备他的下一个总结，就是"此时无声胜有声"，以提醒音乐当中没有声音的"空白"的重要性，这几乎变成我们今天美学上很重要的一个规则，也几乎是后来绘画里出现"空白"的原因。懂得留白才是最了不起的。艺术家的生命也是如此，要保留余地与空间，而不是塞满。

到了声音最低最低的时候，一定要"银瓶乍破水浆迸"，忽然出现瓶子整个炸裂开来的声音。我们不知道白居易是不是真的看过银瓶乍破的景象，我们今天也可以去形容，什么战争里面炮弹爆炸之类，可是在他那个时代里面，竟然用"银瓶乍破水浆迸"去形容音乐从静忽然爆开来的情形。柴可夫斯基的《悲怆交响曲》有一段就是这样，先是安静，到最后"啪"一下出来，第一次听那段音乐的人，坐在那边会忽然跳一下。音乐一直在做对比,做速度的加快、拉慢,到静,然后忽然又动起来,音乐一直在玩这种结构。"铁骑突出刀枪鸣",这是用战争里面的速度、暴力的感觉去形容音乐的另外一个急转状况。"曲终收拨当心画,四弦一声如裂帛。""啪"一声就停了。我们看到"银瓶乍破"与"铁骑突出"是为了准备最后收尾。"曲终收拨","拨"就是拨板,曲终弹完了以后,把拨板一收,然后"四弦一声如裂帛",好像撕开布一样,"啪",这样一个裂声,然后就停了。

"东船西舫悄无言",坏的诗人一定写到这里就没有了,好的诗人下面还有。收拨之后,如裂帛般的声音出来,画面忽然转了,你忽然发现大家听到那里愣住了,然后才发现旁边这么安静,旁边的船都没有人在讲话了,因为大家都在听琵琶。白居易把镜头放大、转移,刚才是特写,现在镜头忽然拉开,忽然拉远,变成一个大的画面,"唯见江心秋月白"。镜头冷冷地看到一个月亮,秋天的月亮,在江面上悬着。诗人忽然把一个音乐的描写又拉到自然,他怎么会这么有才气,写诗可以写到这种状态!这么长一段,整个讲音乐的变化,可是里面的节奏感这么丰富,到最后收的这个部分,也不是一下子停,而是把它再扩大,变成对自然的描写,不然的话就与"浔阳江头夜送客"呼应不起来——因为刚开始是"别时茫茫江浸月",现在又回到了"秋月白"。

《琵琶行》——深情

下面是这个女子对她自己的一些回忆叙述,"沉吟放拨插弦中",弹完琴了,把拨放回到琵琶当中,"整顿衣裳起敛容",然后把衣服整理好。唐朝人弹琵琶是一个脚翘起来的,跟我们今天弹吉他一样,我想上过中国美术史的人应该记得那个画面,是很野的感觉,不像今天一定要像个贵妇人一样端坐——因为琵琶原本是在马上弹的,是一种很野的胡人乐器。她把衣服整顿好,"自言本是京城女",原来也是京城的女孩子,"……家在虾蟆陵下住。十三学得琵琶成,名属教坊第一部",十三岁学会了琵琶,列名在皇宫的教坊第一部当中，等于是当时的名妓。"曲罢曾教善才服"，每一次弹完音乐以后，都会让教她的那些老师佩服她；"妆成每被秋娘妒"，每次要出去演奏的时候，盛妆起来就会让身旁那些美丽的女子嫉妒。这是回忆，回忆当年她曾经这么红过。然后她说"五陵年少争缠头"，就是长安城最有钱人家的男孩子，听完演奏以后，争着赠送丝帛给她，因为她用这个东西来算钱，缠头无数就是最红的人。"一曲红绡不知数"，一曲弹完，收到的红绡不知道有多少。"钿头云篦击节碎"，在弹唱的时候，拿来打拍子的银篦都打碎了。"血色罗裙翻酒污"，因为陪客人喝酒，红色的裙子上面都是酒污。这两句非常感人，你会体会到在这个行业当中，她要赔笑，要演奏，同时要陪客人玩。

"今年欢笑复明年，秋月春风等闲度。"一年一年这样过去。"弟走从军阿姨死"，弟弟去当兵了，阿姨也死掉了。"暮去朝来颜色故"，慢慢讲到她老了。"门前冷落车马稀"，慢慢门前没有人了，没有车马来找她了，然后"老大嫁作商人妇"。她大概到觉得自己已经不太能够从事这个行业了，就找了一个商人结婚了。可是"商人重利轻别离"，商人常常要做生意，大概也很少陪她，常常都不在身边。"前月浮梁买茶去"，上个月去买茶，一个月她都没有见到。"去来江口守空船，绕船月明江水寒。夜深忽梦少年事，梦啼妆泪红阑干。"这里面有一种感伤，对自己生命老大以后繁华尽去的哀伤，忽然变成非常忧郁的感觉。

她感染到了白居易，白居易忽然感觉到人生从繁华到最后幻灭，其实是一件重要的事。他说："我闻琵琶已叹息，又闻此语重唧唧。"原来听了琵琶已经非常感伤，又听了这样的故事，他有些难过。最重要的句子出来了："同是天涯沦落人，相逢何必曾相识！"一个做官的人竟然跟一个老年的歌妓说我们都是落魄于人世间的人，见面何必一定要是旧识。到今天我们还觉得一千年前的句子这么美，这个句子之所以美，是因为它变成了人生中最感人的东西，在很多旅途当中，碰到第一次见面的人，然后谈到生命里面最深情的部分时，你都会想到这个句子。你会感觉到，陌生会变成熟悉，是因为人与人之间有共同的生命的默契。

他开始讲到自己被贬谪的经历："我从去年辞帝京，谪居卧病浔阳城。"被贬官又生病，其实心情是寥落的。"浔阳地僻无音乐"，这个地方很偏远，没有什么音乐可以听，"终岁不闻丝竹声。住近湓江地低湿，黄芦苦竹绕宅生"，这里讲到环境上的哀苦。"其间旦暮闻何物"，早早晚晚能够听到什么声音呢？"杜鹃啼血猿哀鸣"，不过是大自然里面杜鹃的啼血与猿的哀鸣，都是悲哀的声音。"春江花朝秋月夜，往往取酒还独倾。"即使喝酒也常常是一个人在喝，偶然有一个朋友会很珍惜，所以这个朋友要走，会很难过。白居易特别提到"岂无山歌与村笛"，其实也有民间的山歌村笛，可是"呕哑嘲哳难为听"——好像很粗糙。"今夜闻君琵琶语，如听仙乐耳暂明。莫辞更坐弹一曲，为君翻作《琵琶行》。"白居易拜托她再弹一曲给自己听，他要写一首《琵琶行》，好像是即席就写诗了。"感我此言良久立，却坐促弦弦转急。"这个女子也被他感动了，开始重新转那个弦，弦越转越急。"凄凄不似向前声"，那种凄凉是与刚才的音乐不同的，因为两个人都把身世放进去了。"满座重闻皆掩泣"，旁边所有听到音乐的人全都哭了。"座中泣下谁最多，江州司马青衫湿。"如果你要看一看谁哭得最多，大概就是白居易了。一个做官的人有这样的性情，这真正构成了大概整个文学传统里最美的部分。

白居易是一个会为卖炭翁、折臂翁哀伤的诗人，也是一个可以感觉到深情可贵的诗人。我想，用这样的阅读方法，大家可以把今天我们看起来矛盾的一些文学传统的创作者，重新统合起来。

第七讲　李商隐

唯美的回忆

晚唐与南唐是文学史上两个非常重要的时期，有很特殊的重要性。

在艺术里面，大概没有一种形式比诗更具备某一个时代的象征性。很难解释为什么我们在读李白诗的时候，总是感到华丽、豪迈、开阔。"明月出天山，苍茫云海间"，这种大气魄洋溢在李白的世界中。我自己年轻的时候，最喜欢的诗人就是李白。但这几年，自己也觉得很奇怪，在写给朋友的诗里面，李商隐与李后主的句子越来越多。我不知道这种领悟与年龄有没有关系，或者说是因为感觉到自己身处的时代其实并不是大唐。写"明月出天山，苍茫云海间"这样的句子，不止是个人的气度，也包含了一个时代的气度。我好像慢慢感觉到自己现在处于一个有一点儿耽溺于唯美的时期。耽溺于唯美，就会感觉到李白其实没有意识到美。他看到"花间一壶酒"，然后跟月亮喝酒，他觉得一切东西都是自然的。经过安史之乱以后，大唐盛世、李白的故事已经变成了传奇，唐玄宗的故事变成了传奇，武则天的故事变成了传奇，杨贵妃的故事也变成了传奇。杜甫晚年有很多对繁华盛世的回忆；到了李商隐的时代，唐代的华丽更是只能追忆。

活在繁华之中与对繁华的回忆，是两种完全不同的艺术创作状态。回忆繁华，是觉得繁华曾经存在过，可是已经幻灭了。每个时代可能都有过极盛时期，比如我们在读白先勇的《台北人》的时候，大概会感觉到作者家族回忆的重要部分是上海，他看到当时台北的"五月花"，就会觉得哪里能够和上海的"百乐门"比。

一九八八年我去了上海，很好奇地去看百乐门大舞厅，还有很有名的大世界，觉得怎么这么破陋。回忆当中很多东西的繁华已经无从比较，只是在主观上会把回忆里的繁华一直增加。我常常和朋友开玩笑，说我母亲总是跟我说西安的石榴多大多大，很多年后我第一次到西安时，吓了一跳，原来那里的石榴那么小。我相信繁华在回忆当中会越来越被夸张——这也完全可以理解，因为那是一个人生命里最好的部分。我对很多朋友说，我向你介绍的巴黎，绝对不是客观的，因为我二十五岁时在巴黎读书，我介绍的"巴黎"其实是我的二十五岁，而不是巴黎。我口中的巴黎大概没有什么是不美的，因为二十五岁的世界里很少会有不美好的东西。即使穷得不得了，都觉得那时的日子很漂亮。

晚唐的靡丽诗歌，其实是对于大唐繁华盛世的回忆。

幻灭与眷恋的纠缠

我想先与大家分享李商隐的《登乐游原》。

向晚意不适，驱车登古原。
夕阳无限好，只是近黄昏。

这首诗只有二十个字，可是一下就能感觉到岁月已经走到了晚唐。诗人好像走到庙里抽了一支与他命运有关的签，签的第一句就是"向晚意不适"。"向晚"是快要入夜的时候，不仅是在讲客观的时间，也是在描述心情趋于没落的感受。晚唐的"晚"也不仅是说唐朝到了后期，也有一种心理上结束的感觉。个人的生命会结束，朝代会兴亡，所有的一切在时间的意义上都会有所谓的结束，意识到这件事时，人会产生一种幻灭感。当我们觉得生命非常美好时，恐怕很难意识到生命有一天会结束。如果意识到生命会结束，不管离这个结束还有多远，就会开始有幻灭感。因为觉得当下所拥有的一切都是不确定的,在这个不确定的状态中,会特别想要追求刹那之间的感官快乐与美感。

白天快要过完了,心里有一种百无聊赖的感觉,有一种讲不出理由的闷,即"意不适"。晚唐的不快乐绝对不是大悲哀。李白的诗中有号啕痛哭,晚唐时只是感觉到闷闷的,有点淡淡的忧郁。在杜甫或李白的诗里都可以看到快乐与悲哀之间的巨大起伏;可是在李商隐的诗里,你永远看不到大声的呐喊或者呼叫,他就算要掉泪,也是暗暗地在一个角落里。"不适"用得非常有分寸,这种低迷的哀伤弥漫在晚唐时期,形成一种风气。

这种讲不出的不舒服要如何解脱呢?"驱车登古原",用现在的语言来讲,就是去散散心吧,疏解一下愁怀。乐游原是当时大家很喜欢去休闲娱乐的地方,这里用了"古"字,表示这个地方曾经繁华过。

曾经繁华过,现在不再繁华,作者的心情由此转到"夕阳无限好"——在郊外的平原上,看到灿烂的夕阳,觉得很美。"无限"两个字用得极好,讲出了作者的向往,他希望这"好"是无限的,可是因为是"夕阳",这愿望就难免荒谬。夕阳很灿烂,但终归是向晚的光线,接下来就是黑暗。诗人自己也明白,如此好的夕阳,"只是近黄昏"。二十个字当中,李商隐不讲自己的生命,而是描写了一个大时代的结束。

这首诗太像关于命运的签。大概每一个人出生之前就有一首诗在那里等着,一个国家、一个朝代,或许也有一首诗在那里等着。晚唐的诗也可以用这二十个字概括。已是快入夜的时刻,再好的生命也在趋向于没落,它的华丽是虚幻的。从这首诗里面,可以很明显地感觉到李商隐的美学组合了两种完全不相干的气质:极度华丽,又极度幻灭。通常被认为相反的美学特征,被李商隐融会在了一起。

李商隐的很多哀伤的感觉都是源于个人生命的幻灭,可以说是一种无奈吧;感觉到一个大时代在慢慢没落,个人无力挽回,难免会觉得哀伤;同时对华丽与美又有很大的眷恋与耽溺,所以他的诗里面有很多对华丽的回忆，回忆本身一定包含了当下的寂寞、孤独与某一种没落。这有点儿类似于白先勇的小说，他的家世曾经非常显赫，在巨大的历史变故之后，他一直活在对过去的回忆里。那个回忆太华丽，或者说太繁盛了，当他看到自己身处的现实时，就会有很大的哀伤。他写的"台北人"，某种程度上是没落的贵族。同时生活在台北的另外一些人，可能正在努力白手起家，与白先勇的心情绝对不一样。晚唐的文学中有一部分就是盛世将要结束的最后挽歌，挽歌是可以非常华丽的。

在西洋音乐史上，很多音乐家习惯在晚年为自己写安魂曲，比如大家很熟悉的莫扎特的《安魂曲》。他们写安魂曲的时候，那种心情就有一点像李商隐的诗，在一生的回忆之后，想把自己在历史中定位，可是因为死亡已经逼近，当然也非常感伤。在西方美学当中，将这一类文学叫作"décadence"，"décadence"翻译成中文就是"颓废"。一般的西洋文学批评，或者西洋美学，会专门论述颓废美学，或者颓废艺术。在十九世纪末的时候，波特莱尔的诗、魏尔伦的诗、兰波的诗，或者王尔德的文学创作，都被称为"颓废文学"或者"颓废美学"。还有一个术语叫作"世纪末文学"，当时的创作者感到十九世纪的极盛时期就要过去了，有一种感伤。"颓废"这两个字在汉字里的意思不好，我们说一个人很颓废，正面的意义很少。我们总觉得建筑物崩塌的样子是"颓"，"废"是被废掉了，可是"décadence"在法文当中是讲由极盛慢慢转到安静下来的状态，中间阶梯状的下降过程就叫作"décadence"，更像是很客观地叙述如日中天以后慢慢开始反省与沉思的状态。这个状态并没有什么不好，因为在极盛时代，人不会反省。

回忆也许让你觉得繁华已经过去，如果是反省的话，就会对繁华再思考。用季节来比喻更容易理解。比如夏天的时候，花木繁盛，我们去看花，觉得花很美。秋天，花凋零了，这个时候我们回忆曾经来过这里，这里曾经是一片繁花，会有一点感伤，觉得原来花是会凋零的。这其中当然有感伤的成分，可是也有反省的成分，因为开始去触碰生命的本质问题。所以我们说李商隐的诗是进入秋天的感觉、黄昏的感觉，在时间上他也总是喜欢写秋，写黄昏。

王国维说，人对于文学或者自己的生命，有三个不同阶段的领悟。他觉得人活着，吃饭，睡觉，谈恋爱，如果开始想到"我在吃饭，我在睡觉，我在谈恋爱"，开始有另外一个"我"在观察"我"的时候，是季节上入秋的状态。他曾经说人生的第一个境界是"昨夜西风凋碧树，独上高楼，望尽天涯路"。"西风"就是秋风，"凋碧树"，风把绿色的树叶全部吹走了，所以树变成了枯树。一个人走到高楼上，"望尽天涯路"。树叶都被吹光了，变成枯枝，才可以眺望到很远很远的路，如果树叶很茂密，视线会被挡住。一个年轻小伙子在精力很旺盛的时候，反省是很难的一件事，因为他正在热烈地追求生活。可是生活并不等同于生命，当他开始去领悟生命的时候，一定是碰到了令他感伤的事物。他开始发现生活并不是天长地久的繁盛，这个时候他会对生命有新的感悟。王国维描述的第一个境界就是把繁华拿掉，变成视觉上的"空"，我想这与李商隐在"驱车登古原"时所看到的灿烂晚霞是非常类似的。

我相信我们每一个人都有过这样的生命经验，在某一个白日将尽的时刻，感觉到某一种说不出来的闷。它绝对不是大痛苦，只是一种很闷的感觉，如果到西子湾去看满天的晚霞，你看到的绝对不止是夕阳，更能看到自己内在生命的某种状态。

当诗人看到"夕阳无限好，只是近黄昏"时，有很大的眷恋，没有眷恋，不会说夕阳无限好，就是因为觉得生命这么美好，时代这么美好，才会惋惜"只是近黄昏"。这两句诗写的是繁华与幻灭，舍不得是眷恋，舍得是幻灭，人生就是在这两者之间纠缠。如果全部舍了，大概就没有诗了；全部都眷恋也没有诗——只是眷恋，每天就去好好生活吧！从对繁华的眷恋，到感觉到幻灭，就开始舍得。我觉得李商隐就是在唯美的舍得与舍不得之间摇摆。

繁华的沉淀

很多人有一种误会，认为晚唐文学太追求对华丽的耽溺与对唯美的眷恋，有一种词汇上的堆砌。我一直觉得李商隐的诗并不完全如此，大家在读《暮秋独游曲江》的时候，可以很明显看到李商隐的诗非常贴近白话，他甚至不避讳使用重复的句子。

> 荷叶生时春恨生，荷叶枯时秋恨成。
> 深知身在情长在，怅望江头江水声。

"荷叶生时春恨生，荷叶枯时秋恨成"，就是用了重叠的手法。他讲看到了荷叶，荷叶在春天生长，荷叶在秋天枯萎，这只是一个现象。这个现象本身并没有主观的爱恨在里面。可是诗人的个人主观性加了进来，所谓"春恨生"、"秋恨成"中"恨"的主体都是诗人自己，正因为诗人有自己的执着，没有办法将这些当作客观世界中的一个现象。

诗人的多情是他自己加入的，荷叶生或者枯都与感情无关。诗人也许会回头来嘲笑自己情感太深，投射在荷叶的生与枯中，恨春天的来与秋天的去。客观的岁月的延续，加入了诗人主观的"恨"，所以他有点嘲弄地讲自己"深知身在情长在"，领悟到只要自己的肉体存在，大概情感也就永远存在，对于这种情感是没有办法完全舍得的。他对于美，对于自己所耽溺的这些事物，永远没有办法抛弃掉，"情"是与肉体同时存在的。

所以，诗人开始"怅望江头江水声"。这其中有些怅惘，有些感伤，还有期待与眷恋。"江水声"是描述江水流过的声音，当然也是在讲时间。中国文化中从孔子开始用水比喻时间——"逝者如斯夫，不舍昼夜"。李商隐在这里也是用江水来指代时间，在无限的时间当中，难免多有感触。如果与李白、杜甫相比较，可以很明显地感觉到在李商隐的晚唐世界当中，人开始沉静下来。我不觉得这种沉静全都是悲哀，还有一种繁华将尽时的沉淀感。大唐盛世就像是漫天都撒满了金银碎屑，非常华丽，现在这些都慢慢飘落下来，所以我觉得更准确的概括是"沉淀"。

晚唐是大唐繁华的沉淀，在这种沉淀当中，还可以看到疏疏落落的繁华在降落。另一方面诗人开始比较安静地去面对繁华，繁华当然可能真的是虚幻，其实虚幻本身也可能很华丽。在李商隐的世界当中，他对于大唐世界的描绘充满了华丽的经验，可是这些华丽的经验仿佛就是一场梦，刹那之间就过去了。安史之乱后，唐代盛世的故事全部变成了流传在民间的传奇，街头的人在讲着当年虢国夫人游春的时候是何种繁华胜景，宫里面头发都白了的宫女，讲当年唐玄宗年轻的时候如何如何，杨贵妃年轻时候多美多美，"白头宫女在，闲坐说玄宗"描述的就是这种状态。李商隐写的繁华是过去了的繁华，他自己已然不在繁华中了。

晚唐的诗歌很有趣，是繁华过了以后对繁华的追忆，等于生命同时看到荷叶生与荷叶枯，眷恋与舍得两种情感都有，这其实是扩大了的生命经验。如果生命只能够面对春夏，不能够面对秋冬，也是不成熟的生命。我们应该了解生命的本质与未来的走向，如果在眷恋荷花盛放的时候，拒绝荷花会枯萎这件事情，是不成熟的。在生命里最眷爱的人，有一天也会与我们分别。明白了这些，情感可以更深。从这个角度去看晚唐文学，能够看到这一时期的创作者对人生经验的扩大。盛唐时期像青少年，太年轻，年轻到不知道生命背后还有很多无常在等着。李商隐是一位很惊人的艺术家，他竟然可以将生命的复杂体验书写到这种程度。

抽象与象征

与李白、杜甫相比，李商隐的诗叙事性更少。李白的《长干行》开篇就是"妾发初覆额，折花门前剧，郎骑竹马来，绕床弄青梅"，有一个故事在发展。杜甫的诗叙事性也很强，《石壕吏》中"暮投石壕村，有吏夜捉人"也是叙事。李商隐的诗最大的特征是把故事全部抽离。荷叶在什么

地方，当时是什么时间，他都不太界定，对事物是比较抽象的描述。可以说晚唐的诗摆脱了叙事诗的限制。

李商隐的风格比较接近"象征"，象征主义是借用的西方美学的名称，特别是指十九世纪末期波特莱尔、魏尔伦、兰波、王尔德这些作家的创作风格。

王尔德很有名的童话都是采用象征手法。他曾经写过，有一个大学生爱上一个女孩，那个女孩要他送一些盛放的红玫瑰给自己，才答应和他跳舞。可是大学生的花园里一朵玫瑰也没有，他哭了起来。哭声被一只夜莺听到了，它感受到了这个青年男子内心的爱和落寞，决定为他完成这个心愿。于是，它把自己的心口贴在玫瑰树的刺上开始唱歌，鲜血灌注进树的"血管"，一夜之间，红玫瑰的花瓣次第开放。在这个故事中，王尔德用象征主义手法描述了如果用生命去付出，用心血去灌溉，绝美的奇迹就会发生，很像李商隐写的"身在情长在"。第二天，大学生在窗外看到了一朵盛放的红玫瑰，但他没有看到底下有一只夜莺的尸体。这就是所谓象征主义的文学，常常用寓言或者典故来书写个体的生命经验。

我不鼓励大家去读那些有关李商隐诗句的注解，越注解离本意越远。有时候我对学生说，我很喜欢李商隐。他们问读哪一个版本的注解，我说读王尔德吧。我觉得王尔德是对李商隐最好的注解，一个在英国，一个在西安，一个在十九世纪，一个在九世纪，可是他们仿佛是同一个人，关注的内容是那么相似。他们分别用汉语和英语写作，不同的语言却有相同的意象，他们都喜欢写月光，喜欢写莺，喜欢写一些华丽与幻灭之间的交替。从这样一个角度，大家可以进到李商隐的诗歌世界，慢慢感觉到，我们自己的生命里大概曾经有过李白那样的感觉，曾经希望豪迈和辽阔；我们大概也有过杜甫那种对现世的悲哀，偶然走到街头，看到一个穷困的人，希望能写出《石壕吏》中的悲情；但我们的生命也有一个部分，很接近李商隐那种非常个人化的感受。李商隐的诗中有非常私情的部分，他大多数时候都是在面对自己的私情。

深知身在情长在

李商隐写过很多无题诗。没有其他任何一个中国诗人写过这么多无题诗。为什么叫作"无题"？因为他根本不是在叙事。如果不是叙事，题目就不重要，而成为一种象征。李商隐似乎有意地要把自己与社会的世俗隔离开来，在这个过程中，他的内心情感经历了一个不可言喻的转变。之所以说不可言喻，是因为可能世俗道德不能够了解，最后他决定用最孤独的方式实现自我完成，就像把心脏贴在玫瑰的刺上去唱歌的夜莺一样。这是他对自己生命的一个完成，所以他的孤独、苍凉与美丽都是他自己的，与他人无关。中国正统文学是以儒家为尊崇，李商隐这样的诗人不会受到很大的重视，因为他私情太多，甚至会因此而受到批评。

我相信很多人私下里那么爱读李商隐，是因为其实借着李商隐，我们的私情可以得到部分的满足与疏解。我们读到他的"相见时难别亦难"，这么通俗的句子，就觉得他说出来了几千年来人类最难的事情。见也难，不见也难，见面的时候就可能吵架，觉得还是不要见好，不见的时候又开始觉得好想见面，这么纠结的感受，李商隐七个字就讲完了。

李商隐面对自己的私情时非常诚实。这种题材很难写，因为在正统文化的框架中，通常人们不太敢表达，与一个人相见难、分别难，这样私人的情感怎么好意思写成诗？如果是告别后去卫国戍边，自然可以写成一篇文章。这样一想，就会珍惜李商隐，因为他在讲究"文以载道"的时代，竟然写出"相见时难别亦难"这种关注私情的句子，平衡了"文以载道"忽略的另外一个空间。

文以载道不见得不对，杜甫的《石壕吏》读了令人悲痛到极点，杜甫将他自身的生命体验扩大到对偶然遇到的人的关心，与李商隐写的私情并无冲突。文学史上最大的误解是如果没有杜甫，就不可能有其他文学。如果没有李白，会有杜甫；如果没有杜甫，会有李商隐。文学世界最迷人的地方是每一个生命都有不同的自我完成的方式。正因为此，李商隐的私情诗才会有伟大的地位。过去文学史上将他的诗称为艳情诗，"艳情"这两个字在我们的文化当中有贬低的意义。一个人好好的，不去谈忠孝，而是去写艳情，其实有瞧不起的意味在里面。

李商隐的艳情诗中有不少"无题"，好像没有对象，或者对象不清楚，这就更麻烦了。以前的那些注解非常有趣，有人说他是跟女道士谈恋爱，还有人说他是在偷偷跟后宫的宫女谈恋爱，到现在都不知道到底是谁。

李商隐爱的对象到底是谁？我觉得如果看到荷叶的荣枯都会有感触的诗人，他第一个恋爱对象绝对是自己。一个真正懂得爱人的人，第一个爱的对象就应该是自己。先爱自己，然后再扩大，"深知身在情长在，怅望江头江水声"的"身在"，是他最大的恋爱对象。因为爱自己的生命存在，所以珍惜自己生命存在的周遭，他会珍惜夕阳，珍惜荷叶，珍惜蜡烛，珍惜春蚕。李商隐为什么是最好的象征主义诗人？因为在他的诗歌当中，他把自己转化成荷叶了，当他看到"荷叶生时春恨生，荷叶枯时秋恨成"，你会发现他讲的不是荷叶，而是他自己，这是讲他自己的生命曾经有过青春，将要面临枯萎凋零的沧桑晚年。

一直到最后，对于时间的永续无尽还是觉得无奈。这样就完全懂了——他根本一直在写自己。我们来看他的一首《无题》。

相见时难别亦难，东风无力百花残。
春蚕到死丝方尽，蜡炬成灰泪始干。
晓镜但愁云鬓改，夜吟应觉月光寒。
蓬山此去无多路，青鸟殷勤为探看。

"相见时难别亦难，东风无力百花残。"风都没有力量吹起来了。李白曾经写过"长风几万里，吹度玉门关"，现在是"东风无力百花残"，诗真的是可以反映一个时代的命运。亚里士多德曾经说诗比历史还要真实，我相信每个人、每个时代都有一首诗在等着。这几乎是一种谶语，象征了一个时代的状况，我们完全不能解释为什么晚唐诗人再也写不出"长风几万里"这样的句子，好像空间没有办法开阔，生命没有办法辽阔。初唐的诗人几乎都到塞外去过，走过荒凉大漠，所以生命经验是不同的，生命体能也是不同的。到了晚唐，在繁华开始没落的长安城当中，诗人们有很多的回忆，开始怀旧，在回忆与怀旧当中，诗歌体例也比较衰颓。"东风无力百花残"，完全是晚唐的写照，还是一个大花园，还有百花，可是已经残败了。

李商隐用了很多意象，都是黄昏、夕阳、残花、枯叶这一类的。晚唐的靡丽风格非常明显，他想要为他的时代留下一点证明，虽然不是在春夏般的盛世，可是这个时代也是好的。同时代的杜牧还曾经写过"停车坐爱枫林晚，霜叶红于二月花"。秋天时节，百花枯萎，被霜打过以后的红叶，比二月的花还要红。似乎在说虽然我的时代已经是秋天，可是这个秋天不见得比春天差，可以欣赏春花的人，也许可以欣赏红叶。

在日本，赏枫和赏樱是一样的盛事。秋天一样有季节的美，有一种哀伤，李商隐的诗中有种安于生活在晚唐的感觉。一个创作者了解自己身处的时代，是非常重要的。我过去常常说，年轻的时候总是觉得很不服气，总觉得自己的时代是大唐盛世，写东西，总希望写出李白那种"长风几万里"的感觉。如果刻意发出大声音，声音又不够厚，就会很单薄。我形容李白的声音是一种高音，在很多人的声音中你一下就可以听到他。高音的基础是气度宽厚，音高上来的时候，能够冲得很高。如果音域不是那么宽，硬要唱，嗓子就破了，就会变得沙哑。好好唱自己的低音，也许是更好的选择。李商隐就是低迷的声音，委婉而细腻，他绝对不故意去雄壮。雄壮也不可能故意为之，一个时代已经过去了，已经没有了"明月出天山"的气度与气魄，不如用另外的方式来了解这个时代，也了解自己的生命状态。

李商隐的诗是有革命性的，我用"革命性"，也许大家觉得很不恰当，因为很少人这样来评论李商隐。我的意思是说，我们常常忽略有一种革命是观念的革命。

为什么当时的人去为李商隐的诗做注解，始终觉得最难？我读书的时候，跟着俞大纲先生（已经去世）读李商隐的诗，俞大纲先生还是说李商隐的诗最不可解。李商隐的诗有太多的无题，这说明诗人本来就没有给你题目方面的暗示，你不知道他在写什么。我一直觉得这是李商隐了不起的地方。他所有的暗示都在文字本身，"夕阳无限好，只是近黄昏"，难道不够清楚吗？还要一个题目吗？如果要题目来指导我们读诗的话，我想已经不是诗了。我一直觉得历来对李商隐的注解意在把它扭转到正统文化里，希望他写"相见时难别亦难"可能讲的不是某一个爱人吧。很多人把这句诗解释成李商隐是在写他与令狐楚、令狐绹的关系，因为他曾经受到令狐家族的重用。后来王茂元重用他，他又到王茂元家里做事，令狐楚、令狐绹就觉得李商隐有点背叛了他们的家族。这样来解释"相见时难别亦难"，真是让人倒胃口。

传统的文学史，在面对李商隐的时候似乎一直在找大帽子，不能接受一首诗没有大帽子，所以觉得他的诗不可解。如果把大帽子拿掉，怎么会不可解？"相见时难别亦难"，不是清楚得不得了吗？就是见面很难，不见面也很难。就这么简单。私情的对象是谁，有那么重要吗？我们有爱的渴求时，对象有时候是甲，也有可能变成乙。当是甲的时候，似乎只能是甲，可是常常发现没有那个甲，一定会有乙出现，李商隐最了不起的一点就是把这些不确定的人物都拿掉了。他就是写一个状态，每一个人读到这句诗，都吓一跳，说他怎么在写我。李商隐在写所有的人，因为所有人的情感状态都是这样。他写的是生命里面的两难。

私情的基础是自己，所以李商隐才会用象征主义的方法去说"春蚕到死丝方尽"。他看到有人在养蚕，蚕长到一个程度开始吐丝，一直吐一直吐，一直缠绕一直缠绕，把自己包裹在里面，然后死在里面。他在讲蚕吗？当然不是，是在讲自己。这句诗写的还是"深知身在情长在"，只要这个肉身存在，烦恼、情感纠缠就没有终结。"蜡炬成灰泪始干"，和一个朋友在那边点了一根蜡烛聊天，看着一滴一滴的蜡泪流下来，就觉得蜡烛大概

第七讲 李商隐　209

一直要烧到全部变成灰，蜡泪才会停止。这里讲的是蜡烛吗？当然也不是，还是在讲自己。

春蚕到死，蜡炬成灰，其实都是在讲诗人自己，与王尔德一样是意象的投射，所以我认为李商隐是最好的象征派诗人。象征派不在意讲事件，不在意讲谁，在意讲生命的状态，用象征的方法把生命比喻出来。我们每一个人可能都是春蚕，都是蜡炬。诗人只是点醒我们生命有这样一个状态，我们所爱的，是一个人也好，是一个物也好，或者是一个工作也好，那个生命到底有意义或者没有意义不是最重要的部分，这个过程中不断地燃烧才是最重要的。如果一定讲究"文以载道"，就会说蜡炬成灰是因为照亮了别人。李商隐没有这样写，他就是讲你自己完成了，是蜡烛自己把泪流完了，照亮不照亮别人，不是他要追求的，他不要这么功利。"文以载道"的文学传统始终无法将李商隐纳入进去。"春蚕到死丝方尽，蜡炬成灰泪始干"之所以能感动我们不是因为李商隐，是因为我们自己的生命就是这样的状态，我们自己被自己感动了。你可能爱过一个人，爱到这种程度，你可能爱一个工作爱到这种程度。一个女孩子在生命最美的时候出了车祸，变成植物人，父亲母亲照顾她一生，这也是春蚕到死与蜡炬成灰。这种情感是完全可以扩大的。

象征主义最了不起的地方，是它描述的不是狭隘的情感，而是可能让我们在不经意间忽然有所感受。比如我刚才举的这个例子，当我在报上读到照顾女儿照顾了三十年的父母，觉得真是春蚕到死，别人都说你看他们付出这么多，牺牲这么多……可是这些不重要，重要的是说你生命中是不是有一个对象可以让你这样付出。如果有一天你生命中没有什么可以让你这样付出，那是一个悲哀。你会发现李商隐写的春蚕到死与蜡炬成灰，更大的意义是说生命必须要为自己找到一个值得付出的对象。有这样一个对象，生命怎么去受苦，都是快乐。在这种付出中，生命会饱满，获得意义，如果找不到这个对象，反而是悲哀的。

李商隐的诗句能在文学史上有这么重要的位置，是因为他说出了我们

生命情怀里面最深的一个部分。台北八德路那边有一个卖小吃的，他很得意，每次都说你只要说不好吃，就可以不付钱。没有一个人说这一句话。这么多年他只有四张桌子。我从中学时代就吃他做的东西，现在他已经白发苍苍，还在弄他的小吃摊，看到他我就觉得真是春蚕到死、蜡炬成灰。这其实是一种快乐，我觉得蜡炬成灰与春蚕到死都在讲热情，而不是悲哀。我非常不喜欢一般人把这两个句子解释成悲哀，如果是悲哀，我绝对不会整天写这两个句子送给朋友。我每次送这两个句子给朋友，朋友就说很感动。这两句诗写的是热情——活着有没有热情，有没有自己执着的事情？林黛玉也是一个典型，她一生要把泪流完，她就是要用这个方式把她生命中某些东西释放掉。她与贾宝玉有没有关系也不重要，不可解的原因使她在热情当中不断燃烧。

李白的诗与杜甫的诗意象用得比较少，象征主义最大的特征就是用很多意象来阐述，而不是直接书写。我觉得李商隐很了不起的地方是他可以在意象与现实的描绘当中有一点游离。"相见时难别亦难，东风无力百花残"，是一个直接描述；"春蚕到死丝方尽，蜡炬成灰泪始干"是象征，然后又转回来，在这里可以看到他一直在做游移。"晓镜但愁云鬓改"，"晓"是早上，早上在镜子里看到自己的鬓角已经出现了白色的头发，有一点哀伤，又回到了对自身的描述。"夜吟应觉月光寒"，到晚上很晚的时候，还在那边念诗，应该感觉到照在身上的月光已经是非常寒冷了。"晓镜但愁"与"夜吟应觉"都是在讲春蚕与蜡炬，这是一个对生命有所眷恋的人。他满怀热情，忽然发现前面有终结点。"晓镜但愁云鬓改"，感觉到时间不多了，"夜吟应觉月光寒"，自己还在写诗。写诗就是李商隐的春蚕和蜡炬，他一生就是要把诗写完。这里又有一点抽离，仿佛是另外一个人在说，月光这么冷，夜晚这么冷，你还在那边写诗。似乎是在受苦，但因为前面有春蚕、蜡炬，我们只觉得是因为热情。这两句诗是诗人热情的表白。

李商隐最有名的无题诗，是写和女道士的关系吗？是写和宫女的关系吗？我觉得今天我们大可以把这些题目做更大胆的假设与改换。我相信里面有一个自己的肉身存在,"深知身在情长在"恐怕是真正的主题,他眷恋的一直是与自己生命的关联性。

更持红烛赏残花

《花下醉》,一看题目就感觉到晚唐气象。

寻芳不觉醉流霞,倚树沉眠日已斜。
客散酒醒深夜后,更持红烛赏残花。

"花"与"醉"是两个意象,花是繁华、华丽,醉是颓废、耽溺、感伤。"寻芳不觉醉流霞",花有一点远,所以才要寻芳,当然这个花可能是自然界的花,也可能是某一个美丽的女子,或者自己生命里眷恋过的某一种情感。他不知不觉为流霞美酒所沉醉,另一方面,流霞也在极言花之炫美,令人倾心。这种经验不是文字的堆砌,是更精致的感觉的捕捉。"醉"与"霞",本来是两个没有关系的字,但组合出来的意象非常丰富,好像鲜花变成了一个人酡红的脸庞。

象征主义常常被形容成万花筒,里面的东西其实不多,可是转动的时候,产生的交错经验非常多。象征主义的美术、文学都是类似于万花筒的经验,我们用四个字来形容叫作"错综迷离",不是直接可以注解的,必须用比喻的方法。注解李商隐最好的恐怕是王尔德,直接用王尔德去注解他,恐怕更容易懂。

"倚树沉眠日已斜",靠着树边沉眠,也很有晚唐的感觉,有点低沉,有点困倦,有点慵懒。我们会发现在盛唐时代,每一个诗人都精力旺盛,拼命想要跑来跑去。到晚唐的时候,大家都有一点累了,想要睡觉。象征主义的诗似乎都和慵懒的情感有关,有一点对于万事万物都不那么带劲的感觉,不那么向外追逐。一个阶段之后,向外的追逐转成向内的安定,晚唐时期这样的转变非常明显。前面的人都在往外征服，忽然发现心都空掉了，向外征服的意义何在？所以开始回来讲自己。即使在盛唐时期，像王维这样最有反省意识的诗人写的也是"大漠孤烟直，长河落日圆"，现在却是"倚树沉眠日已斜"。

我们看过的李商隐的这几首诗，整个背景经验全部是晚霞、夕阳。好像盛唐时期的诗人看到的都是朝日与月圆，晚唐时期的诗人看到的都是孤星与晚霞。这里面很明显写的是心事，而不是风景。

后面的两句，是最常被引用的："客散酒醒深夜后，更持红烛赏残花。"如果你有一天举办一个很盛大的生日宴会，杯盘狼藉、宾客散尽的那一刹那，大概是最孤独的时刻。那一刹那之间，会有巨大的荒凉感。悉达多太子在二十九岁出家时，就是这个状态，忽然酒醒过来，看到旁边陪伴他的宫女、妻妾，有一种荒凉感。那是他第一次出走。生命里面的"客散酒醒"是非常重要的时刻，我不认为李商隐是在讲宴会的状态，我觉得"客散酒醒"是在讲大唐盛世的远去，李白走了，杜甫走了，王维走了，大时代的风云人物全部走完了，人们也从那种陶醉中醒过来了，其实就是我们刚才讲的可以反省的时刻。

最后一个句子，"更持红烛赏残花"，完全是晚唐的感觉：只剩一个人了，这么荒凉，这么孤独，把红色的蜡烛重新点起来，拿着蜡烛再去看已经残败的花。红烛是华丽的，是暖色调，相对于残与花，又把繁华与幻灭放在一起，把华丽与感伤放在一起。李白的诗喜欢用"金"，李商隐的诗很喜欢用"红"，他的红总是和残、冷在一起出现。从象征诗派的意象来看，他用字非常精准。这其中是不是有一种眷恋？好像花都已经败落了，也知道大时代的繁华已经走完，可还是不甘心，还是无奈，还是愿意拿着蜡烛再去看一看最后的残花。

大时代的没落经验已经呼之欲出，这是为什么我们一再提到诗的时代象征性是所有艺术形式当中最高的。诗歌比绘画、音乐、小说或散文的象征性都要高，因为很精简，就是很简单直接地把感觉说出来。"夕阳无限

第七讲 李商隐

好,只是近黄昏"或者"更持红烛赏残花",表达的都是同一种感觉。我们很熟悉的晚唐诗还有"留得残荷听雨声"。夏天已经过完了,荷叶都已经残败了,照理讲应该把它收掉了,可是诗人跟园丁说:"不要把荷叶收掉,把残败的荷叶留在那边吧!"那个人就问:"荷叶都已经枯掉,这么难看,留着干什么?"诗人说:"留得残荷听雨声。"下雨的时候雨打到枯掉的荷叶上,有一种美好的声音。这是非常明显的晚唐经验,即繁华盛世没有了,在一个有点萎靡、有点慵懒、有点困倦的时代里面,努力为自己找到一点生命的美好。

人间重晚晴

李商隐还写过一首《晚晴》。

深居俯夹城,春去夏犹清。
天意怜幽草,人间重晚晴。
并添高阁迥,微注小窗明。
越鸟巢干后,归飞体更轻。

晚晴,就是雨下了好久天气才晴朗起来,特别值得珍惜,现在我们不是用"晚晴"来形容老年的美好吗?"天意怜幽草",好像老天有一种特别的眷爱,会重视到这些卑微的生命。"晚晴"这两个字也用得非常妙,"向晚意不适"中也是在讲"晚",李商隐力图为"晚"找到一个存在的意义与理由。生命没有哪一个阶段一定是最好,生命的每一个阶段都可能是好,早晴和晚晴是两种不同的意义。这里面就产生了文学艺术创作非常重要的一个意义,就是可以为人生的每一个状态提出一个价值。在悲悯自己、哀怜自己,在自己不是属于大时代的难过与哀伤当中,忽然读到个句子,也会转成"人间重晚晴",有一种开心。

从这个角度去解读，大家可能会同意，也许李商隐不见得是把我们带引到哀伤、没落、颓废境界的诗人，与之相反，因为他的时代充满了哀伤、没落、颓废，他希望在哀伤、没落、颓废中找到一点生命存在的理由，所以"人间重晚晴"这个句子才会有特别的意义。李商隐的整个语调，是比较低迷的，也就是他自己讲的"沉眠"这种感觉。他不太发出雄壮的高音，所以"并添高阁迥"，总觉得这个诗人老是在层层叠叠的楼上的廊中绕来绕去。即使到了中年，生命已经有一点没落，他还可以有心事在回绕。即使是孤独，还可以和自己对话。

"微注小窗明"也是在李白的诗里从来不会看到的句子。这是在讲光线，诗人坐在窗边读书，窗边的光线非常少，他还是借着小窗的明亮在读诗，所以用"微注"，从窗外微微有一点光线透进来，你会觉得他非常珍惜这点光线。李商隐的诗背后一直有晚霞、秋天，有一种晚景，晚景可以是凄凉，也可以从凄凉里面转出另外一种温暖。"微注小窗明"没有"长风几万里"的气魄，可是从这些微光中，会感觉到不可言喻的喜悦。

尤其对很多中年朋友来说，我想李商隐是很重要的。生命在某一些时刻里面，会感觉到自己最好的时间过去了，会有一点沮丧，有一点颓败。可是李商隐的诗常常让我们感觉到生命并不是这样的状况，生命并没有所谓的极盛与极衰，生命其实处于流转的过程当中。李商隐对繁华的回忆，可能是一种喜悦的感觉，甚至比较平静，因为平静，所以用"微注"这两个字。这两个字很难用，在我自己写诗的经验里，一个诗人用到这么细微的字是难度很大的。这其中有一种珍惜。我们会回忆到自己的一些经历，如果是阴天，外边飘着细雨，那个时刻如果你拿起一本诗集来读，从窗外进来的光，诗中的景象感觉会出来，好像不再是骑在马上驰骋沙场的这种经验，而是回到自己家中小小的角落，找到自己生命的另外一种意义。唐朝很精彩，年轻的时候曾经驰骋沙场的那些人，现在在李商隐的世界里，忽然可以静下来读一卷发黄的诗页。那种感觉其实是非常迷人的。

二十世纪七十年代，台湾工商业起飞，是精力旺盛的时代。那时努力打拼的英雄已陆续进入中年，如果当年他们是三十岁的话，现在大概都是五六十岁了。最近我碰到一些企业界的朋友，都在说"我想做什么"，这个时候你会发现他很需要"微注小窗明"的那种安分与自在。可是有些回不来了，因为他已经热闹过头了，再也找不到"微注小窗明"的这种快乐。一个人忽然想读诗，一定是产生了空虚感。

　　一个赫赫有名的人坐在我对面，跟我讲《商业周刊》报道他最近两周股票市值少了九百亿。他说九百亿又怎么样，其实就是一个数字，对他来讲，二十年来，那九百亿从来没有真正在他手上存在过，只是一个数字。他这样讲着讲着，我忽然觉得好凄凉。事实上他讲九百亿我没有感觉，如果讲五十块钱我会比较有感觉。可是我没有想到，对他来讲《商业周刊》上报道他的九百亿，他也没有感觉。这个时候我忽然体会到他的落寞。他说他想收一点字画，我说太容易了，你那个九百亿随便一买都买一大堆。可是这不是重点，重点是能不能回来"微注小窗明"，有一个自己家里的角落，可以静下来坐在那里，面前是什么书，反而不是最重要的。李商隐的晚唐经验，其实是在繁华过了之后如何去整顿自己。

　　我觉得整顿自己是李商隐诗的重点，当他讲荷叶、春蚕、蜡炬等种种不同意象时，其实一直在讲他自己，因为他要整顿自己。这首《晚晴》里面，属于中年的某一种沧桑感非常明显。"越鸟巢干后"，向南飞的鸟，它的巢已经干了，"归飞体更轻"，这里面很明显的意象就是回家。"归飞"就是李商隐要讲的怎么整顿自己，怎么找回自己生命本体的经验，而不再是向外追逐。

　　最重要的问题是怎么回来做自己，只有生命中有了那个貌似不重要的小小时刻，生命才能自我实现和完成。我想李商隐有一点参禅的经验，当他发现自己对于很多华丽的东西没有那么大的野心了，更大的企图心是回来做自己。回来做自己是更大的野心，在所有东西都追求完了之后，这个野心是更难完成的一部分。

此情可待成追忆

《锦瑟》可能是大家最熟悉的李商隐的几首诗之一，也是我自己这几年最喜欢写的一首作品，这首诗可以说把李商隐运用典故、运用象征、运用意象的写作方法发展到极致了。

> 锦瑟无端五十弦，一弦一柱思华年。
> 庄生晓梦迷蝴蝶，望帝春心托杜鹃。
> 沧海月明珠有泪，蓝田日暖玉生烟。
> 此情可待成追忆，只是当时已惘然。

有趣的是，一开始他所使用的技巧并不复杂，而是用了比较直接的方法。"锦瑟无端五十弦"是很没有来由的一个写法，如果在"文以载道"的文学传统当中，会对这一句有很多猜测，最早很多人认为这首诗是李商隐对于自己接近五十岁生日的一个描述，因为他四十六岁左右去世。当然对于他的生卒年月现在讲法不一，一般的年谱认为李商隐四十六岁死亡，也有说七十二岁的，差别非常大。我想四十六岁与七十二岁在生命经验上是非常不一样的。

在这些客观资料非常不确定的状况下，"锦瑟无端五十弦"是不是在讲他接近五十岁时的生命经验的感叹，是可以有部分保留的。我觉得这首诗，可以看到诗人在他的中年时期很明显的一种心事。我喜欢这一句的主要原因是"无端"两个字。"无端"就是没有原因、没来由。我们常常会觉得只有到某一个年龄，才会发现"无端"。年轻的时候过生日，二十二岁、二十三岁在那边斤斤计较，到某一个时候忽然觉得"无端"，"无端"就是岁月累积到一个时候，忽然觉得怎么这么快。他弹着琴，忽然觉得瑟为什么是五十根弦，好像也在说为什么生命匆匆就过了五十年，也许有这样的类比，不见得一定要联系在一起。我一再强调，象征诗派的意象运用可能性非常大，我会越来越跳开逐字逐句的解释方法，希望大家能够用看万花筒的方法，把李商隐的句子打碎，重新组合，这里面会产生很多迷离的经验。之所以这么说，是因为本来就不是一个清楚的逻辑，如果非要整理出清楚的逻辑，对诗本身会是很大的伤害。《锦瑟》这首诗是李商隐最精彩的作品，里面迷离的经验特别明显。

"锦瑟无端五十弦"，我们感觉到一种很深的感触：没有理由怎么就五十了？"一弦一柱思华年"，用手拨的丝线叫作"弦"，"柱"是左手去移动的支撑着弦的东西。弹古筝的朋友可能知道，支撑弦的三角形的那个东西叫作"柱"，右手在弹的时候，左手要移动柱，等于是调音。"一弦一柱"是在讲弹琴的时候手的动作，"思华年"，演奏者或者歌唱者在演奏、歌唱时，其实是在一句一句地思念自己慢慢消失的华年。这两句都不引用典故，而是直接书写，可还是很难解释，因为李商隐直接把心情讲出来，如果要追求原因、结果，什么也找不到。他只是把生命里面的一个经验切片，让你感触到。

最精彩的是下面两句："庄生晓梦迷蝴蝶，望帝春心托杜鹃。"一个人回忆自己的一生，回忆自己生命最美好的部分，到底生命为什么值得眷恋？生命到底是什么样的状态？象征派的诗人给出的解答竟然与"文以载道派"的文人完全不同。

"文以载道派"很可能认为生命的意义在于孝、忠，但李商隐提出来的答案是非常茫然的，"庄生晓梦迷蝴蝶"，用了典故，庄子早上起来发现刚才做了梦，梦到自己变成了蝴蝶，在天空上到处翩翩飞舞。他想刚才我是庄子吗？还是我刚才是蝴蝶？是我梦到蝴蝶吗？还是蝴蝶梦到我？他对于生命的现实与非现实在刹那之间产生了不确定感。七个字当中最重要一个字可能是"迷"，这个"迷"可能是迷恋，也可能是迷失，两个迷都是生命的彷徨经验，都是生命当中的某一种非理性的状态，这个字被用在庄子的典故当中，变成生命不可知的一个意象。我们没有办法真正知道到底答案是什么，所有的注解都是越注解越糟糕，因为这七个字本身就是答案。

谜底就在谜面当中。我们总是以为有谜底，可是谜题就已经是谜底了。

我觉得象征主义的诗都应该用这样的方法来看。注解李商隐的诗更好的方法，当然是大家回忆自己的某一个经验。譬如说你可能在某一天有过一个梦境，梦醒一刹那，会觉得刚才那个东西那么真实，又开始觉得它不真实。这是人生的经验，是在真实与不真实之间的感受。

下一句"望帝春心托杜鹃"。重点在"托"，生命是茫然的，生命的真理、道理并不清楚，我们迷惑、迷失、迷恋，可是热情还在，"托"是全部付托。这里又用了一个典故，读过中国美术史的朋友都知道这个典故。三星堆出土的文物中，画着一个长着鸟的身体和人的脸的皇帝，叫作杜宇，他站在一朵花前面。他把皇帝的位置让给别人，自己就化成一只鸟，每当春天来临之前，他会一直叫，把春天叫回来，叫到最后他的血会喷出来，染红一种白色的花，就是杜鹃。

这个故事非常像王尔德写的夜莺，二者都有一种生命的热情。春蚕也好，蜡炬也好，夜莺也好，都在讲同一个东西，就是生命的热情，生命的燃烧。杜宇后来被视为希望的皇帝，就是把春天叫回来的皇帝，大家叫他"望帝"。"望帝春心"，春天的时候他所有的心愿就是去染红杜鹃。

第一句的重点在"迷"，第二句的重点在"托"。我觉得象征诗派的意象优劣在于用字的精准与否。"迷"是迷惑、迷恋、迷失，"托"是付托、寄托，将生命全部都托付在这件事情上，去完成这件事情。

下面两句诗是大家最熟悉的："沧海月明珠有泪，蓝田日暖玉生烟。"这两句诗完全是用意象组成的，沧海是一个意象，月明是一个意象，珍珠是一个意象，泪水是一个意象。李商隐把四个意象放在一起，只是给我们看海洋、月亮、珍珠、泪水，这里面有很多古代的传说。传说在夜晚月圆的时候，蚌壳会一一打开，让它的珍珠去吸收月亮的精华。这是一个很美丽的意象，你会感觉到某一个月圆的晚上，海洋中所有的蚌壳全部张开来，一粒一粒圆形的珍珠与天空上的明月之间有了关系。另外一个传说是"鲛人"，其实就是中国的美人鱼的故事，她在月圆的晚上会一边唱歌一边哭，她掉下来的每一滴泪水全部变成珍珠。这两个传说合成了"沧海月明珠有泪"。他并没有讲到底生命是什么,只是让大家觉得生命是这样的状态,这个状态与春蚕的状态、蜡炬的状态完全一样。日日夜夜你都有一个自己想要完成的目标,珍珠要变圆,泪水不断地流,月亮缺了再圆,海洋中的潮汐来来去去。其实李商隐在讲大自然当中所有生命的状态,不过就是一个意象,在讲生命无怨无悔、永续不断的状态。

我们会觉得这大概是李商隐最美的句子,也是大家常常引用的句子,事实上他就是运用四个意象:沧海、月明、珠、有泪。每次把这首诗翻译成法文、英文给朋友看,都觉得一塌糊涂,因为法文、英文的文法太严格,一定要有主词、受词。怎么解释珍珠有眼泪呢?最后就乱七八糟了。汉字最适合这样来表达,因为所有的意象全部是独立的。我觉得汉诗最适合象征诗派,非常短,非常精简,能够把意象用到最浑圆的状态,其中完全是一种迷离的经验。大家会不会觉得,沧海、月明、珠、有泪,很像万花筒中那种晶莹的经验,好像在看折射的光。汉诗不仅是叙事,更是一种迷离错综的经验,竟然可以把生命里面的某一个复杂得讲不清楚的东西,用这七个字写出来,这就是诗歌中意象的重要性。诗的意象,是生命经验的再现。

"望帝春心托杜鹃"之后,转到"沧海月明珠有泪",是一个生命经验、热情的扩大,在春天有一只鸟那样把春天叫回来。我们不知道在睡着的夜晚,皓月当空时,月光与海洋、珍珠之间的关系。"沧海月明珠有泪"里有一种好大的情感。"珠"与"泪",都是客观的,只要加上"有"字,就有了主观性。珍珠有了眼泪,这是李商隐最厉害的地方,他用了一般诗人最不会用的字——"有",这是很难用的字。"荷叶生时春恨生"中他用了"恨",如果是"荷叶生时春生"就没有那么大的意思了,"恨"字一放进去,有了主观意象。"珠有泪"的关键是"有"字,"有"字一放,意境全出。

"蓝田日暖玉生烟"也是一个典故。蓝田是产玉的地方,传说当地地底下有宝物,白天的时候,那个地方就会冒出一层烟雾。"蓝田日暖"是说太阳升起来的时候,地底下的玉会生出一种烟。这个意象很朦胧,蓝田

是一个地名，太阳暖了是一个意象，玉是一个意象，烟是一个意象，李商隐把这些意象组合在一起。珍珠和泪有形状上的连接，因为都是圆的、透明的。玉与烟好像更难连接，可是玉里面有一种温润，烟里面好像有一种向往，似乎也是可以联系在一起的。

李商隐把人的生命经验复杂化，这样讲起来，我们会发现最美的这四句诗，都是在讲他给自己的答案，就是自己的生命到底是什么样的状态，到底有什么价值，到底有什么意义。那些"文以载道"的内容他好像都没有，不过是回来完成自己的私情，所以最后宁可说他的生命意义就像庄子梦到蝴蝶，像望帝在春天把花染红，像月圆之夜的大海里面珍珠的形成，像地底下被深藏的玉，即使在最不被了解的状况里，还会冒烟，去感觉太阳的温暖。这是四个生命的经验。诗人在"思华年"的过程当中，为自己找到了四种生命不同的状况。

"此情可待成追忆"，李商隐每一次用了很多意象之后，就会转回来直接书写，这是他很成功的地方。通常象征派的诗人是比较小众的诗人，因为意象用得多，一般人不是很容易懂。比如在二十世纪六十、七十年代的台湾，意象用得多的诗人像洛夫、商禽，一般人不是很容易进入他们的诗歌世界。郑愁予的诗很多人都喜欢读，因为他没有用到那么复杂的意象。李商隐意象用得极好，我觉得他是中国诗人用意象用得最好的，可是他又不会固执地用意象。当他讲"此情可待成追忆"的时候，完全是用白话书写，就是说这个情感可以变成一生一世永远的回忆。"此情可待成追忆"是讲前面的庄生迷蝴蝶、望帝托杜鹃、沧海月明和蓝田日暖，"只是当时已惘然"其实是在讲盛唐，那个时候你根本不知道盛唐的华丽，可是回忆的时候这些就变成了华丽。真正的华丽是在回忆当中才发生的，真正身处华丽当中的人反而没有感觉。我相信我们每一个人回忆自己的生命，都有这种感觉，想想自己的初恋，想想自己某一次很重要的生命经验，大概都是"此情可待成追忆"。甚至你从来没有跟别人讲过，可是在你的生命里面，这是会反反复复被怀念、回忆的一个部分。可是那个时候，已经过去了。

可以看到李商隐把晚唐经验做了一个最好的类比，而且从个人私情的经验，扩大到几乎每一个人都可以在里面投射的生命体验。我绝不认为私情文学只属于诗人个人，因为每一个人都有私情的部分，这才是重点。我们一直认为，大爱的文学，大家都可以进行自我投射，其实不见得。《石壕吏》中有大爱的经验，可是如果我们没有经历悲惨的战争，有时候也进不去，反而像这种私情经验，多多少少一般人都会有。分辨大爱与私情，认为私情文学都是个人小世界中的东西，别人没有办法参与，是"文以载道"的文学传统对私情文学很大的误解。每一个人都有私情，私情部分扩大起来，力量更大。《锦瑟》这首诗全部在讲私情，可是这种私情经验，大家可能在自己的生命里都多多少少有过体会。"此情可待成追忆"，每个人大概都觉得可以用在自己的身上吧？

李商隐直接把生命的私情部分扩大了，扩大成一个非常重要的东西。大家可能会觉得李商隐是一个典故用得极好的人，可是我也要提醒，如果不知道这个庄子的典故，不知道望帝的典故，读这首诗，文字本身的感觉也是可以传达的，所以我觉得象征诗派非常特别，可以把一个典故的艰难转成文字的迷人。假设我不知道庄子的故事，可是"庄生晓梦迷蝴蝶"，"迷蝴蝶"三个字已经形成很特别的意象，因为它非常华丽，而且有一种视觉上的美感。周昉的《簪花仕女图》中，最后一个女子穿着那么华丽的衣服，手上拿着蝴蝶的尸体，这是一种很奇怪的经验，它是华丽，同时又是死亡，所以李商隐用迷惑、迷失、迷恋，去总结这样一个很特别的生命状态。

世界微尘里，吾宁爱与憎

《北青萝》比较特别，这首诗在《唐诗三百首》中也被选出来。我觉得它并不是李商隐最有代表性的作品，可是从中可以看到李商隐曾经有这种心境。我为什么说这不是李商隐最有代表性的作品？这首诗让你感觉到他好像已经完全忘情了，比较像读佛读到很深，已经把华丽眷恋全部都舍弃掉的感觉，事实上李商隐留下来的美学典型不是这一类。

> 残阳西入崦，茅屋访孤僧。
> 落叶人何在，寒云路几层。
> 独敲初夜磬，闲倚一枝藤。
> 世界微尘里，吾宁爱与憎。

"残阳西入崦"，崦嵫山是传说中太阳回去睡觉的山，这里是残阳，李商隐的生命经验都是从这样的意象开始书写，有种晚唐的华丽感。"茅屋访孤僧"，这个句子我们比较不熟悉，从来没有看到李商隐跑到茅屋里去找一个和尚，他好像一直都流连在宴会、繁华中，现在他去访孤僧了。"落叶人何在，寒云路几层。"这是描写自然，同时又在讲自己的心境。枯冷的秋天，叶子都掉完了，"人何在"好像讲在生命的枯萎中，自己到底要在哪里安身立命，所以才去访僧，才去求道。其中的"人"与"路"都是象征，是要找真理的路、求道的路、生命领悟的路。这么多云弥漫在前面，路到底在哪里？有一点迷惑。"庄生晓梦迷蝴蝶"中，李商隐的"迷"与眷恋牵扯不开，他总是迷惑于华丽的东西，现在却是"寒云"，有一点冷。

这首诗的调子比较冷，下面的诗句更明显："独敲初夜磬，闲倚一枝藤。"刚刚入夜的时候，一个人坐在那里敲庙中的磬，念着佛经，倚靠着一枝藤杖。"世界微尘里，吾宁爱与憎。"这个时候李商隐大概正在读《楞严经》，《楞严经》里面一直提世界是微尘，我们自己的生命微小如沙粒，沙粒还谈什么爱恨？《楞严经》是对爱恨的一种提醒与解脱，提醒世界不过就是微尘，是虚幻的状态，你的爱或恨其实是自己假造的虚幻之象。李商隐好像在告诉自己，我何必又有爱又有恨？

我把这首诗选出来，是想让大家看到李商隐有时候也为情爱的纠缠烦恼，就到庙里住一住，敲敲磬，读读佛经。他最后一句说得很清楚，就是提醒自己为什么老是有这些爱恨的眷恋。

李商隐读佛经没有读通，我们当然很希望他没有读通，如果他读通了大概就没有这些诗了。李商隐始终在舍得与舍不得之间徘徊，《楞严经》当然是要人舍得，他读完经以后，觉得自己好像可以舍得，所以对自己说"吾宁爱与憎"。第二天起来大概就忘了，又开始"春蚕到死丝方尽"，后一种生命经验是李商隐留给我们最美的感动。因为里面有热情，如果没有热情，就没有"吾宁爱与憎"了。爱与憎就是对热情的舍弃，李商隐一生也没有真正舍掉热情，他总是告诉自己舍掉吧，舍掉吧，但还是舍不掉。在舍得与舍不得之间，才有了"庄生晓梦"的经验，也才有了"珠有泪"的经验。热情是李商隐的诗最大的特征，王尔德也是如此，他们文学的基础都是热情，甚至是激情。

正是因为有激情，才产生了巨大的幻灭感。正是因为太过爱这个人世间，才不畏惧受伤地去拥抱。王尔德的故事中，夜莺把心脏贴在刺上面，唱出最美的歌声。大学生在写情书的时候，听到了夜莺的歌声，他说："今天的夜莺怎么叫得这么美？"他从来没有听过夜莺这么美的声音。它心脏越痛，声音就越美，最后所有的血液都到了玫瑰花当中。这里完全在讲一个人为了自我完成，热情不断地流注。读到《北青萝》，会觉得李商隐如果完全照这样写下去，大概不会有"相见时难别亦难"，也不会有爱与憎了。但李商隐最大的特色就是缠绵，就是牵扯不断的情感。

生命的荒凉本质

《夜雨寄北》也是大家很熟悉的一首诗。

> 君问归期未有期，巴山夜雨涨秋池。
> 何当共剪西窗烛，却话巴山夜雨时。

我觉得这首诗最了不起的是从头到尾好像什么都没有讲。我们只能确定他是写给北方的朋友（或亲人）的。这个朋友曾问他什么时候回来，他也不知道怎么回答，因为的确不知道什么时候回来："君问归期未有期。"李商隐这么会用典故的人，在讲生命里面最深的经验时，如此白话化。他有自己独特的句法形式在里面。

"君问归期未有期"，又是一种两难。能告诉人家一个回来的时间也好，可是真的没有。生命好像就是流浪，所以也不知道此去一别什么时候会再见面。在这样的状况下，最后只好把话岔开，顾左右而言他，说你看我在四川，外面在下雨，刚好是秋天，水池中的水越涨越高了，"巴山夜雨涨秋池"。

这很像一个电影镜头忽然转开。对方一直问你到底什么时候回来，问到有一点难过，有一点感伤，忽然把镜头转开去拍一直下的雨，慢慢涨起来的水池。好像在讲自然里面的风景，其实又是讲心里面弥漫的一种情感。有没有感觉到盛满了心事的水池，好像都要漫出来了？我觉得一个诗人的厉害，在于他又是客观，又是主观，第一句是"君问归期未有期"，第二句他转开了，顾左右而言其他。顾左右而言其他的时候是心事讲得最好的时候。

"何当共剪西窗烛"，又开始直接描述。我们什么时候可以在一起剪蜡烛芯呢？以前的人点蜡烛，蜡烛燃烧到某个时候，要把烛芯剪一下，它才会更亮。"却话巴山夜雨时"，又绕回来了，两个人在一起聊天，聊聊巴山下着雨的夜晚。李商隐的句子总是绕来绕去，不直接把答案讲出来，而是在缠绵当中，呈现生命舍得又舍不得的两难状态。

这里面有一种独特的趣味，如果不是我这种性格的人，说不定很不喜欢李商隐。我自己很喜欢李商隐，常常想大概有人会很不喜欢李商隐。有些人喜欢什么，就干干脆脆地讲出来，可是李商隐总是在那边绕。因为这个绕，你会感觉到一种深情。任何一种深情到了最后，都是缠绕的状态，在知道与不知道之间，在了解与懵懂之间的非常暧昧的状态。李商隐诗中的光线常常不是明或者暗,而是灰,一种迷离状态。这当然可以看到李商隐作为一个诗人很特殊的生命风格,他个性上有些纠缠不清。我相信他的爱情大概也是如此,所以才写了这么多的无题诗,连题目他都不知道应该怎样去起,连对象都不愿意写清楚。

这首诗也被选入了《唐诗三百首》,是大家也比较熟的一首诗。我记得小时候背这首诗,每次都觉得这首诗什么都没有讲。大了以后,有时候会觉得某一种经验,好像讲得最好的也不过就是这四个句子而已,因为在那种时刻,你觉得什么都不能讲,什么都不适宜讲。我想文学的有趣之处就在于是一种状态的再现,不一定非要把事情讲清楚,讲得太清楚就是论文了。论文写得好,大概通常都没有办法去写诗,我最怕读研究李商隐的论文,每次越看越害怕,里面分析出那么多的影射,让人觉得这个李商隐怎么这么多心机。我觉得李商隐是最没有心机的人,他听到巴山夜雨,就写巴山夜雨。

我再给大家一个建议吧,要注解李商隐,第一个看王尔德,第二个看克日什托夫·基耶斯洛夫斯基导演的《十诫》。克日什托夫·基耶斯洛夫斯基在他的传记中说,一个导演在电影中,一个人拿起打火机点火就是点火,如果火没有亮就是打火机坏了,就是这么简单。他说不要去找影射。很多人看基耶斯洛夫斯基的电影就想这一段象征着什么,那一段象征着什么。其实更高明的象征是呈现自己原有的状态。我读这一段时觉得非常有趣。他们的作品把叙事空间剪掉,就抽出一个非常独立的画面,画面本身可以投射太多的东西,每个人投射进去,都觉得自己讲对了,可是也可能都讲错了,因为对的只有一个,就是画面本身。

这首诗,甚至也可以说根本不需要注解,就是你读的四个句子:"君问归期未有期,巴山夜雨涨秋池。何当共剪西窗烛,却话巴山夜雨时。"会有不懂的吗?没有一个字会不懂,可是我们总觉得不应该这么简单,里面一定有影射,就不停去找,反而迷失了,没办法真正感受到诗里音韵的漂亮。重复的"巴山"的音节关系,"君问归期未有期"中两个"期"的呼应关系，在这些猜测中被忽略了。

事实上，所有这些重复，使得诗里面环绕的力量得到增强，变成一个非常精彩的小品。大家会觉得，到了晚唐，好像没有办法写出盛唐时代李杜那种长诗，东西都好精简，像晶莹的珠子一样，好像所有复杂的东西都被收在小小的珠子当中，晚唐诗人透过这个珠子反映外面的世界，而不是带领我们去看外面的世界。我想这个经验是比较不同的。

《嫦娥》里面的经验也非常类似。

云母屏风烛影深，长河渐落晓星沉。
嫦娥应悔偷灵药，碧海青天夜夜心。

这是李商隐主题比较清楚的一首诗，里面写到嫦娥。嫦娥是我们非常熟悉的神话人物，传说她是一个美丽的女子，希望能够长久保有自己的美貌与青春，所以偷吃了长生不老药，飞到了月宫，然后世世代代住在月宫当中。李商隐把这个故事颠覆了，他写"嫦娥应悔偷灵药"——她大概很后悔吧。为什么会后悔？因为偷了灵药以后，"碧海青天夜夜心"，一生一世都在月宫里面，冷得不得了，一个人很孤独，又凄凉又寂寞。

我很喜欢这首诗的开头，"云母屏风烛影深"，"云母"是一种石头，发出的光泽有一点像贝壳里面的光，唐朝人用它来做屏风。李商隐看到云母的屏风映照出烛光。在视觉上这是个非常漂亮的画面。我们在读《石壕吏》的时候，会发现杜甫并没有特别漂亮的句子，可是李商隐的句子本身很漂亮。他用一个"深"字去形容屏风所照出来的烛影，有一点像镜子投射出来的冷光，因为烛光是火光，经过云母这种冷灰色调的石头反射以后，变成非常深邃的光。李商隐还写过"沧海月明珠有泪"，他总是在经营光线，是一种视觉上很迷离的经验与记忆。

"长河渐落晓星沉"，好像一整个夜晚都在点着蜡烛聊天，户外的银河慢慢西斜了，"晓星沉"，早上的星星也都快要消失了，这是在讲时间。看

第七讲 李商隐

到第三句才恍然大悟，原来诗人不是讲自己，而是讲嫦娥。嫦娥在月宫里每个晚上都在经历浩大宇宙当中的荒凉。李商隐借着嫦娥，在讲自己生命的荒凉本质。生命到最后是一个荒凉的状态，不管你是不是长生不老，怎么去偷取灵药，不管是不是升到天上去，荒凉是本质。这很像存在主义的理念。存在主义哲学认为生命的存在本质上是虚无的，所谓不虚无的部分都是我们的假设，我们觉得生命有意义是我们假设的，对萨特、加缪他们来讲，生命在死亡之后什么都没有，就是虚空。我们借着各种宗教、哲学的方法来讨论生命的意义都是在假设，科学到现在都没有给出证明。这个假设一旦拿掉，荒凉本质就会出来。

我想李商隐是非常前卫的，我说前卫是因为他比较不从儒家的角度出发，甚至也不完全是从老庄的角度出发。如果从儒家的角度来讲，长生是好的，因为儒家肯定生；如果从老庄的角度讲，嫦娥是好的，她已经成仙，因为老庄希望成仙。李商隐把这两个东西都否定了，他觉得成不成仙最后都是荒凉。传统文化从来不敢碰这种问题，没有人讲过"嫦娥应悔偷灵药"。大家有没有发现，在李商隐看来，生命的热情可以完成就好了，"碧海青天夜夜心"对他来讲不是意义，重要的是说生命在激情的刹那是否自我完成，所以他歌颂的是"春蚕到死"或者"蜡炬成灰"。我们会发现他与儒道两家都不合，与佛也不合。他没有真正要完全解脱，他就是眷恋人世。这非常像十九世纪末波特莱尔这类象征派的颓废诗人，有世纪末的感觉。

寻找知己的孤独

《流莺》也是李商隐非常好的一首诗。

　　流莺漂荡复参差，度陌临流不自持。
　　巧啭岂能无本意？良辰未必有佳期。

风朝露夜阴晴里,万户千门开闭时。

曾苦伤春不忍听,凤城何处有花枝。

我已经讲过王尔德的《夜莺与玫瑰》,可以发现两个诗人对"莺"这个主题有一种执着。李商隐还写过另外一首有名的与莺有关的诗——《天涯》:"春日在天涯,天涯日又斜。莺啼如有泪,为湿最高花。"如果莺哭的时候有眼泪的话,眼泪会把最高处的花染湿。我们会觉得这两个人用的意象相像到令人不可思议的状态,这里的"流莺"当然讲的是他自己,就像王尔德的夜莺在讲他自己。"流莺漂荡复参差",一开始就是春天,因为黄莺的身体非常小,在春风当中飘来飘去,即"漂荡复参差"。"参差"与"漂荡"都是在讲流莺没有办法把持自己的身体,因为身体太小,风吹来的时候,就在那边漂荡,有一点流浪与漂泊的感觉。"渡陌临流不自持",渡过了阡陌,在田中飞过去,有时候可能飘到河流的旁边,没有办法把持自己的状态。这一句已经点出了人对自己生命的漂流和落魄无法自主的感伤。

流莺会唱歌,叫作"啭",春天黄莺的叫声像歌声一样,是最美的歌声。唐朝的雅乐当中,有一首名字就叫《春莺啭》。"啭"是很巧妙的鸟歌唱的声音。"巧啭岂能无本意",唱出这么美的歌声一定要传达什么意思吧?李商隐把自己生命的热情与流莺的意象混合在一起,流莺和春蚕、蜡炬是同样的意义。流莺这样一直叫,一定是希望有人听懂它的意思。背后的意思是说,流莺是孤独的,如此美丽的声音没有人懂,就像王尔德写的夜莺最后死在玫瑰花下,早上大学生出来的时候看到了玫瑰,可是没有看到夜莺的尸体。李商隐在这里讲生命的热情不见得会被人看到,也不见得会被人懂,不一定被别人珍惜,自己珍惜就好了。"春蚕到死"与"蜡炬成灰"都是自我完成的形式,所以"巧啭岂能无本意,良辰未必有佳期"。"良辰未必有佳期",是说黄莺生存的时间是春天,是良辰,是最好的季节,可是未必能够有"佳期",未必能在这个季节当中碰到对的对象,未必能够真正被了解。这又是李商隐对自己孤独的感伤。所谓象征诗派意象的应用

第七讲 李商隐

已经非常明显，我觉得大家有兴趣都可以用象征派的意象方法为自己写一首诗，所谓象征就是把自己与对象交叠。我看到眼前的花，把自己投射进去，那我在谈花的凋零的时候，谈的是我自己生命的凋零，这就是象征。

诗人觉得流莺是他自己，就有很多自怜出现。用自怜、自恋去形容李商隐，我想他也不会反对，他是自己生命最大的眷恋者。他在爱所有其他人之前，首先爱的是自己的生命状态，他有一种对自己的悲悯。"风朝露夜阴晴里"，在刮风的早上、下露水的夜晚、阴天、晴天，流莺好像都这样漂荡着。"万户千门开闭时"，在这样一个繁华的城市，有这么多人家，这些门开了又关，关了又开，可是谁为你开这个门，谁为你关这个门？这两句很明显，李商隐已经把自己与流莺混合在一起来谈了，他有一点在感叹自己到底在忙什么。他把流莺的主观一下带到了对自己孤独的感叹。

"曾苦伤春不忍听"，这个时候他又感叹流莺，觉得每次听到它的叫声，就是感伤春天又来了，不忍心去听。有一点像王尔德提到夜莺把心脏贴在玫瑰刺上叫出来的声音，人是不忍去听的，因为知道生命最大的自苦，才会换来最美的东西出现。"苦"与"忍"是李商隐对自己生命另外一个形式的投射，"凤城何处有花枝"，"凤城"是指长安城，在这样繁华的长安城，什么地方有让黄莺可以停下来休息一下的花枝？这个问话非常巧妙，有一点像苏东坡后来写的"拣尽寒枝不肯栖"。黄莺一定要有一个花枝才停下来，可是这个城好像连花枝都没有，这当然是在讲诗人自己的孤独。在他寻找生命知己的过程里面，几乎是绝望的状态，所以才会有这样的问句。

典型情诗

《春雨》是我很喜欢的一首诗，是一首典型的情诗。我们不知道对象是谁，不知道这个人在什么地方，不知道恋爱状态如何，全部都不知道，诗中只是在讲心情的状态，里面有一种浪漫与神秘混合的感觉。

> 怅卧新春白袷衣，白门寥落意多违。
> 红楼隔雨相望冷，珠箔飘灯独自归。
> 远路应悲春晼晚，残宵犹得梦依稀。
> 玉珰缄札何由达，万里云罗一雁飞。

"怅卧新春白袷衣"，春天把袍子脱掉了，换成白布做的袷衣。因为外面在下雨，所以没有出去，而是卧在床上，心情很寥落。注意第一个字——"怅"，这个字他常常用，一种惆怅，一种谈不到哀伤，可是淡淡的忧郁的感觉。然后有一点懒懒的，所以用"卧"，不是那种骑着马出去打猎、打仗的人，有一点困倦，有一点沉眠。我不知道大家会不会觉得"白袷衣"用得很好，有时候我们穿了一件白色的、质感很好的衣服，肉体与白布接触的感觉非常美妙。这首诗里面用了很多很精彩的色彩关系，尤其是白与红。白是冷色调，里面有一种荒凉，有一种寂寞，有一种空灵。法国画家莫里斯·尤特里罗有一段时间都用白色，非常荒凉的感觉。红是热情，是一种饱满，是一种温暖，是一种体温的感觉。这首诗比较难懂，因为我觉得他写的已经不再是形象，不再是事件，而是色彩，特别是色彩关系。"白门寥落意多违"，又用了"白"，这个"白门"是有典故的，过去以"白门"指男女欢会的地方，"白门寥落"就是曾经欢会过的地方，现在人大概不在了，有一点追忆过去的惘然。希望在一起的意愿没有办法达成，"违"是违反的意思。

神秘性的开头之后，出现了非常漂亮的句子，我想这首诗最漂亮的句子是第三句"红楼隔雨相望冷"。这句诗非常惊人，用"红"与"冷"做开头和结尾，红是热情，红是饱满，红是一种体温的触感，"冷"是完全相反的感觉，可是在这里李商隐把红变成了冷，晚唐的感觉特别明显。周昉的《簪花仕女图》用大片大片的红，就是一种冷红。有时候我们觉得马蒂斯的红用得非常暖，可是周昉的红完全是冷的，让人觉得那个红没有温度，晚唐的红是华丽的，可是是冷的，非常奇特。张爱玲的小说有时候也用到非常冷的红。《金锁记》里面的曹七巧,一个非常美的青春少女,被嫁到有钱人家,嫁了一个没有办法同她圆房的男子。喜事是大红的,可是又令人感觉到红是她青春的死亡。她嫁过去只是一个形式而已,那个红很冷。张爱玲小说里有关这一段的描述,用到很多红色,可红是冷的。"隔雨"也有它的意义,他在看红楼,红楼一定与他的爱情有关,所以他隔着雨还在看,红楼非常神秘,是他的怀念和回忆,是他曾经有过的最美好的记忆。隔着雨相望,没有办法接近,没有办法讲话。相望怎么会冷?这首诗的意象用到这么迷人,用冷去形容一个人看另外一个人的感觉。所有的热情慢慢降低,降成低温状态。"红楼隔雨相望冷"将极度的热情一下降到冰点。这的确需要诗人高度的才分,不止是才分,可能是才情。有时候你会觉得在李杜的诗里没有这种对于一个事物细节的深情描述。

"珠箔飘灯独自归",李商隐很喜欢用珍珠的意象,也很喜欢用珍珠的色彩意象,"珠箔"即珠帘,在这里指像珠帘一样的雨。他没有告诉我们到底是什么事情,可是你大概能够知道,有一天,大概在爱情欢会之后,两个人告别了,他远远看到一个人提着灯笼走开,他记住了灯笼上的光,记住了珍珠一样的雨,记住了独自走开的落寞感觉。这些的确是不可解的,是非常个人化的生命记忆,如果我们不在意事件的话,情绪是可以懂的。

我相信大家可能在心里会记得一个车站,对别人来说那个车站没有意义,可是对我们个人来讲,那个车站有意义。或者是哪一间咖啡屋,或者咖啡屋里面的哪一个座位,在情感的记忆当中,每个人都有很私情的角落,可是这个私情的角落被某一个诗人讲出来的时候,你回忆到的不是他的角落,也不是我的角落,而是一个对那个角落的共同情感。这两句很多人都认为最不可解、最不容易懂,可是我觉得不见得。你回想一下自己生命里面"珠箔飘灯"的记忆,曾经走过的一座桥,那个夜晚的路灯,曾经有过的下雨的夜晚,两个人坐在一起不讲话的状态,就会发现记忆非常清楚。电影里面有一个"停格",小津安二郎的电影里面常常有停格。我觉得生命里面也有停格,你回想一下,你生命当中有一个画面是永远停格在那里的，那个停格的画面，我相信就是李商隐这里所讲的。"红楼隔雨"是他的停格，"珠箔飘灯"是他的停格，他一生当中不管离那个事件多远，画面都还在那里。因为是一个停格，所以变得非常动人。

我很喜欢这首诗，这首诗一般人选的比较少，可是我一直很喜欢。我觉得这是一个象征派诗人最精练的表达，最个人化，完全摆脱了"文以载道"的大文化以后才可能出现的创作。

"远路应悲春晼晚"，路很远，这两个人大概真的分得很远了，已经告别了，其中的感情都是曾经有过可是已经在回忆当中的感情，你也不确定到底发生过没有。注解本中提到了所谓的女道士、后宫妃嫔，但唐朝宫廷的禁卫很严，动到皇帝后宫大概不是那么容易的事。以逻辑来推想，这种可能也不太大，除非李商隐根本就是在幻想。他可能远远看到后宫的角楼，感叹有好多女子的青春如此逝去。

李商隐的诗很神秘，有时候我甚至觉得他的爱情好像根本没有发生过，而是他自己生命中最美的一个部分，或者是一种很奇特的悲悯与缠绵。真正在现实里，缠绵常常会幻灭，有时候反而是在神秘的意境当中会一直发展。他的情诗非常特殊，事件总是那么迷离，那么不确定。

"残宵犹得梦依稀"，睡觉睡到忽然醒过来的夜晚，已经快要天亮，觉得那个梦还在——当然已经不在了。注意一下"依稀"。我觉得李商隐的诗，用他自己的句子来注解最好，他的诗就是"依稀"的感觉。梦是很美的，梦已经过去了，依稀还在，觉得枕边还有泪痕，还有热度，可是已经不在了。"玉珰缄札何由达"，玉的坠饰与一封信怎么寄去呢？可以寄到哪里去呢？"万里云罗一雁飞"，大概只有让天上的大雁带去——还是神秘，你还是不知道这个人到底在哪里，或者这个人是什么身份。

我觉得李商隐的诗最有趣，是一个可以用无数事物去替换的数学上的"X"，完全是不可知的状态。李商隐的可能性实在太大了，你会发现他其实在讲自己生命里面的神秘经验，对美的眷恋的神秘经验，情深至此的经验，对象其实是模糊的。

第七讲 李商隐 233

身无彩凤双飞翼，心有灵犀一点通

看一下这首《无题》，不晓得会不会解开一些有趣的谜。无题诗是李商隐最有趣的东西，我觉得他所有的秘密都在无题当中。

昨夜星辰昨夜风，画楼西畔桂堂东。
身无彩凤双飞翼，心有灵犀一点通。
隔座送钩春酒暖，分曹射覆蜡灯红。
嗟余听鼓应官去，走马兰台类转蓬。

"昨夜星辰昨夜风"这个起头大家已经很熟了。他为什么用"昨夜星辰昨夜风"？有一点无话可讲的感觉，他不描述，就说昨天晚上的星昨天晚上的风。风与星辰都没有什么特别，只是因为昨夜。深情到某一个状态，你会恍然大悟：根本不是星辰，也不是风，就是昨夜本身——他重复了两次"昨夜"，这对他是重要的。为什么昨夜这么重要？他开始想要透露一点点秘密，"画楼西畔桂堂东"，他透露的东西永远是神秘的。有一个很漂亮的楼房，在桂木厅堂旁边，这绝对是宫廷贵族生活的环境。大家为什么想到是女道士或者宫廷里的妃嫔？就是因为这种环境描写。

接着他又不讲了，拉上帘子，不让你看，只讲那个时候的心情——"身无彩凤双飞翼"。你会感觉他很爱这个对象，可是不敢讲，因为他有一点自卑，觉得自己没有彩色凤凰的双翼那样华丽的身份。可是他又确定对方对他是有感情的，所以"心有灵犀一点通"。犀牛的角里面有一个很细的可以通的东西，古代认为这个东西是通灵。他觉得身份如此不同，可是彼此间有一种默契。昨夜对他来讲记忆这么深，是因为他觉得即使彼此处于不同的阶级、不同的状况，是根本不可能恋爱的状态，还是"心有灵犀一点通"。

我们现在常常用到这个句子，很多人甚至不知道是李商隐的诗句。在一般的通俗口语当中会说"我们两个心有灵犀一点通",就是说因为默契到不需要任何其他东西来帮助了,生命美好到一个眼神就对了。为什么他会如此怀念这种感觉?为什么此情可待成追忆?因为这里面真的有深情在。可是我们还是不知道对方到底是谁。我想所有这种与深情有关的东西,对象反而常常是暧昧的。深情的主体是诗人自己,我们越去分解,越看不到这些。

第五句、第六句很好玩,你会发现他昨夜在哪里。"隔座送钩春酒暖",有一点不容易懂,"送钩"是我们现在不玩的游戏了。当时的人们在宴会的时候,把一个钩在手上传,有人拿着筷子敲杯子,停下的时候,大家都不动,有一个人要猜这个钩在谁的手中,猜中则藏的人罚酒,猜不中则猜的人罚酒。这是当时的游戏。"隔座送钩",他隔壁座位的人,把钩送到他手上。好像他被罚了,端起烫过的春酒。这一句很漂亮,你会觉得里面的酒是暖的,更重要的是情感是暖的,好像有一种体温。大家都认为在玩游戏,可是李商隐觉得不是,因为一个物件从一个人的手上传到你的手上,带有那个人的体温,他感觉到那个暖被送过来了。"分曹射覆蜡灯红","射覆"也是一个游戏,用一个布巾盖着一个东西,大家来猜那个东西是什么。分组来猜,叫"分曹射覆"。"送钩"与"射覆"我们今天不太容易懂,其实就是当时文人喝酒吃饭时一些行酒令的游戏。"蜡灯红",蜡烛燃烧得非常红。这两句是温暖的,你会感觉到"昨夜"讲了两次,是因为那个夜晚对他来讲有很美好的回忆。

其实你还是不知道到底发生了什么事,或者对象是谁。"嗟余听鼓应官去",梦醒过来了,美好时光消逝。"嗟余"就是"哎呀,真是感叹",因为听到天交五鼓要去上班,李商隐那个时候在秘书省(兰台)任职。"走马兰台类转蓬",感叹自己的一生就是每天去上班,在秘书省,人家叫你做什么你就做什么,这样转来转去,像飘蓬一样。这首诗很有趣,不知道大家会不会觉得"无题"背后是一个对公务员生活很大的感叹。我们知道,天交五鼓之前,做官的人在秘书省外面某一个地方等候,那个地方变成他们赌钱、行酒令的空间。那个空间是什么，恐怕应该好好去考证。我一直觉得李商隐这首诗里面隐含着一个有趣的空间，就是他写情诗是在这个地方，在秘书省外，是他上班之前等候的地方，所以那个人一定在里面。所有东西他都切掉了，变成一个好像支离破碎的画面。最后两句一出来，你就清楚他是在秘书省外。在皇宫的外面，有一个专门让大臣上班以前等候的地方，有时候他们值夜班，整个夜晚住在那个地方。大家有一点无聊，就弄一点酒，在这样的场所里面发生的事件，是不是妃嫔和女道士很可疑。

泪与啼

李商隐作为一个诗人，也许忽然有很大兴趣去了解人在什么时候会流泪。或者我们把题目缩小一点，我想他是在问自己什么时候流泪。一个充满情感的诗人，在这首《泪》里提到了六个不同的落泪时刻。

永巷长年怨罗绮，离情终日思风波。
湘江竹上痕无限，岘首碑前洒几多。
人去紫台秋入塞，兵残楚帐夜闻歌。
朝来灞水桥边问，未抵青袍送玉珂。

一个是"永巷长年怨绮罗"，"永巷"是古代宫殿里面囚禁有罪妃嫔的地方，这些女子年纪很轻，非常漂亮，穿着非常华丽的丝绸衣服，可是她们永远住在一个不可能见到人的最冷清的地方。对李商隐来讲，这大概是一个使人落泪的生命状态。"离情终日思风波"，第二个使他落泪的场景，大概是人与人的告别。告别之后，产生了很多思念。在思念当中总是牵挂着对方的船是不是碰到了巨大的风浪，会发生危险。这种心情上的牵挂，这种对于自己所眷恋的人的焦虑感，会使他落泪。

我们看到他一步一步点出泪可以在不同的状况流下来。在正统文学中，一般的男性文人不可能触碰这个题目，可是李商隐忽然给予大家可能认为代表柔弱、脆弱的"泪"很高贵的评价。泪与热情有很大关系，我们不要忘记"蜡炬成灰泪始干"，或者是"沧海月明珠有泪"，都和"泪"有很大关联。李商隐在他的生命主题里面，一直把落泪这件事情作为最重要的情操来看待。生命里面的落泪并不完全因为我们狭窄的私情，很多生命的状态使人落泪，比如朋友的告别，比如一个女子的青春被耽搁。

"湘江竹上痕无限"，这里用到典故。李商隐常常在第三句、第四句时用到典故。这一句是讲古代传说里面的舜在南边死去以后，他的两个妻子赶到江边，在湘江边哭悼他的时候，泪水流下来，使得湖南这一带的竹子成了所谓的"湘妃竹"，据说上面好像有泪的斑痕。这里面很自然看到民间传说的痕迹。在大自然当中，留着许多古代神话中的记忆与经验。这是为爱人的死亡哭泣。

"岘首碑前洒几多"，"岘首碑前"是大家不太熟悉的一个典故，有关古代一位叫羊祜的人的故事。他在一个地方做官做得非常好，在他死去以后，当地老百姓对他很怀念，为他立了一个碑，到了他的忌日，会带着祭品去祭悼，这个时候百姓们因为怀念他而哭泣，他的碑上常常有许多泪水。我们发现泪在很多不同的状况下流下来，不止是狭窄的所谓私情甚至是艳情，人在感动的时刻就会流下眼泪。

我相信对李商隐来讲，"泪"这个主题在这首诗里面是很有趣的一种思考方式。我相信所有的读者在阅读这首诗的时候，大概也会有一些企图和愿望，会回想自己生命当中那些落泪的时刻。生命中的动情时刻，也许随着年纪的增长会越来越少，可是动情的那个时刻如何被看待，如何被珍惜是不一样的。就像李商隐曾经写过的"沧海月明珠有泪"，泪被当成珍贵的事物来看待。在这首诗中，泪的主题一直带出不同的事件。

接下来第五个事件出现了——"人去紫台秋入塞"。这是大家比较熟悉的"昭君出塞"的故事。一个美丽的女子被冤屈，被嫁到举目无亲的塞

第七讲 李商隐 237

外,在秋天告别了自己原来所居住的紫台宫殿,去到大漠,这个时候会落泪,因为命运遭遇了巨大的孤独与坎坷。李商隐一步一步铺叙出生命落泪的情境,也对各种落泪情境做了不同的描述,共同的结果是泪。"兵残楚帐夜闻歌",这个主题是大家非常熟悉的,就是霸王别姬的故事,楚霸王在兵败如山倒之后,到了乌江边,四面楚歌,自己到了国破家亡的时刻,要和一生心爱的女子虞姬告别。虞姬舞剑,他唱了歌,最后哭泣了。前面是女子的泪,或者是百姓的泪,而这里是楚霸王的泪。他连续写了六个事件,全部在讲泪。这是非常非常少见的描写方法。

　　李商隐点出这个主题以后,不但回应了我们自己对于泪的再思考,同时也扩大到历史事件当中。到第七句,他忽然转了,转成他自己,所有的历史上的泪,对他来讲是他自己的泪的参证,他要讲的是他自己会在什么时候落泪。写了六个历史上的落泪经验以后,转回来变成"朝来灞水桥边问",他忽然在早上站在唐朝送别高官的灞桥旁边,呆呆地问自己:我为什么会在这里?"未抵青袍送玉珂","青袍"是指身份非常低的小公务员,"玉珂"是指手上拿着非常高贵的信物的高官。他忽然一转,变成对自己生命的感叹,觉得他这个时候落泪,不是因为要去送朋友,而是因为他的职业。李商隐有一种哀伤,觉得自己作为一个低层的小公务员,在送往迎来的高官当中有种言不及义的痛苦。

　　如果这个人是他的好朋友,那就是"离情终日思风波"。唐诗中时常写灞桥,李商隐在这里送别的完全不是好朋友,他的痛苦也在于此。这个"泪"对于李商隐来讲,大概变成了最悲痛的泪。李商隐是非常有趣的一个人,他对自己的职业感觉到很痛苦,可是也不知道离开这个职业怎么办。"走马兰台类转蓬"与"未抵青袍送玉珂"中,都有他对自己职业的某一种厌恨,这里面又充满了很大的无奈。很多人都不重视这一首诗最后的两句,只提到李商隐怎么描述前面六种不同的落泪的历史场景,其实这首诗最后是回到他自己。而他的落泪竟然是因为"未抵青袍送玉珂"。

　　这种感触在历史上很少被描写到。我想李商隐的痛苦,在于他完全没有办法融入他的职业，我常常觉得在他对"走马兰台"和"青袍送玉珂"的描述中，可以看到他在公事里得不到太多的快乐。这种送往迎来的应酬中，有时候说不定还要被高官们颐指气使地命令做一些什么事情，这会造成他心里面最大的委屈。李商隐有才华和才情，却要做一些秘书的工作，心里会觉得不平。问题是他没有机会在科举制度里面被赏识，得到一个自由度更高的工作。他在现实中的处境与他浪漫的、自由的、不受拘束的生命发生了巨大的冲突。

可能刚开始读到"未抵青袍送玉珂"的时候，会觉得这有什么好哭的，也就是一般公务员必然的生活、工作状况。而当我们看到这个诗人是喜欢在"锦瑟无端五十弦"那样的意境中寄托他对于生命的精致追求时，的确会发现这种送往迎来的官僚生活，对他有非常大的伤害与打击。他大概常常会出神，没有办法真正把他的工作做好。现实与理想的冲突成为《泪》最大的主题。我很希望大家对这首《泪》有不同角度的关心，这样就可以看到李商隐作为一个好的诗人，对于主题的设定，以及主题怎么样转回自身的过程处理得何等巧妙。

如果我们有机会、有兴趣在创作里做一点游戏，我想可以试试把历史中客观的东西铺排开来，比如找六个事件写泪。南北朝时期有一个作家名叫江淹，写过《恨赋》，通篇都在谈"恨"，就是历史上不同的恨的状态。这在作文当中，是一种很另类的题目，让你连贯地去理解什么样的事情会使人在生命当中产生恨，恨又是什么。就汉字结构而言，"恨"有心情被阻碍的意思，因为"心"字边有一个"艮"，"艮"是山的意思。一座山把心挡住了，所以"恨"是心情被阻碍。什么样的状况会引发恨？江淹连续写了许多恨事，心愿不能完成，会变成恨。

这一类主题在正统的文学传统当中，被探讨得比较少。在李商隐最有名的《无题》（相见时难别亦难，东风无力百花残）中，同样可以看到他用到"泪"这个字。泪几乎也变成李商隐生命当中最大的主题。我们常常讲热泪盈眶，热泪盈眶其实与我们前面提到的热情有非常大的关系，一个人没有热情是不会落泪的。落泪说明有热情的寄托，在热情受到挫伤的时刻，就会落泪。泪的主题，使李商隐开始对自己的生命有了不同的理解，这样的情怀与盛唐时期的李白、杜甫的确非常不同。我们很少看到李白、杜甫的诗里面有这么多关于泪的描写，即使有，情怀是非常不一样的。可是我们可以看到泪变成了李商隐的某一种热情与无奈之间重要的关联。

我们读李商隐的诗，大概也感觉形式太完美了，语言节奏上的稳定、华丽、字句的对仗工整，大概都到了无懈可击的地步。形式的完美说明艺术创作已经到了一个状态，必须在形式上做出改变，"词"于是出现。唐代在写诗的同时，词已经慢慢萌芽，把诗的句型打破后重新调整。我们一再提到，只有在文学史的观察里，才会发现形式的完美对创作只有伤害而不是帮助。形式太完美了以后，创作者就熟练了，熟练以后情感出不来，这个时候他为了表达情感，反而会去破坏形式。通常我们看到凡是文学史上开始破坏形式，甚至大胆地用粗糙的形式表达的时候，就说明旧的形式已经有一点过于成熟，到了僵化的地步。

我们再看一下李商隐著名的《天涯》。

春日在天涯，天涯日又斜。
莺啼如有泪，为湿最高花。

这首诗只有短短的二十个字，李商隐把他生命经验里面最精华的感触直接书写出来。"春日在天涯"，如果把"在"拿掉，剩下"春日"与"天涯"两个词。然后他又重复"天涯"，"天涯日又斜"。"天涯"有流浪、漂泊的意思，有一种无限的生命的茫然感。在茫然当中，太阳西斜——"夕阳"的意象出来了。在这样的时刻，黄莺一直叫，"莺啼如有泪"，"啼"这个字本身有哭的意思，所以"泪"又出来了。李商隐始终无法忘怀的真正的主题是"泪"，如果黄莺啼哭的时候也有眼泪，这个眼泪大概会滋润了最高处的花朵。"为湿最高花"这个"湿"用得极好，有一点像王尔德的小说里面把心脏贴在玫瑰刺上的夜莺，用泪来滋润生命，使花的颜色更艳丽，使花开放得更灿烂。

这二十个字，把李商隐的热情、激情全部描述出来，几乎是全部心血投入的感觉。这二十个字，是我这几年用毛笔字写了最多次的一首诗，非常简单，文字极精简，几乎没有典故，可是非常迷人。

晚唐的生命情调

大家可能对李商隐的诗的格局已经越来越清楚，比如下面这首《无题》：

> 来是空言去绝踪，月斜楼上五更钟。
> 梦为远别啼难唤，书被催成墨未浓。
> 蜡照半笼金翡翠，麝熏微度绣芙蓉。
> 刘郎已恨蓬山远，更隔蓬山一万重。

"来是空言去绝踪"，我们已经太熟悉这个风格了，他总是有一个"来去"的形式，而且非常回环。一开头直接就切入，到底在讲什么？好像来也不对，去也不对，其实与"相见时难别亦难"是完全一样的句法，在情感的两难当中来，也没有等到什么，又走了，再度绝望，"来"与"去"都是空的，就像"相见"与"不见"一样。他的生命一直在这种两难的暧昧状态中。

"月斜楼上五更钟"，好像李商隐很多美好的时刻都是在夜晚，比如"隔座送钩春酒暖"那样的场景，会在这样的时刻发生。"梦为远别啼难唤"，好漂亮的句子，好像梦已经慢慢远去，好像告别只成为梦里依稀的情境，即使你哭泣，也唤不回那个梦境，梦境越来越远。这里面交错了非常复杂的内容，有可能是真的人与人的远别，也可能是连梦都已经非常远，远到醒来以后，即使默默流泪，梦都唤不回来了。"书被催成墨未浓"，这一句与上一句对仗非常严格，"啼难唤"，"墨未浓"，心里面觉得句子都这么清楚，都可以写出来了，可是墨还没有磨浓。

生命里面常常有这种觉得自己的情这么多，可是无法表白的感觉。我们不太在意读得懂或读不懂，比如"蜡照半笼金翡翠"，给人的感觉是华丽的，蜡烛的光和金属、珠宝的光之间的关系形成这种意象；又比如"麝熏微度绣芙蓉"，烧着麝香的熏炉蒙着绣了芙蓉花的被子，都在讲一种华丽。晚唐的诗歌非常靡丽，这种靡丽里面有一种大唐盛世延续下来的色彩感，与大唐盛世的处理方式又不一样。晚唐诗歌已经把华丽错综复杂地变成好像连接不起来的破碎画面。

李商隐一直在描述贵族生活或者宫廷生活，比如另一首《无题》里面说到"凤尾香罗薄几重，碧文圆顶夜深缝"，都是讲宫廷里面用的那种精致的罗。"罗"是一种纱，非常薄，用来做帐子。女性会把这种上面绣满了凤的轻纱，缝成一个圆形，上面加一个圆顶，晚上挂起来，变成睡觉的时候用的纱帐。这都是在讲非常女性化的华丽的视觉经验。我想李商隐不完全只是在写他自己的情感事件，常常会变成大唐盛世到了晚唐后的生命经验所呈现出来的色彩感与视觉感。

《簪花仕女图》和《挥扇仕女图》可以和李商隐的诗歌一起来看。周昉和李商隐生活的时代非常接近，他留下了两件重要的作品，一件就是《挥扇仕女图》。《挥扇仕女图》是一个长卷，里面描述了好几个女子的生活，和李商隐的诗完全一样，周昉把背景抽离。我们看到一个女子若有所思地找她的侍女，把瑟外面的锦囊抽掉，抽掉以后她就可以弹奏。我们在这里可以隐约地感觉到李商隐在诗中描写的某些画面仿佛呼之欲出。在大唐盛世的宫廷里，某一种落寞的女子的心情经验，李商隐用文学的方法表白出来，周昉是用绘画的方法表白出来。周昉作为一个画家，他不是描绘事件，而是描写心情。

我们很明显地看到这个女子有心事——要把琴拿出来弹，大概已经有一点心事,就像"锦瑟无端五十弦,一弦一柱思华年",好像想对琴讲一点心事。这些人都是后宫里的女子,一辈子可能也见不到皇帝一次,可是也不可能有其他的情感,在这样的状况里,会有一种哀怨的心情,可是哀怨又不可以讲。她们穿着最华丽的丝绸衣服,可是她们的生命停止在那个状态。我常常喜欢用周昉的画与李商隐的诗来做对比,因为这里面有很多关联,可以放在一起来做思考。

在《挥扇仕女图》里面,有一段是一个穿着红色衣袍的女官面无表情地拿着一面大铜镜,对面的女子在看自己的云鬓。还记得"晓镜但愁云鬓改"吗?忽然发现了第一根白头发的那种恐惧、害怕,那种岁月的哀伤。她那样青春健康,可是这种暗示已经让人感觉到岁月的无情,尤其是这个拿着镜子的女官面无表情的感觉,里面有一种时间的冷酷感。她们的衣服是华丽的,因为她们是宫廷贵族,可是华丽与繁华抵挡不住生命的无常。我常常觉得我在看这一卷画的时候,好像可以把李商隐的诗一句句放进去。

我觉得周昉把这两个人的表情画得真是惊人,尤其是拿镜子的这一个女子,好冷酷的感觉,她没有任何表情,她拿着镜子,其实她就是时间,代表着岁月本身。她身上的衣服是红的,这个红被用到很冷。红色在盛唐时期是非常暖的色彩,不知道为什么到晚唐时变成冷的色彩,你感觉到红里面有一种没有温度的感觉。在周昉的《挥扇仕女图》当中,一个个女子出现,她们彼此间并没有关系,好像宫里面住着三千个佳丽,彼此没有太深的情感。她们的命运是一样的,都在发愁。周昉画的是一个象征,并没有画事件,他并没有告诉我们这个人为什么发愁。完全没有事件,只是心情上的寥落,"白门寥落意多违"的"寥落"或者"向晚意不适"的"不适",都是心情上的一种闷,并没有事情发生。

没有事情发生,日复一日,岁月不动声色地过去,这才是一种令人心里发慌的东西。好像就在那里一直过着过着,然后生命就要过完了。在周昉的画里,红与脸上的愁形成强烈的对比。李商隐的诗不止是晚唐文学的

第七讲 李商隐 243

代表,甚至在绘画史上,都可以看到这种美学的共通性。两相映照,可以看到晚唐时期独特的生命情调。我觉得《挥扇仕女图》画得最好的一部分,是一个绣花的绷子中间那块红色的绣布,象征着这些女子的生命与青春。他们一进到宫里,就要一针一线来绣这块布,生命也就在绣花时过去了,"永巷长年怨绮罗"中的绮罗大概也就是这些丝绸吧。这些丝绸民间百姓不会有,只有宫里面才有。这些女子每天在那边绣花,时常靠着绣花的绷子发呆。

　　你觉得她有非常多的心事,心事是什么?我们会隐约想到李商隐诗句里面的"身无彩凤双飞翼,心有灵犀一点通"。是不是她在苦闷、寂寞、孤独的宫廷生活里面,也曾经有过刹那之间的快乐?可是即便找到了知己,又能够怎么样?她不可能有任何的爱情,那是违反国法的。也许"心有灵犀一点通"都只是一个梦想而已。"梦为远别啼难唤",最后回来还是自己孤独地发呆,这是她们共同的命运。华丽的晚唐文学,发现了宫廷的富贵背后不可告人的哀伤,用华丽的丝绸、珠宝堆砌起来的生命,里面是荒凉的状态。我想这个画面与李商隐的诗句之间的呼应关系非常密切。

　　我常常跟朋友开玩笑,说大家读李商隐的诗,都觉得里面的人物应该是很纤细的感觉,没想到其实里面的人物可能是胖胖的。一直到晚唐,唐朝对于女性的身体美都是推崇丰满、饱满。在周昉的画中,这么圆满的脸庞,充满了如此哀愁的情绪。李商隐写过"扇裁月魄羞难掩",周昉的画里也有一个女子拿着扇子发呆,几乎是为这句诗做的插图。我一直觉得,有机会可以把李商隐的诗句一句一句和周昉的画面对起来,变成最好的文学与绘画艺术之间的比喻关系。

　　我一直觉得《挥扇仕女图》是唐画里面最好的,包括线条的使用,几乎每一笔都是颜真卿写字的方法。画中女子饱满的体态,也是后来临摹的时候几乎都画不出来的。这几乎全部是唐风,唐风的一个特色就是华丽、饱满。即使到了晚唐,也有饱满性。比如"金翡翠"、"绣芙蓉",一定是非常艳丽的感觉。《挥扇仕女图》到画卷的最后出现一个完全背对我们的人物，她坐在椅子上，胖胖的身体背对我们，右手拿着一个红色的小扇子。她好像指着前面那些发呆的女子、弹琴的女子、在镜子里看自己白头发的女子，同旁边一个人讲她们的故事，其实她与听故事的人也都是故事里的人。

这一段时间出现的诗句都有这种特性，比如"寥落古行宫，宫花寂寞红"。这是皇帝住过的宫殿，可是现在皇帝不来了，就成了所谓"古行宫"。宫里的花还在开，很红、很艳丽，也很寂寞。我们很少想到可以用"寂寞"去形容色彩，繁华当中有荒凉才叫"寂寞红"——竟然可以把色彩用到这么迷人的地步。画卷最后的一个女子，坐在那里的女子好像在跟她讲话，而这个女子已经要走到画面外面去了。我一直觉得李商隐的诗是在舍得与舍不得之间，因为舍得所以要走出去，因为舍不得所以要回头。这个女子在走出去之前频频回首，是很眷恋的感情，也是非常缠绵的感情。

《簪花仕女图》的作者在历史上存在争议，有人认为是周昉非常好的画，有人认为这张画不是周昉原作，而是南唐的作品。这幅画的线条与《挥扇仕女图》相比较为细腻，《挥扇仕女图》的线条类似于颜真卿写字的笔法，比较重。南唐很多地方都继承了唐代的华丽，但比较纤弱。我个人认为它属于李后主时代的可能性更大。南唐是词的时代，而不是诗的时代，诗比较对仗，比较均衡，比较规矩，词则比较俏皮，比较纤巧。《簪花仕女图》中对手指的安排，可以感觉到已经有纤巧的味道了。李后主、李商隐在文学的血缘关系上非常密切，李后主受到李商隐很大的影响，他把李商隐的华丽感伤延续到南唐，甚至变本加厉，变成象征诗派更大的一种呈现，这两个人物是连接唐和五代的关键。

《簪花仕女图》中的女子头上戴着一大朵牡丹，头发上插着走路时会摇动的坠饰。只看这些部分，就感受到"珠箔飘灯独自归"的意境。李商隐的世界里面如果有一个女子，这个女子始终不会露出全貌。你总是看到她头上的花朵在一点点颤动，或者她的一个耳环，或者她的一只手，或者是她的裙脚。总是在她离去的时刻，你恍然感觉到她好像刚才在这里，这个感觉文学里面非常难书写，必须是很深情，眷恋过，又失去，才会描述出来。

李商隐诗中有一种神秘感，是非常迷离的效果。遮掩当中反而使得人产生了对那个神秘内在世界更大的好奇。在注解李商隐诗的时候，无论他讲凤尾香罗，讲帐子，讲扇子，都是切断的。人物反而没有被描述，而是通过物件来说明人物。一把扇子就让你看到一大朵牡丹的华丽，皇宫贵族的华丽借着一把扇子直接书写出来。

《簪花仕女图》中，女子的身体几乎是赤裸的，只有一个红色的裹肚，外面披了一件纱衣，手上拿着一把宫扇。在晚唐到南唐的作品里，观者会感觉到存在着一个女性的世界，这是一种很奇特的入迷状态。她的表情没有在事件当中，而是在发呆，每一个角色与另外一个角色之间都没有关系，产生了一种极大的孤独感。这个部分画得极好，我很希望大家可以在这里感觉李商隐诗中的意境，比如说"远路应悲春晼晚"，读的时候，你会感觉到一个女子慢慢在走远。中国艺术表现走，不会用很大的动作，你看不到她走，可是能看到线条全部都是晃动的，所以感觉到她在走。一个人慢慢离开，有一点舍不得，步伐迟缓，袖子微微在动荡，不是因为风，如果是风的话，这么薄的纱，会飘得很厉害。因为她在走，走路的时候身体所发生的动荡，会在线条里被描述出来。《簪花仕女图》与李商隐的诗对照起来，会感觉他们好像捕捉到某一种共同的东西，然后把这里面一种很迷离、恍惚的经验传达出来。

李商隐喜欢描述荷花、荷叶，或者是"更持红烛赏残花"，忽然感觉到繁华到了极盛，开始有感伤，为了眷恋，甚至不惜在夜晚点起蜡烛去看一下已经要败落的花。在这幅画中，会感觉到这些美丽的女子已经产生了华丽到极致以后要凋败的感伤。女子身上的衣服也是罗，当然非常难画，因为必须要照顾到形体，还有罗上面的衣纹，因为是透明的，两层东西都要画出来。

要解释"寂寞红"，也许《簪花仕女图》比《挥扇仕女图》更恰当，因为其中的红很艳很艳，可是你会感觉到好像是死掉的红。红色里面有织出来的细纹，画家全部把它描绘出来了。有三块红需要仔细看下。一个紧紧地贴着身体，好像沾带着人的体温，外面被一件白色的罗衣盖住。拖在地上的这块红特别强烈，里面有很多缠绵，很多牵连不断的感觉，非常艳，同时又很无奈。象征诗派一定要从抽象的角度去碰，比较难像杜甫的诗那样直接去描绘，因为杜甫是写实的。象征诗派里面的"白"与"红"变成画面中另外一种对话关系，与画家用到的白与红有同样的作用。还有衣服下摆这里的红色，几乎变成透明，红色的透明的纱与白色肌肤形成衬托关系。她在走路，所以裙摆飘开了。纱很轻，裙摆飘开时，露出里面内衣的裙摆。这里的线条会让人感觉到她在行动，上身没有动，只有下摆在微动。这非常像李商隐的描述方法，让人感觉到有很大的热情，可是又好像冷冷的。

最深的情感

李商隐还写过一首很有趣的诗《重过圣女祠》，我们忽然发现李商隐爱恋的对象是神女、仙女。

> 白石岩扉碧藓滋，上清沦谪得归迟。
> 一春梦雨常飘瓦，尽日灵风不满旗。
> 萼绿华来无定所，杜兰香去未移时。
> 玉郎会此通仙籍，忆向天阶问紫芝。

他看到一个圣女祠，大概长久没有人祭拜了，所以白石做的门已经长了很多苔藓。"白石岩扉碧藓滋"，"白"与"碧"都是颜色，白色的石头和绿色的苔藓。"上清沦谪得归迟"，圣女在天上成仙的时候，住在上清宫里，大概做了什么违法的事情，被贬到人间来，现在还没有回去。他在讲人世间美丽的女子，是从上天贬下来的，有一天还要回去，还要成仙。下面的句子真漂亮，"一春梦雨常飘瓦"，春天来的时候雨就一直下，飘在祠堂的瓦上，他在"雨"前面加了一个字"梦"，雨像梦一样。"尽日灵风不满旗"，因为是祠堂，有幡，风吹着幡旗，有一点招魂的意思，让神仙的魂可以借这个幡回来。可是他说好像没有风，那个旗子有一点飞不起来，一直停在那里。这首诗大概一般人不会选，的确很难懂。我一直觉得这首诗里面，有李商隐最深的情感。

"萼绿华来无定所，杜兰香去未移时。"这里有两个典故，关于萼绿华和杜兰香两个女仙的爱情故事。萼绿华来的时候没有固定居住的地方，而李商隐一直喜欢的感情，是暧昧的、不明白的、神秘的、飘忽的、恍惚的、迷离的。"杜兰香去未移时"，杜兰香走的时候，也不知道她走了。"玉郎会此通仙籍"，玉郎当然是讲他自己，说因为经过了圣女祠，也许也通了仙籍。"忆向天阶问紫芝"，有一天我也要到上天的台阶上，去跟你要紫色的灵芝。当李商隐用到"忆"这个字的时候，其实是讲他觉得自己根本是"上清沦谪"，如果对于这首诗去做心理学上的解剖，会发现李商隐所有神秘诗的对象，有可能根本就是他自己的梦想。因为这个圣女根本不存在，她可能不是女道士，也不是妃嫔。

我们会越来越体会到李商隐的神秘性，那种飘忽的、暧昧的、迷离的情感，可能更多是出于自恋与自怜。李商隐的诗句，有时候真的不见得去读整首诗，一个句子"啪"的跳出来，一下就打动人，不像《长干行》、《石壕吏》，一定要逐字逐句连贯去读。李商隐的诗句是一些可以被打碎的晶莹珠片，他把沧海、月明、珠与泪都打碎了，打碎以后重新组合，才产生了这么独特的美学感觉。

图书在版编目（CIP）数据

蒋勋说唐诗 / 蒋勋著 . —修订版 . —北京：中信出版社，2014.9
ISBN 978-7-5086-4756-2

I. ①蒋⋯ II. ①蒋⋯ III. ①唐诗—诗歌研究 IV. ①I207.22

中国版本图书馆 CIP 数据核字（2014）第 192521 号

本著作物由作者蒋勋授权，在中国大陆出版、发行中文简体字版本

蒋勋说唐诗（修订版）

著　者：蒋勋
策划推广：中信出版社（China CITIC Press）
出版发行：中信出版集团股份有限公司
　　　　　（北京市朝阳区惠新东街甲 4 号富盛大厦 2 座　邮编 100029）
承　印　者：固安兰星球彩色印刷有限公司

开　本：710mm×1000mm　1/16　　印　张：16　　字　数：180 千字
版　次：2014 年 9 月第 2 版　　　　印　次：2024 年 7 月第 62 次印刷
书　号：ISBN 978-7-5086-4756-2/I·563
定　价：39.80 元

版权所有·侵权必究
如有印刷、装订问题，本公司负责调换。
服务热线：400-600-8099
投稿邮箱：author@citicpub.com